CW00953860

JOURNAL D'UN CURÉ DE CAMPAGNE

Georges Bernanos est né à Paris en 1888. Il débute sa carrière comme journaliste. Engagé volontaire durant la Première Guerre mondiale et blessé, il en restera profondément marqué. Il devient inspecteur d'assurances et sillonne la France, écrivant dans les trains ou les hôtels. En 1926, il publie son premier roman, *Sous le soleil de Satan,* qui connaît un succès immédiat. En 1929, il obtient le prix Femina pour *La Joie*, et reçoit plus tard le Prix du roman de l'Académie française pour *Le Journal d'un curé de campagne*. En 1937, témoin de la répression en Espagne, il fustige les exactions du franquisme dans *Les Grands Cimetières sous la lune*. En 1938, il part au Brésil où il deviendra l'un des écrivains majeurs de la Résistance française. De retour en France en 1945, il écrit *Dialogues des Carmélites.* Georges Bernanos meurt à Neuilly le 5 juillet 1948.

GEORGES BERNANOS

Journal
d'un curé de campagne

LE CASTOR ASTRAL

Le texte de cette édition est conforme à celui qui a été établi par la Bibliothèque de la Pléiade d'après l'édition originale du roman (1936).

© Le Castor astral, 2008.
ISBN : 978-2-253-16286-5 – 1re publication LGF

I

Ma paroisse est une paroisse comme les autres. Toutes les paroisses se ressemblent. Les paroisses d'aujourd'hui, naturellement. Je le disais hier à M. le curé de Norenfontes : le bien et le mal doivent s'y faire équilibre, seulement le centre de gravité est placé bas, très bas. Ou, si vous aimez mieux, l'un et l'autre s'y superposent sans se mêler, comme deux liquides de densité différente. M. le curé m'a ri au nez. C'est un bon prêtre, très bienveillant, très paternel et qui passe même à l'archevêché pour un esprit fort, un peu dangereux. Ses boutades font la joie des presbytères, et il les appuie d'un regard qu'il voudrait vif et que je trouve au fond si usé, si las, qu'il me donne envie de pleurer.

Ma paroisse est dévorée par l'ennui, voilà le mot. Comme tant d'autres paroisses ! L'ennui les dévore sous nos yeux et nous n'y pouvons rien. Quelque jour peut-être la contagion nous gagnera, nous découvrirons en nous ce cancer. On peut vivre très longtemps avec ça.

L'idée m'est venue hier sur la route. Il tombait une de ces pluies fines qu'on avale à pleins poumons, qui vous descendent jusqu'au ventre. De la côte de Saint-Vaast, le village m'est apparu brusquement, si tassé, si misérable sous le ciel hideux de novembre. L'eau fumait sur lui de toutes parts, et il avait l'air de s'être couché là, dans l'herbe ruisselante, comme une pauvre bête épuisée. Que c'est petit, un village ! Et ce village était ma paroisse. C'était ma paroisse, mais je ne pouvais rien pour elle, je la regardais tristement s'enfoncer dans la nuit, disparaître… Quelques moments encore, et je ne la verrais plus. Jamais je n'avais senti si cruellement sa solitude et la mienne. Je pensais à ces bestiaux que j'entendais tousser dans le brouillard et que le petit vacher, revenant de l'école, son cartable sous le bras, mènerait tout à l'heure à travers les pâtures trempées, vers l'étable chaude, odorante… Et lui, le village, il semblait attendre aussi – sans grand espoir – après tant d'autres nuits passées dans la boue, un maître à suivre vers quelque improbable, quelque inimaginable asile.

Oh ! je sais bien que ce sont des idées folles, que je ne puis même pas prendre tout à fait au sérieux, des rêves… Les villages ne se lèvent pas à la voix d'un petit écolier, comme les bêtes. N'importe ! Hier soir, je crois qu'un saint l'eût appelé.

Je me disais donc que le monde est dévoré par l'ennui. Naturellement, il faut un peu réfléchir pour se rendre compte, ça ne se saisit pas tout de suite. C'est une espèce de poussière. Vous allez et venez sans la voir, vous la respirez, vous la mangez, vous la buvez, et elle est si fine, si ténue qu'elle ne craque même pas sous la dent. Mais que vous vous arrêtiez une seconde, la voilà qui recouvre votre visage, vos mains. Vous devez vous agiter sans cesse pour secouer cette pluie de cendres. Alors, le monde s'agite beaucoup.

On dira peut-être que le monde est depuis longtemps familiarisé avec l'ennui, que l'ennui est la véritable condition de l'homme. Possible que la semence en fût répandue partout et qu'elle germât çà et là, sur un terrain favorable. Mais je me demande si les hommes ont jamais connu cette contagion de l'ennui, cette lèpre ? Un désespoir avorté, une forme turpide du désespoir, qui est sans doute comme la fermentation d'un christianisme décomposé.

Évidemment, ce sont là des pensées que je garde pour moi. Je n'en ai pas honte pourtant. Je crois même que je me ferais très bien comprendre, trop bien peut-être pour mon repos – je veux dire le repos de ma conscience. L'optimisme des supérieurs est bien mort. Ceux qui le professent encore l'enseignent par habitude, sans y croire. À la moindre objection, ils vous prodiguent des sourires entendus, demandent grâce. Les vieux prêtres ne s'y trompent pas. En dépit des apparences et si l'on reste fidèle à un certain vocabulaire, d'ailleurs immuable, les thèmes de l'éloquence officielle ne sont pas les mêmes, nos aînés ne les reconnaissent plus. Jadis, par exemple, une tradition séculaire voulait qu'un discours épiscopal ne s'achevât jamais sans une prudente allusion – convaincue, certes, mais prudente – à la persécution prochaine et au sang des martyrs. Ces prédictions se font beaucoup plus rares aujourd'hui. Probablement parce que la réalisation en paraît moins incertaine.

Hélas ! il y a un mot qui commence à courir les presbytères, un de ces affreux mots dits « de poilu » qui, je ne sais comment ni pourquoi, ont paru drôles à nos aînés, mais que les garçons de mon âge trouvent si laids, si tristes. (C'est d'ailleurs étonnant ce que l'argot des tranchées a pu réussir à exprimer d'idées sordides en images lugubres, mais est-ce vraiment l'argot des tranchées ?...) On répète donc volontiers qu'il ne « faut pas chercher à comprendre ». Mon Dieu ! mais nous sommes cependant là pour ça ! J'entends bien qu'il y a les supérieurs. Seulement, les supérieurs, qui les informe ? Nous. Alors quand on nous vante l'obéissance et la simplicité des moines, j'ai beau faire, l'argument ne me touche pas beaucoup...

Nous sommes tous capables d'éplucher des pommes de terre ou de soigner les porcs pourvu qu'un maître des novices nous en donne l'ordre. Mais une paroisse, ça n'est pas si facile à régaler d'actes de vertu qu'une simple communauté ! D'autant qu'*ils* les ignoreront toujours et que d'ailleurs *ils* n'y comprendraient rien.

L'archiprêtre de Baillœil, depuis qu'il a pris sa retraite, fréquente assidûment chez les RR. PP. chartreux de Verchocq. *Ce que j'ai vu à Verchocq*, c'est le titre d'une de ses conférences à laquelle M. le doyen nous a fait presque un devoir d'assister. Nous avons entendu là des choses très intéressantes, passionnantes même, au ton près, car ce charmant vieil homme a gardé les innocentes petites manies de l'ancien professeur de lettres, et soigne sa diction comme ses mains. On dirait qu'il espère et redoute tout ensemble la présence improbable, parmi ses auditeurs en soutane, de M. Anatole France, et qu'il lui demande grâce pour le bon Dieu au nom de l'humanisme avec des regards fins, des sourires complices et des tortillements d'auriculaire. Enfin, il paraît que cette sorte de coquetterie ecclésiastique était à la mode en 1900 et nous avons tâché de faire un bon accueil à des mots «emporte-pièce» qui n'emportaient rien du tout. (Je suis probablement d'une nature trop grossière, trop fruste, mais j'avoue que le prêtre lettré m'a toujours fait horreur. Fréquenter les beaux esprits, c'est en somme dîner en ville – et on ne va pas dîner en ville au nez de gens qui meurent de faim.)

Bref, M. l'archiprêtre nous a conté beaucoup d'anecdotes qu'il appelle, selon l'usage, des «traits». Je crois avoir compris. Malheureusement je ne me sentais pas aussi ému que je l'eusse souhaité. Les moines sont d'incomparables maîtres de la vie intérieure, personne n'en doute, mais il en est de la plupart de ces fameux «traits» comme des vins de terroir, qui doivent se consommer sur place. Ils ne supportent pas le voyage.

Peut-être encore… dois-je le dire? peut-être encore ce petit nombre d'hommes assemblés, vivant côte à côte jour et nuit, créent-ils à leur insu l'atmosphère favorable... Je connais un peu les monastères, moi aussi. J'y ai vu des religieux recevoir humblement, face contre terre, et sans broncher, la réprimande injuste d'un supérieur appliqué à briser leur orgueil. Mais dans ces maisons que ne trouble aucun écho du dehors, le silence atteint à une qualité, une perfection véritablement extraordinaires, le moindre frémissement y est perçu par des oreilles d'une sensibilité devenue exquise... Et il y a de ces silences de salle de chapitre qui valent un applaudissement.

(Tandis qu'une semonce épiscopale...)

Je relis ces premières pages de mon journal sans plaisir. Certes, j'ai beaucoup réfléchi avant de me décider à l'écrire. Cela ne me rassure guère. Pour quiconque a l'habitude de la prière, la réflexion n'est trop souvent qu'un alibi, qu'une manière sournoise de nous confirmer dans un dessein. Le raisonnement laisse aisément dans l'ombre ce que nous souhaitons d'y tenir caché. L'homme du monde qui réfléchit calcule ses chances, soit ! Mais que pèsent nos chances, à nous autres, qui avons accepté, une fois pour toutes, l'effrayante présence du divin à chaque instant de notre pauvre vie ? À moins de perdre la foi – et que lui reste-t-il alors puisqu'il ne peut la perdre sans se renier ? – un prêtre ne saurait avoir de ses propres intérêts la claire vision, si directe – on voudrait dire si ingénue, si naïve – des enfants du siècle. Calculer nos chances, à quoi bon ? On ne joue pas contre Dieu.

♦♦♦ Reçu la réponse de ma tante Philomène avec deux billets de cent francs, – juste ce qu'il faut pour le plus pressé. L'argent file entre mes doigts comme du sable, c'est effrayant.

Il faut avouer que je suis d'une sottise ! Ainsi, par exemple, l'épicier d'Heuchin. M. Pamyre, qui est un brave homme (deux de ses fils sont prêtres), m'a tout de suite reçu avec beaucoup d'amitié. C'est d'ailleurs le fournisseur attitré de mes confrères. Il ne manquait jamais de m'offrir, dans son arrière-boutique, du vin de quinquina et des gâteaux secs. Nous bavardions un bon moment. Les temps sont durs pour lui, une de ses filles n'est pas encore pourvue et ses deux autres garçons, élèves à la faculté catholique, coûtent cher. Bref, en prenant ma commande, il m'a dit un jour, gentiment : «J'ajoute trois bouteilles de quinquina, ça vous donnera des couleurs.» J'ai cru bêtement qu'il me les offrait.

Un petit pauvre qui, à douze ans, passe d'une maison misérable au séminaire, ne saura jamais la valeur de l'argent. Je crois même qu'il nous est difficile de rester strictement honnêtes en affaires. Mieux vaut ne pas risquer de jouer, serait-ce innocemment, avec ce que la plupart des laïques tiennent non pour un moyen, mais pour un but.

Mon confrère de Verchin, qui n'est pas toujours des plus discrets, a cru devoir faire, sous forme de plaisanterie, allusion, devant M. Pamyre, à ce petit malentendu. M. Pamyre en était sincèrement affecté. «Que M. le curé, a-t-il dit, vienne autant de fois qu'il lui plaira, nous aurons du plaisir à trinquer ensemble.

Nous n'en sommes pas à une bouteille près, grâce à Dieu ! Mais les affaires sont les affaires, je ne puis donner ma marchandise pour rien. » Et Mme Pamyre aurait ajouté, paraît-il : « Nous autres, commerçants, nous avons aussi nos devoirs d'état. »

♦♦♦ J'ai décidé ce matin de ne pas prolonger l'expérience au-delà des douze mois qui vont suivre. Au 25 novembre prochain, je mettrai ces feuilles au feu, je tâcherai de les oublier. Cette résolution prise après la messe ne m'a rassuré qu'un moment.

Ce n'est pas un scrupule au sens exact du mot. Je ne crois rien faire de mal en notant ici, au jour le jour, avec une franchise absolue, les très humbles, les insignifiants secrets d'une vie d'ailleurs sans mystère. Ce que je vais fixer sur le papier n'apprendrait pas grand-chose au seul ami avec lequel il m'arrive encore de parler à cœur ouvert et pour le reste je sens bien que je n'oserai jamais écrire ce que je confie au bon Dieu presque chaque matin sans honte. Non, cela ne ressemble pas au scrupule, c'est plutôt une sorte de crainte irraisonnée, pareille à l'avertissement de l'instinct. Lorsque je me suis assis pour la première fois devant ce cahier d'écolier, j'ai tâché de fixer mon attention, de me recueillir comme pour un examen de conscience. Mais ce n'est pas ma conscience que j'ai vue de ce regard intérieur ordinairement si calme, si pénétrant, qui néglige le détail, va d'emblée à l'essentiel. Il semblait glisser à la surface d'une autre conscience jusqu'alors inconnue de moi, d'un miroir trouble où j'ai craint tout à coup de voir surgir un

14

visage – quel visage : le mien peut-être ?... Un visage retrouvé, oublié.

Il faudrait parler de soi avec une rigueur inflexible. Et au premier effort pour se saisir, d'où viennent cette pitié, cette tendresse, ce relâchement de toutes les fibres de l'âme et cette envie de pleurer ?

J'ai été voir hier le curé de Torcy. C'est un bon prêtre, très ponctuel, que je trouve ordinairement un peu terre à terre, un fils de paysans riches qui sait le prix de l'argent et m'en impose beaucoup par son expérience mondaine. Les confrères parlent de lui pour le doyenné d'Heuchin... Ses manières avec moi sont assez décevantes parce qu'il répugne aux confidences et sait les décourager d'un gros rire bonhomme, beaucoup plus fin d'ailleurs qu'il n'en a l'air. Mon Dieu, que je souhaiterais d'avoir sa santé, son courage, son équilibre ! Mais je crois qu'il a de l'indulgence pour ce qu'il appelle volontiers ma sensiblerie, parce qu'il sait que je n'en tire pas vanité, ah ! non. Il y a même bien longtemps que je n'essaie plus de confondre avec la véritable pitié des saints – forte et douce – cette peur enfantine que j'ai de la souffrance des autres.

« Pas fameuse la mine, mon petit ! »

Il faut dire que j'étais encore bouleversé par la scène que m'avait faite le vieux Dumonchel quelques heures plus tôt, à la sacristie. Dieu sait que je voudrais donner pour rien, avec mon temps et ma peine, les tapis de coton, les draperies rongées des mites, et les cierges de suif payés très cher au fournisseur de

Son Excellence, mais qui s'effondrent dès qu'on les allume, avec un bruit de poêle à frire. Seulement les tarifs sont les tarifs : que puis-je ?

« Vous devriez fiche le bonhomme à la porte », m'a-t-il dit.

Et, comme je protestais :

« Le fiche dehors, parfaitement ! D'ailleurs, je le connais, votre Dumonchel : le vieux a de quoi... Sa défunte femme était deux fois plus riche que lui, – juste qu'il l'enterre proprement ! Vous autres, jeunes prêtres... »

Il est devenu tout rouge et m'a regardé de haut en bas.

« Je me demande ce que vous avez dans les veines aujourd'hui, vous autres jeunes prêtres ! De mon temps, on formait des hommes d'Église – ne froncez pas les sourcils, vous me donnez envie de vous calotter – oui, des hommes d'Église, prenez le mot comme vous voudrez, des chefs de paroisse, des maîtres, quoi, des hommes de gouvernement. Ça vous tenait un pays, ces gens-là, rien qu'en haussant le menton. Oh ! je sais ce que vous allez me dire : ils mangeaient bien, buvaient de même, et ne crachaient pas sur les cartes. D'accord ! Quand on prend convenablement son travail, on le fait vite et bien, il vous reste des loisirs et c'est tant mieux pour tout le monde. Maintenant les séminaires nous envoient des enfants de chœur, des petits va-nu-pieds qui s'imaginent travailler plus que personne parce qu'ils ne viennent à bout de rien. Ça pleurniche au lieu de commander. Ça lit des tas de livres et ça n'a jamais été fichu de comprendre – de comprendre, vous m'entendez ! – la parabole de l'Époux et de l'Épouse. Qu'est-ce que c'est qu'une épouse, mon garçon, une vraie femme, telle qu'un homme peut souhaiter d'en trouver une s'il est assez bête pour ne pas suivre le conseil de saint Paul ? Ne répondez pas, vous diriez des bêtises ! Hé bien, c'est une gaillarde dure à la besogne, mais qui fait la part des choses, et sait que tout sera toujours à recommencer jusqu'au bout. La Sainte Église aura beau se donner du mal, elle ne changera pas ce pauvre monde en reposoir de la Fête-Dieu. J'avais jadis – je vous parle de mon ancienne paroisse – une sacristaine épatante, une bonne sœur de Bruges sécularisée en 1908, un brave cœur. Les huit premiers jours, astique que j'astique, la maison du bon Dieu s'était mise à reluire comme un parloir de couvent, je ne la reconnaissais plus, parole d'honneur ! Nous étions à l'époque de la moisson, faut dire, il ne venait pas un chat, et la satanée petite vieille exigeait que je retirasse mes chaussures – moi qui ai horreur des pantoufles ! Je crois même qu'elle les avait payées de sa poche. Chaque matin, bien entendu, elle trouvait une nouvelle couche de poussière sur les bancs, un ou deux champignons tout neufs sur le tapis de chœur, et des toiles d'araignées – ah, mon petit ! des toiles d'araignées de quoi faire un trousseau de mariée.

« Je me disais : astique toujours, ma fille, tu verras dimanche. Et le dimanche est venu. Oh ! un dimanche comme les autres, pas de fête carillonnée, la clientèle ordinaire, quoi. Misère ! Enfin, à minuit, elle cirait et frottait encore, à la chandelle. Et quelques semaines plus tard, pour la Toussaint, une mission à tout casser, prêchée par deux pères rédemptoristes, deux gaillards. La malheureuse passait ses nuits à quatre pattes entre son seau et sa vassingue – arrose que j'arrose – tellement que la mousse commençait de grimper le long des colonnes, l'herbe poussait dans les joints des dalles. Pas moyen de la raisonner, la bonne sœur ! Si je l'avais écoutée, j'aurais fichu tout mon monde à la porte pour que le bon Dieu ait les pieds au sec, voyez-vous ça ? Je lui disais : "Vous me ruinerez en potions", – car elle toussait, pauvre vieille ! Elle a fini par se mettre au lit avec une crise de rhumatisme articulaire, le cœur a flanché et plouf ! voilà ma bonne sœur devant saint Pierre. En un sens, c'est une martyre, on ne peut pas soutenir le contraire. Son tort, ça n'a pas été de combattre la saleté, bien sûr, mais d'avoir voulu l'anéantir, comme si c'était possible. Une paroisse, c'est sale, forcément. Une chrétienté, c'est encore plus sale. Attendez le grand jour du Jugement, vous verrez ce que les anges auront à retirer des plus saints monastères, par pelletées – quelle vidange ! Alors, mon petit, ça prouve que l'Église doit être une solide ménagère, solide et raisonnable. Ma bonne sœur n'était pas une vraie femme de ménage : une vraie femme de ménage sait qu'une maison n'est pas un reliquaire. Tout ça, ce sont des idées de poète. »

Je l'attendais là. Tandis qu'il rebourrait sa pipe, j'ai maladroitement essayé de lui faire comprendre que l'exemple n'était peut-être pas très bien choisi, que cette religieuse morte à la peine n'avait rien de commun avec «les enfants de chœur», les va-nu-pieds «qui pleurnichent au lieu de commander».

«Détrompe-toi, m'a-t-il dit sans douceur. L'illusion est la même. Seulement les va-nu-pieds n'ont pas la persévérance de ma bonne sœur, voilà tout. Au premier essai, sous prétexte que l'expérience du ministère dément leur petite jugeote, ils lâchent tout. Ce sont des museaux à confitures. Pas plus qu'un homme, une chrétienté ne se nourrit de confitures. Le bon Dieu n'a pas écrit que nous étions le miel de la terre, mon garçon, mais le sel. Or, notre pauvre monde ressemble au vieux père Job sur son fumier, plein de plaies et d'ulcères. Du sel sur une peau à vif, ça brûle. Mais ça empêche aussi de pourrir. Avec l'idée d'exterminer le diable, votre autre marotte est d'être aimés, aimés pour vous-mêmes, s'entend. Un vrai prêtre n'est jamais aimé, retiens ça. Et veux-tu que je te dise? L'Église s'en moque que vous soyez aimés, mon garçon. Soyez d'abord respectés, obéis. L'Église a besoin d'ordre. Faites de l'ordre à longueur du jour. Faites de l'ordre en pensant que le désordre va l'emporter encore le lendemain parce qu'il est justement dans l'ordre, hélas! que la nuit fiche en l'air votre travail de la veille – la nuit appartient au diable.

— La nuit, ai-je dit (je savais que j'allais le mettre en colère), c'est l'office des réguliers?...

— Oui, m'a-t-il répondu froidement. Ils font de la musique.»

J'ai essayé de paraître scandalisé.

« Vos contemplatifs, je n'ai rien contre eux, chacun sa besogne. Musique à part, ce sont aussi des fleuristes.

— Des fleuristes ?

— Parfaitement. Quand nous avons fait le ménage, lavé la vaisselle, pelé les pommes de terre et mis la nappe sur la table, on fourre des fleurs fraîches dans le vase, c'est régulier. Remarque que ma petite comparaison ne peut scandaliser que les imbéciles, car bien entendu, il y a une nuance... Le lis mystique n'est pas le lis des champs. Et d'ailleurs, si l'homme préfère le filet de bœuf à une gerbe de pervenches, c'est qu'il est lui-même une brute, un ventre. Bref, tes contemplatifs sont très bien outillés pour nous fournir de belles fleurs, des vraies. Malheureusement, il y a parfois du sabotage dans les cloîtres comme ailleurs, et on nous refile trop souvent des fleurs en papier. »

Il m'observait de biais sans en avoir l'air et dans ces moments-là, je crois voir au fond de son regard beaucoup de tendresse et – comment dirais-je ? – une espèce d'inquiétude, d'anxiété. J'ai mes épreuves, il a les siennes. Mais il m'en coûte, à moi, de les taire. Et si je ne parle pas, c'est moins par héroïsme, hélas, que par cette pudeur que les médecins connaissent aussi, me dit-on, du moins à leur manière et selon l'ordre de préoccupations qui leur est propre. Au lieu que lui, il taira les siennes, quoi qu'il arrive, et sous sa rondeur bourrue, plus impénétrable que ces chartreux que j'ai croisés dans les couloirs de Z..., blancs comme des cires.

Brusquement, il m'a pris ma main dans la sienne, une main enflée par le diabète, mais qui serre tout de suite sans tâtonner, dure, impérieuse.

« Tu me diras peut-être que je ne comprends rien aux mystiques. Si, tu me le diras, ne fais pas la bête ! Eh bien, mon gros, il y avait comme ça de mon temps, au grand séminaire, un professeur de droit canon qui se croyait poète. Il te fabriquait des machines étonnantes avec les pieds qu'il fallait, les rimes, les césures, et tout, pauvre homme ! il aurait mis son droit canon en vers. Il lui manquait seulement une chose, appelle-la comme tu voudras, l'inspiration, le génie – *ingenium* – que sais-je ? Moi, je n'ai pas de génie. Une supposition que l'Esprit Saint me fasse signe un jour, je planterai là mon balai et mes torchons – tu penses ! – et j'irai faire un tour chez les séraphins pour y apprendre la musique, quitte à détonner un peu, au commencement. Mais tu me permettras de pouffer de rire au nez des gens qui chantent en chœur avant que le bon Dieu ait levé sa baguette ! »

Il a réfléchi un moment et son visage, pourtant tourné vers la fenêtre, m'a paru tout à coup dans l'ombre. Les traits mêmes s'étaient durcis comme s'il attendait de moi – ou de lui peut-être, de sa conscience – une objection, un démenti, je ne sais quoi… Il s'est d'ailleurs rasséréné presque aussitôt.

« Que veux-tu, mon petit, j'ai mes idées sur la harpe du jeune David. C'était un garçon de talent, sûr, mais toute sa musique ne l'a pas préservé du péché. Je sais bien que les pauvres écrivains bien pensants qui fabriquent des *Vies de saints* pour l'exportation, s'imaginent qu'un bonhomme est à l'abri dans l'extase, qu'il s'y trouve au chaud et en sûreté comme dans le sein d'Abraham. En sûreté !… Oh ! naturellement, rien n'est plus facile parfois que de grimper là-haut : Dieu vous y porte. Il s'agit seulement d'y tenir, et, le cas échéant, de savoir descendre. Tu remarqueras que les saints, les vrais, montraient beaucoup d'embarras au retour. Une fois surpris dans leurs travaux d'équilibre, ils commençaient par supplier qu'on leur gardât le secret : "Ne parlez à personne de ce que vous avez vu…" Ils avaient un peu honte, comprends-tu ? Honte d'être des enfants gâtés du Père, d'avoir bu à la coupe de béatitude avant tout le monde ! Et pourquoi ? Pour rien. Par faveur. Ces sortes de grâces !… Le premier mouvement de l'âme est de les fuir. On peut l'entendre de plusieurs manières, va, la parole du Livre : "Il est terrible de tomber entre les mains du Dieu vivant !" Que dis-je ! Entre ses bras, sur son cœur, le cœur de Jésus ! Tu tiens ta petite partie dans le concert, tu joues du triangle ou des cymbales, je suppose, et voilà qu'on te prie de monter sur l'estrade, on te donne un Stradivarius et on te dit : "Allez, mon garçon, je vous écoute." Brr !… Viens voir mon oratoire, mais d'abord essuie-toi les pieds, rapport au tapis. »

Je ne connais pas grand-chose au mobilier, mais sa chambre m'a paru magnifique : un lit d'acajou massif, une armoire à trois portes, très sculptée, des fauteuils recouverts de peluche et sur la cheminée une énorme Jeanne d'Arc en bronze. Mais ce n'était pas sa chambre que M. le curé de Torcy désirait me montrer. Il m'a conduit dans une autre pièce très nue, meublée seulement d'une table et d'un prie-Dieu. Au mur un assez vilain chromo, pareil à ceux qu'on voit dans les salles d'hôpital et qui représente un Enfant Jésus bien joufflu, bien rose, entre l'âne et le bœuf.

«Tu vois ce tableau, m'a-t-il dit. C'est un cadeau de ma marraine. J'ai bien les moyens de me payer quelque chose de mieux, de plus artistique, mais je préfère encore celui-ci. Je le trouve laid, et même un peu bête, ça me rassure. Nous autres, mon petit, nous sommes des Flandres, un pays de gros buveurs, de gros mangeurs – et riches… Vous ne vous rendez pas compte, vous, les pauvres noirauds du Boulonnais, dans vos bicoques de torchis, de la richesse des Flandres, des terres noires! Faut pas trop nous demander de belles paroles qui chavirent les dames pieuses, mais nous en alignons tout de même pas mal, de mystiques, mon garçon! Et pas des mystiques poitrinaires, non. La vie ne nous fait pas peur: un bon gros sang bien rouge, bien épais, qui bat à nos tempes même quand on est plein de genièvre à ras bord, ou que la colère nous monte au nez, une colère flamande, de quoi étendre roide un bœuf – un gros sang rouge avec une pointe de sang bleu espagnol, juste assez pour le faire flamber. Allons, bref, tu as tes ennuis, j'ai eu les miens – ce ne sont probablement pas les mêmes. Ça peut t'arriver de te coucher dans les brancards, moi j'ai rué dedans, et plus d'une fois, tu peux me croire. Si je te disais… Mais je te le dirai un autre jour, pour le moment tu m'as l'air trop mal fichu, je risquerais de te voir tomber faible. Pour revenir à mon Enfant Jésus, figure-toi que le curé de Poperinghe, de mon pays, d'accord avec le vicaire général, une forte tête, s'avisèrent de m'envoyer à Saint-Sulpice. Saint-Sulpice, à leur idée, c'était le Saint-Cyr du jeune clergé, Saumur – ou l'École de guerre. Et puis, monsieur mon père (entre parenthèses, j'ai cru d'abord à une plaisanterie, mais il paraît que le curé de Torcy ne désigne jamais autrement son père : une coutume de l'ancien temps ?), monsieur mon père avait du foin dans ses bottes et se devait de faire honneur au diocèse. Seulement, dame !… Quand j'ai vu cette vieille caserne lépreuse qui sentait le bouillon gras, brr !… Et tous ces braves garçons si maigres, pauvres diables, que même vus de face, ils avaient l'air toujours d'être de profil… Enfin avec trois ou quatre bons camarades, pas plus, on secouait ferme les professeurs, on chahutait un peu, quoi, des bêtises. Les premiers au travail et à la soupe, par exemple, mais hors de là… des vrais diablotins. Un soir, tout le monde couché, on a grimpé sur les toits, et que je te miaule… de quoi réveiller tout le quartier. Notre maître de novices se signait au pied de son lit, le malheureux, il croyait que tous les chats de l'arrondissement s'étaient donné rendez-vous à la Sainte Maison pour s'y raconter des horreurs – une farce imbécile, je ne dis pas non ! À la fin du trimestre, ces messieurs m'ont renvoyé chez moi, et avec des notes ! Pas bête, brave garçon, bonne nature, et patati, et patata. En somme, je n'étais bon qu'à garder les vaches. Moi qui ne rêvais que d'être prêtre. Être prêtre ou mourir ! Le cœur me saignait tellement que le bon Dieu permit que je fusse tenté de me détruire – parfaitement. Monsieur mon père était un homme juste. Il m'a conduit chez Monseigneur, dans sa carriole, avec un petit mot d'une grand-tante, supérieure des Dames de la Visitation à Namur. Monseigneur aussi était un homme juste. Il m'a fait entrer tout de suite dans son cabinet. Je me suis jeté à ses genoux, je lui ai dit la tentation que j'avais, et il m'a expédié la semaine suivante à son grand séminaire, une boîte pas trop à la page, mais solide. N'importe ! Je peux dire que j'ai vu la mort de près, et quelle mort ! Aussi j'ai résolu dès ce moment de me tenir à carreau, de faire la bête. En dehors du service, comme disent les militaires, pas de complications. Mon Enfant Jésus est trop jeune pour s'intéresser encore beaucoup à la musique ou à la littérature. Et même il ferait probablement la grimace aux gens qui se contenteraient de tortiller de la prunelle au lieu d'apporter de la paille fraîche à son bœuf, ou d'étriller l'âne. »

Il m'a poussé hors de la pièce par les épaules, et la tape amicale d'une de ses larges mains a failli me faire tomber sur les genoux. Puis nous avons bu ensemble un verre de genièvre. Et tout à coup il m'a regardé droit dans les yeux, d'un air d'assurance et de commandement. C'était comme un autre homme, un homme qui ne rend de compte à personne, un seigneur.

« Les moines sont les moines, a-t-il dit, je ne suis pas un moine. Je ne suis pas un supérieur de moines.

J'ai un troupeau, un vrai troupeau, je ne peux pas danser devant l'arche avec mon troupeau – du simple bétail – à quoi je ressemblerais, veux-tu me dire ? Du bétail, ni trop bon ni trop mauvais, des bœufs, des ânes, des animaux de trait et de labour. Et j'ai des boucs aussi. Qu'est-ce que je vais faire de mes boucs ? Pas moyen de les tuer ni de les vendre. Un abbé mitré n'a qu'à passer la consigne au frère portier. En cas d'erreur, il se débarrasse des boucs en un tour de main. Moi, je ne peux pas, nous devons nous arranger de tout, même des boucs. Boucs ou brebis, le maître veut que nous lui rendions chaque bête en bon état. Ne va pas te mettre dans la tête d'empêcher un bouc de sentir le bouc, tu perdrais ton temps, tu risquerais de tomber dans le désespoir. Les vieux confrères me prennent pour un optimiste, un Roger Bontemps, les jeunes de ton espèce pour un croque-mitaine, ils me trouvent trop dur avec mes gens, trop militaire, trop coriace. Les uns et les autres m'en veulent de ne pas avoir mon petit plan de réforme comme tout le monde ou de le laisser au fond de ma poche. Tradition ! grognent les vieux. Évolution ! chantent les jeunes. Moi je crois que l'homme est l'homme, qu'il ne vaut guère mieux qu'au temps des païens. La question n'est d'ailleurs pas de savoir ce qu'il vaut, mais qui le commande. Ah ! si on avait laissé faire les hommes d'Église ! Remarque que je ne coupe pas dans le Moyen Âge des confiseurs : les gens du XIIIe siècle ne passaient pas pour de petits saints et si les moines étaient moins bêtes, ils buvaient plus qu'aujourd'hui, on ne peut pas dire le contraire. Mais nous étions en train de fonder un empire, mon garçon, un empire auprès duquel celui des Césars n'eût été que de la crotte – une paix, la Paix romaine, la vraie. Un peuple chrétien, voilà ce que nous aurions fait tous ensemble. Un peuple de chrétiens n'est pas un peuple de saintes-nitouches. L'Église a les nerfs solides, le péché ne lui fait pas peur, au contraire. Elle le regarde en face, tranquillement, et même, à l'exemple de Notre-Seigneur, elle le prend à son compte, elle l'assume. Quand un bon ouvrier travaille convenablement les six jours de la semaine, on peut bien lui passer une ribote, le samedi soir. Tiens, je vais te définir un peuple chrétien par son contraire. Le contraire d'un peuple chrétien, c'est un peuple triste, un peuple de vieux. Tu me diras que la définition n'est pas trop théologique. D'accord. Mais elle a de quoi faire réfléchir les messieurs qui bâillent à la messe du dimanche. Bien sûr qu'ils bâillent ! Tu ne voudrais pas qu'en une malheureuse demi-heure par semaine, l'Église puisse leur apprendre la joie ! Et même s'ils savaient par cœur le catéchisme du concile de Trente, ils n'en seraient probablement pas plus gais.

« D'où vient que le temps de notre petite enfance nous apparaît si doux, si rayonnant ? Un gosse a des peines comme tout le monde, et il est, en somme, si désarmé contre la douleur, la maladie ! L'enfance et l'extrême vieillesse devraient être les deux grandes épreuves de l'homme. Mais c'est du sentiment de sa propre impuissance que l'enfant tire humblement le principe même de sa joie. Il s'en rapporte à sa mère, comprends-tu ? Présent, passé, avenir, toute sa vie, la vie entière tient dans un regard, et ce regard est un sourire. Hé bien, mon garçon, si l'on nous avait laissés faire, nous autres, l'Église eût donné aux hommes cette espèce de sécurité souveraine. Retiens que chacun n'en aurait pas moins eu sa part d'embêtements. La faim, la soif, la pauvreté, la jalousie, nous ne serons jamais assez forts pour mettre le diable dans notre poche, tu penses ! Mais l'homme se serait su le fils de Dieu, voilà le miracle ! Il aurait vécu, il serait mort avec cette idée, dans la caboche – et non pas une idée apprise seulement dans les livres, – non. Parce qu'elle eût inspiré, grâce à nous, les mœurs, les coutumes, les distractions, les plaisirs et jusqu'aux plus humbles nécessités. Ça n'aurait pas empêché l'ouvrier de gratter la terre, le savant de piocher sa table de logarithmes ou même l'ingénieur de construire ses joujoux pour grandes personnes. Seulement nous aurions aboli, nous aurions arraché du cœur d'Adam le sentiment de sa solitude. Avec leur ribambelle de dieux, les païens n'étaient pas si bêtes : ils avaient tout de même réussi à donner au pauvre monde l'illusion d'une grossière entente avec l'invisible. Mais le truc maintenant ne vaudrait plus un clou. Hors l'Église, un peuple sera toujours un peuple de bâtards, un peuple d'enfants trouvés. Évidemment, il leur reste encore l'espoir de se faire reconnaître par Satan. Bernique ! Ils peuvent l'attendre longtemps, leur petit Noël noir ! Ils peuvent les mettre dans la cheminée, leurs souliers ! Voilà déjà que le diable se lasse d'y déposer des tas de mécaniques aussi vite démodées qu'inventées, il n'y met plus maintenant qu'un minuscule paquet de cocaïne, d'héroïne, de morphine, une saleté de poudre quelconque qui ne lui coûte pas cher. Pauvres types ! Ils auront usé jusqu'au péché. Ne s'amuse pas qui veut. La moindre poupée de quatre sous fait les délices d'un gosse toute une saison, tandis qu'un vieux bonhomme bâillera devant un jouet de cinq cents francs. Pourquoi ? Parce qu'il a perdu l'esprit d'enfance. Hé bien, l'Église a été chargée par le bon Dieu de maintenir dans le monde cet esprit d'enfance, cette ingénuité, cette fraîcheur. Le paganisme n'était pas l'ennemi de la nature, mais le christianisme seul l'agrandit, l'exalte, la met à la mesure de l'homme, du rêve de l'homme. Je voudrais tenir un de ces savantasses qui me traitent d'obscurantiste, je lui dirais : "Ce n'est pas ma faute si je porte un costume de croque-mort. Après tout, le pape s'habille bien en blanc, et les cardinaux en rouge. J'aurais le droit de me promener vêtu comme la reine de Saba, parce que j'apporte la joie. Je vous la donnerais pour rien si vous me la demandiez. L'Église dispose de la joie, de toute la part de joie réservée à ce triste monde. Ce que vous avez fait contre elle, vous l'avez fait contre la joie. Est-ce que je vous empêche, moi, de calculer la précession des équinoxes ou de désintégrer les atomes ? Mais que vous servirait de fabriquer la vie même, si vous avez perdu le sens de la vie ? Vous n'auriez plus qu'à vous faire sauter la cervelle devant vos cornues. Fabriquez de la vie tant que vous voudrez ! L'image que vous donnez de la mort empoisonne peu à peu la pensée des misérables, elle assombrit, elle décolore lentement leurs dernières joies. Ça ira encore tant que votre industrie et vos capitaux vous permettront de faire du monde une foire, avec des mécaniques qui tournent à des vitesses vertigineuses, dans le fracas des cuivres et l'explosion des feux d'artifice. Mais attendez, attendez le premier quart d'heure de silence. Alors, ils l'entendront la parole – non pas celle qu'ils ont refusée, qui disait tranquillement : Je suis la Voie, la Vérité, la Vie – mais celle qui monte de l'abîme : je suis la porte à jamais close, la route sans issue, le mensonge et la perdition." »

Il a prononcé ces derniers mots d'une voix si sombre que j'ai dû pâlir – ou plutôt jaunir, ce qui est, hélas ! ma façon de pâlir depuis des mois – car il m'a versé un second verre de genièvre et nous avons parlé d'autre chose. Sa gaieté ne m'a pas paru fausse ni même affectée, car je crois qu'elle est sa nature même, son âme est gaie. Mais son regard n'a pas réussi tout de suite à se mettre d'accord avec elle. Au moment du départ, comme je m'inclinais, il m'a fait du pouce une petite croix sur le front, et glissé un billet de cent francs dans ma poche :

« Je parie que tu es sans le sou, les premiers temps sont durs, tu me les rendras quand tu pourras. Fiche le camp, et ne dis jamais rien de nous deux aux imbéciles. »

♦♦♦ « Apporter de la paille fraîche au bœuf, étriller l'âne », ces paroles me sont revenues ce matin à l'esprit tandis que je pelais mes pommes de terre pour la soupe. L'adjoint est arrivé derrière mon dos et je me suis levé brusquement de ma chaise sans avoir eu le temps de secouer les épluchures : je me sentais ridicule. Il m'apportait d'ailleurs une bonne nouvelle : la municipalité accepte de faire creuser mon puits, ce qui m'économisera les vingt sous par semaine que je donne au petit enfant de chœur qui va me chercher de l'eau à la fontaine. Mais j'aurais voulu lui dire un mot de son cabaret car il se propose maintenant de donner un bal chaque jeudi et chaque dimanche – il intitule celui du jeudi « le bal des familles » et il y attire jusqu'à des petites filles de la fabrique que les garçons s'amusent à faire boire.

Je n'ai pas osé. Il a une façon de me regarder avec un sourire en somme bienveillant, qui m'encourage à parler comme si, de toute manière, ce que j'allais dire n'avait sûrement aucune importance. Il serait d'ailleurs plus convenable d'aller le trouver à son domicile. J'ai le prétexte d'une visite, son épouse étant gravement malade, et ne quittant pas la chambre depuis des semaines. Elle ne passe pas pour une mauvaise personne et même était jadis, me dit-on, assez exacte aux offices.

… « Apporter de la paille fraîche au bœuf, étriller l'âne… », soit. Mais les besognes simples ne sont pas les plus faciles, au contraire. Les bêtes n'ont que peu de besoins, toujours les mêmes, tandis que les hommes ! Je sais bien qu'on parle volontiers de la simplicité des campagnards. Moi qui suis fils de paysans, je les crois plutôt horriblement compliqués. À Béthune, au temps de mon premier vicariat, les jeunes ouvriers de notre patronage, sitôt la glace rompue, m'étourdissaient de leurs confidences, ils cherchaient sans cesse à se définir, on les sentait débordant de sympathie pour eux-mêmes. Un paysan s'aime rarement, et s'il montre une indifférence si cruelle à qui l'aime, ce n'est pas qu'il doute de l'affection qu'on lui porte : il la mépriserait plutôt. Sans doute cherche-t-il peu à se corriger. Mais on ne le voit pas non plus se faire illusion sur les défauts ou les vices qu'il endure avec patience toute sa vie, les ayant jugés par avance irréformables, soucieux seulement de tenir en respect ces bêtes inutiles et coûteuses, de les nourrir au moindre prix. Et comme il arrive, dans le silence de ces vies paysannes toujours secrètes, que l'appétit des monstres aille croissant, l'homme vieilli ne se supporte plus qu'à grand-peine et toute sympathie l'exaspère, car il la soupçonne d'une espèce de complicité avec l'ennemi intérieur qui dévore peu à peu ses forces, son travail, son bien. Que dire à ces misérables ? On rencontre ainsi au lit de mort certains vieux débauchés dont l'avarice n'aura été qu'une âpre revanche, un châtiment volontaire subi des années avec une rigueur inflexible. Et jusqu'au seuil de l'agonie, telle parole arrachée par l'angoisse témoigne encore d'une haine de soi-même pour laquelle il n'est peut-être pas de pardon.

♦♦♦ Je crois qu'on interprète assez mal la décision que j'ai prise, voilà quinze jours, de me passer des services d'une femme de ménage. Ce qui complique beaucoup la chose, c'est que le mari de cette dernière,

M. Pégriot, vient d'entrer au château en qualité de garde-chasse. Il a même prêté serment, hier, à Saint-Vaast. Et moi qui avais cru bien manœuvrer en lui achetant un petit fût de vin ! J'ai dépensé ainsi les deux cents francs de ma tante Philomène, sans aucun profit puisque M. Pégriot ne voyage plus désormais pour sa maison de Bordeaux à laquelle il a tout de même passé la commande. Je suppose que son successeur tirera tout le profit de ma petite libéralité. Quelle bêtise !

♦♦♦ Oui, quelle bêtise ! J'espérais que ce journal m'aiderait à fixer ma pensée qui se dérobe toujours aux rares moments où je puis réfléchir un peu. Dans mon idée, il devait être une conversation entre le bon Dieu et moi, un prolongement de la prière, une façon de tourner les difficultés de l'oraison, qui me paraissent encore trop souvent insurmontables, en raison peut-être de mes douloureuses crampes d'estomac. Et voilà qu'il me découvre la place énorme, démesurée, que tiennent dans ma pauvre vie ces mille petits soucis quotidiens dont il m'arrivait parfois de me croire délivré. J'entends bien que Notre-Seigneur prend sa part de nos peines, même futiles, et qu'il ne méprise rien. Mais pourquoi fixer sur le papier ce que je devrais au contraire m'efforcer d'oublier à mesure ? Le pire est que je trouve à ces confidences une si grande douceur qu'elle devrait suffire à me mettre en garde. Tandis que je griffonne sous la lampe ces pages que personne ne lira jamais, j'ai le sentiment d'une présence invisible qui n'est sûrement pas celle de Dieu – plutôt d'un ami fait à mon image, bien que distinct de moi, d'une autre essence… Hier soir, cette présence m'est devenue tout à coup si sensible que je me suis surpris à pencher la tête vers je ne sais quel auditeur imaginaire, avec une soudaine envie de pleurer qui m'a fait honte.

Mieux vaut d'ailleurs pousser l'expérience jusqu'au bout – je veux dire au moins quelques semaines. Je m'efforcerai même d'écrire sans choix ce qui me passera par la tête (il m'arrive encore d'hésiter sur le choix d'une épithète, de me corriger), puis je fourrerai mes paperasses au fond d'un tiroir et je les relirai un peu plus tard à tête reposée.

II

J'ai eu ce matin, après la messe, une longue
conversation avec Mlle Louise. Je la voyais jusqu'ici
rarement aux offices de la semaine, car sa situation
d'institutrice au château nous impose à tous deux
une grande réserve. Mme la comtesse l'estime beaucoup. Elle devait, paraît-il, entrer aux Clarisses,
mais s'est consacrée à une vieille mère infirme qui
n'est morte que l'année dernière. Les deux petits
garçons l'adorent. Malheureusement la fille aînée,
Mlle Chantal, ne lui témoigne aucune sympathie et
même semble prendre plaisir à l'humilier, à la traiter en domestique. Enfantillages peut-être, mais qui
doivent exercer cruellement sa patience, car je tiens
de Mme la comtesse qu'elle appartient à une excellente famille et a reçu une éducation supérieure.

J'ai cru comprendre que le château m'approuvait
de me passer de servante. On trouverait néanmoins
préférable que je fisse la dépense d'une femme de
journée, ne fût-ce que pour le principe, une ou deux
fois par semaine. Évidemment, c'est une question

de principe. J'habite un presbytère très confortable, la plus belle maison du pays, après le château, et je laverais moi-même mon linge ! j'aurais l'air de le faire exprès.

Peut-être aussi n'ai-je pas le droit de me distinguer des confrères pas plus fortunés que moi, mais qui tirent un meilleur parti de leurs modestes ressources. Je crois sincèrement qu'il m'importe peu d'être riche ou pauvre, je voudrais seulement que nos supérieurs en décidassent une fois pour toutes. Ce cadre de félicité bourgeoise où l'on nous impose de vivre convient si peu à notre misère… L'extrême pauvreté n'a pas de peine à rester digne. Pourquoi maintenir ces apparences ? Pourquoi faire de nous des besogneux ?

Je me promettais quelques consolations de l'enseignement du catéchisme élémentaire, de la préparation à la sainte communion privée selon le vœu du saint pape Pie X. Encore aujourd'hui, lorsque j'entends le bourdonnement de leurs voix dans le cimetière, et sur le seuil le claquement de tous ces petits sabots ferrés, il me semble que mon cœur se déchire de tendresse. *Sinite parvulos…* Je rêvais de leur dire, dans ce langage enfantin que je retrouve si vite, tout ce que je dois garder pour moi, tout ce qu'il ne m'est pas possible d'exprimer en chaire où l'on m'a tant recommandé d'être prudent. Oh ! je n'aurais pas exagéré, bien entendu ! Mais enfin j'étais très fier d'avoir à leur parler d'autre chose que des problèmes de fractions, du droit civique, ou encore de ces abominables leçons de choses, qui ne sont en effet que des leçons de choses, et rien de plus. L'homme à l'école des choses ! Et puis j'étais délivré de cette sorte de crainte presque maladive, que tout jeune prêtre éprouve, je pense, lorsque certains mots, certaines images lui viennent aux lèvres, d'une raillerie, d'une équivoque, qui brisant notre élan, fait que nous nous en tenons forcément à d'austères leçons doctrinales dans un vocabulaire si usé mais si sûr qu'il ne choque personne, ayant au moins le mérite de décourager les commentaires ironiques à force de vague et d'ennui. À nous entendre on croirait trop souvent que nous prêchons le Dieu des spiritualistes, l'Être suprême, je ne sais quoi, rien qui ressemble, en tout cas, à ce Seigneur que nous avons appris à connaître comme un merveilleux ami vivant, qui souffre de nos peines, s'émeut de nos joies, partagera notre agonie, nous recevra dans ses bras, sur son cœur.

J'ai tout de suite senti la résistance des garçons, je me suis tu. Après tout, ce n'est pas leur faute, si à l'expérience précoce des bêtes – inévitable – s'ajoute maintenant celle du cinéma hebdomadaire.

Quand leur bouche a pu l'articuler pour la première fois, le mot amour était déjà un mot ridicule, un mot souillé qu'ils auraient volontiers poursuivi en riant, à coups de pierres, comme ils font des crapauds. Mais les filles m'avaient donné quelque espoir, Séraphita Dumouchel surtout. C'est la meilleure élève du catéchisme, gaie, proprette, le regard un peu hardi, bien que pur. J'avais pris peu à peu l'habitude de la distinguer parmi ses camarades moins attentives, je l'interrogeais souvent, j'avais un peu l'air de parler pour elle. La semaine passée comme

je lui donnais à la sacristie son bon point hebdomadaire – une belle image – j'ai posé sans y penser les
deux mains sur ses épaules et je lui ai dit : « As-tu
hâte de recevoir le bon Jésus ? Est-ce que le temps te
semble long ? — Non, m'a-t-elle répondu, pourquoi ?
Ça viendra quand ça viendra. » J'étais interloqué, pas
trop scandalisé d'ailleurs, car je sais la malice des
enfants. J'ai repris : « Tu comprends, pourtant ? Tu
m'écoutes si bien ! » Alors son petit visage s'est raidi
et elle a répondu en me fixant : « C'est parce que vous
avez de très beaux yeux. »

Je n'ai pas bronché, naturellement, nous sommes
sortis ensemble de la sacristie et toutes ses compagnes qui chuchotaient se sont tues brusquement,
puis ont éclaté de rire. Évidemment, elles avaient
combiné la chose entre elles.

Depuis je me suis efforcé de ne pas changer d'attitude, je ne voulais pas avoir l'air d'entrer dans leur
jeu. Mais la pauvre petite, sans doute encouragée
par les autres, me poursuit de grimaces sournoises,
agaçantes, avec des mines de vraie femme, et une
manière de relever sa jupe pour renouer le lacet qui
lui sert de jarretière. Mon Dieu, les enfants sont les
enfants, mais l'hostilité de ces petites ? Que leur ai-je
fait ?

Les moines souffrent pour les âmes. Nous, nous
souffrons par elles. Cette pensée qui m'est venue
hier soir a veillé près de moi toute la nuit, comme un
ange.

◆◆◆ Jour anniversaire de ma nomination au poste

d'Ambricourt. Trois mois déjà ! J'ai bien prié ce matin pour ma paroisse, ma pauvre paroisse – ma première et dernière paroisse peut-être, car je souhaiterais d'y mourir. Ma paroisse ! Un mot qu'on ne peut prononcer sans émotion, – que dis-je ! sans un élan d'amour. Et cependant, il n'éveille encore en moi qu'une idée confuse. Je sais qu'elle existe réellement, que nous sommes l'un à l'autre pour l'éternité, car elle est une cellule vivante de l'Église impérissable et non pas une fiction administrative. Mais je voudrais que le bon Dieu m'ouvrît les yeux et les oreilles, me permît de voir son visage, d'entendre sa voix. Sans doute est-ce trop demander ? Le visage de ma paroisse ! Son regard ! Ce doit être un regard doux, triste, patient, et j'imagine qu'il ressemble un peu au mien lorsque je cesse de me débattre, que je me laisse entraîner par ce grand fleuve invisible qui nous porte tous, pêle-mêle, vivants et morts, vers la profonde Éternité. Et ce regard ce serait celui de la chrétienté, de toutes les paroisses, ou même… peut-être celui de la pauvre race humaine ? Celui que Dieu a vu du haut de la Croix. Pardonnez-leur parce qu'ils ne savent pas ce qu'ils font…

(J'ai eu l'idée d'utiliser ce passage, en l'arrangeant un peu, pour mon instruction du dimanche. Le *regard de la paroisse* a fait sourire et je me suis arrêté une seconde au beau milieu de la phrase avec l'impression, très nette hélas ! de jouer la comédie. Dieu sait pourtant que j'étais sincère ! Mais il y a toujours dans les images qui ont trop ému notre cœur quelque chose de trouble. Je suis sûr que le doyen de Torcy m'eût blâmé. À la sortie de la messe, M. le comte m'a dit, de sa drôle de voix un peu nasale : « Vous avez eu une belle envolée ! » J'aurais voulu rentrer sous terre.)

♦♦♦ Mme Louise m'a transmis une invitation à déjeuner au château, mardi prochain. La présence de Mlle Chantal me gênait un peu, mais j'allais néanmoins répondre par un refus quand Mme Louise m'a fait discrètement signe d'accepter.

La femme de ménage reviendra mardi au presbytère. Mme la comtesse aura la bonté de la rembourser de sa journée une fois par semaine. J'étais si honteux de l'état de mon linge que j'ai couru ce matin jusqu'à Saint-Vaast pour y faire l'emplette de trois chemises, de caleçons, de mouchoirs, bref, les cent francs de M. le curé de Torcy ont à peine suffi à couvrir cette grosse dépense. De plus, je dois donner le repas de midi et une femme qui travaille a besoin d'une nourriture convenable. Heureusement mon bordeaux va me rendre service. Je l'ai mis en bouteilles hier. Il m'a paru un peu trouble, néanmoins il embaume.

Les jours passent, passent... Qu'ils sont vides ! J'arrive encore à bout de ma besogne quotidienne mais je remets sans cesse au lendemain l'exécution du petit programme que je me suis tracé. Défaut de méthode, évidemment. Et que de temps je passe sur les routes ! Mon annexe la plus proche est à trois bons kilomètres, l'autre à cinq. Ma bicyclette ne me rend que peu de services, car je ne puis monter les côtes, à jeun surtout, sans d'horribles maux d'estomac. Cette paroisse si petite sur la carte !... Quand je pense que telle classe de vingt ou trente élèves, d'âge et de condition semblables, soumis à la même discipline, entraînés aux mêmes études n'est connue du maître qu'au cours du second trimestre – et encore !… Il me semble que ma vie, toutes les forces de ma vie vont se perdre dans le sable.

Mlle Louise assiste maintenant chaque jour à la Sainte Messe. Mais elle apparaît et disparaît si vite qu'il m'arrive de ne pas m'apercevoir de sa présence. Sans elle, l'église eût été vide.

Rencontré hier Séraphita en compagnie de M. Dumouchel. Le visage de cette petite me semble se transformer de jour en jour : jadis si changeant, si mobile, je lui trouve maintenant une espèce de fixité, de dureté bien au-dessus de son âge. Tandis que je lui parlais, elle m'observait avec une attention si gênante que je n'ai pu m'empêcher de rougir. Peut-être devrais-je prévenir ses parents… Mais de quoi ?

Sur un papier laissé sans doute intentionnellement dans un des catéchismes et que j'ai trouvé ce matin, une main maladroite avait dessiné une minuscule bonne femme avec cette inscription : « La chouchoute de M. le curé. » Comme je distribue chaque fois les livres au hasard, inutile de rechercher l'auteur de cette plaisanterie.

J'ai beau me dire que ces sortes d'ennuis sont, dans les maisons d'éducation les mieux tenues, monnaie courante, cela ne m'apaise qu'à demi. Un maître peut toujours se confier à son supérieur, prendre date. Au lieu qu'ici…

« Souffrir par les âmes », je me suis répété toute

la nuit cette phrase consolante. Mais l'Ange n'est pas
revenu.

◆◆◆ Mme Pégriot est arrivée hier. Elle m'a paru
si peu satisfaite des prix fixés par Mme la comtesse
que j'ai cru devoir ajouter cinq francs de ma poche.
Il paraît que le vin a été mis en bouteilles beaucoup
trop tôt, sans les précautions nécessaires, en sorte que
je l'ai gâté. J'ai retrouvé la bouteille dans la cuisine à
peine entamée.

Évidemment cette femme a un caractère ingrat
et des manières pénibles. Mais il faut être juste : je
donne maladroitement et avec un embarras ridicule
qui doit déconcerter les gens. Aussi ai-je rarement
l'impression de faire plaisir, probablement parce que
je le désire trop. On croit que je donne à regret.

Réunion mardi chez le curé d'Hébuterne, pour la
conférence mensuelle. Sujet traité par M. l'abbé Tho-
mas, licencié en histoire : « La Réforme, ses origines,
ses causes. » Vraiment, l'état de l'Église au XVIᵉ siècle
fait frémir. À mesure que le conférencier poursuivait
son exposé forcément un peu monotone, j'observais les visages des auditeurs sans y voir autre chose
que l'expression d'une curiosité polie, exactement
comme si nous nous étions réunis pour entendre lire
quelque chapitre de l'histoire des pharaons. Cette
indifférence apparente m'eût jadis exaspéré. Je crois
maintenant qu'elle est le signe d'une grande foi, peut-
être aussi d'un grand orgueil inconscient. Aucun de
ces hommes ne saurait croire l'Église en péril, pour
quelque raison que ce soit. Et certes ma confiance

n'est pas moindre, mais probablement d'une autre espèce. Leur sécurité m'épouvante.

(Je regrette un peu d'avoir écrit le mot d'orgueil, et cependant je ne puis l'effacer, faute d'en trouver un qui convienne mieux à un sentiment si humain, si concret. Après tout, l'Église n'est pas un idéal à réaliser, elle existe et ils sont dedans.)

À l'issue de la conférence, je me suis permis de faire une timide allusion au programme que je me suis tracé. Encore ai-je supprimé la moitié des articles. On n'a pas eu beaucoup de mal à me démontrer que son exécution, même partielle, exigerait des jours de quarante-huit heures et une influence personnelle que je suis loin d'avoir, que je n'aurai peut-être jamais. Heureusement, l'attention s'est détournée de moi et le curé de Lumbres, spécialiste en ces matières, a traité supérieurement le problème des caisses rurales et des coopératives agricoles.

Je suis rentré assez tristement, sous la pluie. Le peu de vin que j'avais pris me causait d'affreuses douleurs d'estomac. Il est certain que je maigris énormément depuis l'automne et ma mine doit être de plus en plus mauvaise car on m'épargne désormais toute réflexion sur ma santé. Si les forces allaient me manquer ! J'ai beau faire, il m'est difficile de croire que Dieu m'emploiera vraiment – à fond, – se servira de moi comme des autres. Je suis chaque jour plus frappé de mon ignorance des détails les plus élémentaires de la vie pratique, que tout le monde semble connaître sans les avoir appris, par une espèce d'intuition. Évidemment, je ne suis pas plus bête que tel ou tel, et à condition de m'en tenir à des formules retenues aisément, je puis donner l'illusion d'avoir compris. Mais ces mots qui pour chacun ont un sens précis me paraissent au contraire se distinguer à peine entre eux, au point qu'il m'arrive de les employer au hasard, comme un mauvais joueur risque une carte. Au cours de la discussion sur les caisses rurales, j'avais l'impression d'être un enfant fourvoyé dans une conversation de grandes personnes.

Il est probable que mes confrères n'étaient guère plus instruits que moi, en dépit des tracts dont on nous inonde. Mais je suis stupéfait de les voir si vite à l'aise dès qu'on aborde ces sortes de questions. Presque tous sont pauvres, et s'y résignent courageusement. Les choses d'argent n'en semblent pas moins exercer sur eux une espèce de fascination. Leurs visages prennent tout de suite un air de gravité, d'assurance, qui me décourage, m'impose le silence, presque le respect.

Je crains bien de n'être jamais pratique, l'expérience ne me formera pas. Pour un observateur superficiel, je ne me distingue guère des confrères, je suis un paysan comme eux. Mais je descends d'une lignée de très pauvres gens, tâcherons, manœuvres, filles de ferme, le sens de la propriété nous manque, nous l'avons sûrement perdu au cours des siècles. Sur ce point mon père ressemblait à mon grand-père qui ressemblait lui-même à son père mort de faim pendant le terrible hiver de 1854. Une pièce de vingt sous leur brûlait la poche et ils couraient retrouver un camarade pour faire ribote. Mes condisciples du petit séminaire ne s'y trompaient pas : maman avait beau mettre son meilleur jupon, sa plus belle coiffe, elle avait cet air humble, furtif, ce pauvre sourire des misérables qui élèvent les enfants des autres. S'il ne me manquait encore que le sens de la propriété ! Mais je crains de ne pas plus savoir commander que je ne saurais posséder. Ça, c'est plus grave.

N'importe ! Il arrive que des élèves médiocres, mal doués, accèdent au premier rang. Ils n'y brillent jamais, c'est entendu. Je n'ai pas l'ambition de réformer ma nature, je vaincrai mes répugnances, voilà tout. Si je me dois d'abord aux âmes, je ne puis rester ignorant des préoccupations, légitimes en somme, qui tiennent une si grande place dans la vie de mes paroissiens. Notre instituteur – un Parisien pourtant – fait bien des conférences sur les assolements et les engrais. Je m'en vais bûcher ferme toutes ces questions.

Il faudra aussi que je réussisse à fonder une société sportive, à l'exemple de la plupart de mes confrères. Nos jeunes gens se passionnent pour le football, la boxe ou le Tour de France. Vais-je leur refuser le plaisir d'en discuter avec moi sous prétexte que ces sortes de distractions – légitimes aussi, certes ! – ne sont pas de mon goût ? Mon état de santé ne m'a pas permis de remplir mon devoir militaire, et il serait ridicule de vouloir partager leurs jeux. Mais je puis me tenir au courant, ne serait-ce que par la lecture de la page sportive de *L'Écho de Paris*, journal que me prête assez régulièrement M. le comte.

Hier soir, ces lignes écrites, je me suis mis à

genoux, au pied de mon lit, et j'ai prié Notre-Seigneur de bénir la résolution que je venais de prendre. L'impression m'est venue tout à coup d'un effondrement des rêves, des espérances, des ambitions de ma jeunesse, et je me suis couché grelottant de fièvre, pour ne m'endormir qu'à l'aube.

♦♦♦ Mlle Louise est restée ce matin, tout le temps de la Sainte Messe, le visage enfoui dans ses mains. Au dernier Évangile, j'ai bien remarqué qu'elle avait pleuré. Il est dur d'être seul, plus dur encore de partager sa solitude avec des indifférents ou des ingrats.

Depuis que j'ai eu la fâcheuse idée de recommander au régisseur de M. le comte un ancien camarade du petit séminaire qui voyage pour une grosse maison d'engrais chimiques, l'instituteur ne me salue plus. Il paraît qu'il est lui-même représentant d'une autre grosse maison de Béthune.

♦♦♦ C'est samedi prochain que je vais déjeuner au château. Puisque la principale, ou peut-être la seule utilité de ce journal sera de m'entretenir dans les habitudes d'entière franchise envers moi-même, je dois avouer que je n'en suis pas fâché, flatté plutôt... Sentiment dont je ne rougis pas. Les châtelains n'avaient pas, comme on dit, bonne presse au grand séminaire, et il est certain qu'un jeune prêtre doit garder son indépendance vis-à-vis des gens du monde. Mais sur ce point comme sur tant d'autres, je reste le fils de très pauvres gens qui n'ont jamais connu l'espèce de jalousie, de rancune, du proprié-

taire paysan aux prises avec un sol ingrat qui use sa
vie, envers l'oisif qui ne tire de ce même sol que des
rentes. Voilà longtemps que nous n'avons plus affaire
aux seigneurs, nous autres ! Nous appartenons justement depuis des siècles à ce propriétaire paysan, et il
n'est pas de maître plus difficile à contenter, plus dur.

◆◆◆ Reçu une lettre de l'abbé Dupréty, très singulière. L'abbé Dupréty a été mon condisciple au
petit séminaire, puis a terminé ses études je ne sais
où et, aux dernières nouvelles, il était pro-curé d'une
petite paroisse du diocèse d'Amiens, le titulaire du
poste, malade, ayant obtenu l'assistance d'un col-
laborateur. J'ai gardé de lui un souvenir très vivace,
presque tendre. On nous le donnait alors comme un
modèle de piété, bien que je le trouvasse, à part moi,
beaucoup trop nerveux, trop sensible. Au cours de
notre année de troisième, il avait sa place près de la
mienne, à la chapelle, et je l'entendais souvent san-
gloter, le visage enfoui dans ses petites mains toujours tachées d'encre, et si pâles.

Sa lettre est datée de Lille (où je crois me rappeler
qu'en effet un de ses oncles, ancien gendarme, tenait
un commerce d'épicerie). Je m'étonne de n'y trouver
aucune allusion au ministère qu'il a vraisemblable-
ment quitté, pour cause de maladie, sans doute. On
le disait menacé de tuberculose. Son père et sa mère
en sont morts.

Depuis que je n'ai plus de servante, le facteur a
pris l'habitude de glisser le courrier sous ma porte.
J'ai retrouvé l'enveloppe cachetée par hasard, au

moment de me mettre au lit. C'est un moment très désagréable pour moi, je le retarde tant que je peux. Les maux d'estomac sont généralement supportables, mais on ne peut rien imaginer de plus monotone, à la longue. L'imagination, peu à peu, travaille dessus, la tête se prend, et il faut beaucoup de courage pour ne pas se lever. Je cède d'ailleurs rarement à la tentation, car il fait froid.

J'ai donc décacheté l'enveloppe avec le pressentiment d'une mauvaise nouvelle – pis même – d'un enchaînement de mauvaises nouvelles. Ce sont des dispositions fâcheuses, évidemment. N'importe. Le ton de cette lettre me déplaît. Je la trouve d'une gaieté forcée, presque inconvenante, au cas probable où mon pauvre ami ne serait plus capable, momentanément du moins, d'assurer son service. «Tu es seul capable de me comprendre», dit-il. Pourquoi? Je me souviens que beaucoup plus brillant que moi, il me dédaignait un peu. Je ne l'en aimais que plus, naturellement.

Comme il me demande d'aller le voir d'urgence, je serai bientôt fixé.

◆◆◆ Cette prochaine visite au château m'occupe beaucoup. D'une première prise de contact dépend peut-être la réussite de grands projets qui me tiennent au cœur et que la fortune et l'influence de M. le comte me permettraient sûrement de réaliser. Comme toujours mon inexpérience, ma sottise et aussi une espèce de malchance ridicule compliquent à plaisir les choses les plus simples. Ainsi la belle douillette que je réservais pour les circonstances exceptionnelles est maintenant trop large. De plus, Mme Pégriot, sur ma demande d'ailleurs, l'a détachée, mais si maladroitement que l'essence y a fait des cernes affreux. On dirait de ces taches irisées qui se forment sur les bouillons trop gras. Il m'en coûte un peu d'aller au château avec celle que je porte d'habitude et qui a été maintes fois reprisée, surtout au coude. Je crains d'avoir l'air d'afficher ma pauvreté. Que ne pourrait-on croire !

Je voudrais aussi être en état de manger – juste assez au moins pour ne pas attirer l'attention. Mais impossible de rien prévoir, mon estomac est d'un capricieux ! À la moindre alerte, la même petite douleur apparaît au côté droit, j'ai l'impression d'une espèce de déclic, d'un spasme. Ma bouche se sèche instantanément, je ne peux plus rien avaler.

Ce sont là des incommodités, sans plus. Je les supporte assez bien, je ne suis pas douillet, je ressemble à ma mère. « Ta mère était une dure », aime à répéter mon oncle Ernest. Pour les pauvres gens je crois que cela signifie une ménagère infatigable, jamais malade, et qui ne coûte pas cher pour mourir.

♦♦♦ M. le comte ressemble certainement plus à un paysan comme moi qu'à n'importe quel riche industriel comme il m'est arrivé d'en approcher jadis, au cours de mon vicariat. En deux mots, il m'a mis à l'aise. De quel pouvoir disposent ces gens du grand monde qui semblent à peine se distinguer des autres, et cependant ne font rien comme personne ! Alors que la moindre marque d'égards me déconcerte, on a pu aller jusqu'à la déférence sans me laisser oublier un moment que ce respect n'allait qu'au caractère dont je suis revêtu. Mme la comtesse a été parfaite. Elle portait une robe d'intérieur, très simple, et sur ses cheveux gris une sorte de mantille qui m'a rappelé celle que ma pauvre maman mettait le dimanche. Je n'ai pu m'empêcher de le lui dire, mais je me suis si mal expliqué que je me demande si elle a compris.

Nous avons ensemble bien ri de ma soutane. Partout ailleurs, je pense, on eût fait semblant de ne pas la remarquer, et j'aurais été à la torture. Avec quelle liberté ces nobles parlent de l'argent, et de tout ce qui y touche, quelle discrétion, quelle élégance ! Il semble même qu'une pauvreté certaine, authentique, vous introduise d'emblée dans leur confiance, crée entre eux et vous une sorte d'intimité complice. Je l'ai bien senti lorsque au café M. et Mme Vergenne (des anciens minotiers très riches qui ont acheté l'année dernière le château de Rouvroy) sont venus faire visite. Après leur départ, M. le comte a eu un regard un peu ironique qui signifiait clairement : « Bon voyage, enfin, nous sommes de nouveau entre nous ! » Et cependant, on parle beaucoup du mariage de Mlle Chantal avec le fils Vergenne… N'importe ! Je crois qu'il y a dans le sentiment que j'analyse si mal autre chose qu'une politesse, même sincère. Les manières n'expliquent pas tout.

Évidemment, j'aurais souhaité que M. le comte montrât plus d'enthousiasme pour mes projets d'œuvres de jeunes gens, l'association sportive. À défaut d'une collaboration personnelle, pourquoi me refuser le petit terrain de Latrillère, et la vieille grange qui ne sert à rien, et dont il serait facile de faire une salle de jeu, de conférences, de projection, que sais-je ? Je sens bien que je ne sais guère mieux solliciter que donner, les gens veulent se réserver le temps de réfléchir, et j'attends toujours un cri du cœur, un élan qui réponde au mien.

J'ai quitté le château très tard, trop tard. Je ne sais pas non plus prendre congé, je me contente à chaque tour de cadran d'en manifester l'intention, ce qui m'attire une protestation polie à laquelle je n'ose passer outre. Cela pourrait durer des heures ! Enfin, je suis sorti, ne me rappelant plus un mot de ce que j'avais pu dire, mais dans une sorte de confiance, d'allégresse, avec l'impression d'une bonne nouvelle, d'une excellente nouvelle que j'aurais voulu porter tout de suite à un ami. Pour un peu, sur la route du presbytère, j'aurais couru.

◆◆◆ Presque tous les jours, je m'arrange pour rentrer au presbytère par la route de Gesvres. Au haut de la côte, qu'il pleuve ou vente, je m'assois sur un tronc de peuplier oublié là on ne sait pourquoi depuis des hivers et qui commence à pourrir. La végétation parasite lui fait une sorte de gaine que je trouve hideuse et jolie tour à tour, selon l'état de mes pensées ou la couleur du temps. C'est là que m'est venue l'idée de ce journal et il me semble que je ne l'aurais eue nulle part ailleurs. Dans ce pays de bois et de pâturages coupés de haies vives, plantés de pommiers, je ne trouverais pas un autre observatoire d'où le village m'apparaisse ainsi tout entier comme ramassé dans le creux de la main. Je le regarde, et je n'ai jamais l'impression qu'il me regarde aussi. Je ne crois pas d'ailleurs non plus qu'il m'ignore. On dirait qu'il me tourne le dos et m'observe de biais, les yeux mi-clos, à la manière des chats.

Que me veut-il ? Me veut-il même quelque chose ? À cette place tout autre que moi, un homme riche, par exemple, pourrait évaluer le prix de ces maisons de torchis, calculer l'exacte superficie de ces champs, de ces prés, rêver qu'il a déboursé la somme nécessaire, que ce village lui appartient. Moi pas.

Quoi que je fasse, lui aurais-je donné jusqu'à la dernière goutte de mon sang (et c'est vrai que parfois j'imagine qu'il m'a cloué là-haut sur une croix, qu'il me regarde au moins mourir), je ne le posséderais pas. J'ai beau le voir en ce moment si blanc, si frais (à l'occasion de la Toussaint, ils viennent de passer leurs murs au lait de chaux teinté de bleu de linge), je ne puis oublier qu'il est là depuis des siècles, son ancienneté me fait peur. Bien avant que ne fût bâtie, au XVe siècle, la petite église où je ne suis tout de même qu'un passant, il endurait ici patiemment le chaud et le froid, la pluie, le vent, le soleil, tantôt prospère, tantôt misérable, accroché à ce lambeau de sol dont il pompait les sucs et auquel il rendait ses morts. Que son expérience de la vie doit être secrète, profonde ! Il m'aura comme les autres, plus vite que les autres sûrement.

◆◆◆ Il y a certaines pensées que je n'ose confier à personne, et pourtant elles ne me paraissent pas folles, loin de là. Que serais-je, par exemple, si je me résignais au rôle où souhaiteraient volontiers me tenir beaucoup de catholiques préoccupés surtout de conservation sociale, c'est-à-dire en somme de leur propre conservation. Oh ! je n'accuse pas ces messieurs d'hypocrisie, je les crois sincères. Que de gens se prétendent attachés à l'ordre, qui ne défendent que des habitudes, parfois même un simple vocabulaire dont les termes sont si bien polis, rognés par l'usage qu'ils justifient tout sans jamais rien remettre en question ? C'est une des plus incompréhensibles disgrâces de l'homme, qu'il doive confier ce qu'il a de plus précieux à quelque chose d'aussi instable, d'aussi plastique, hélas, que le mot. Il faudrait beaucoup de courage pour vérifier chaque fois l'instrument, l'adapter à sa propre serrure. On aime mieux prendre le premier qui tombe sous la main, forcer un peu, et si le pêne joue, on n'en demande pas plus. J'admire les révolutionnaires qui se donnent tant de mal pour faire sauter des murailles à la dynamite, alors que le trousseau de clefs des gens bien pensants leur eût fourni de quoi entrer tranquillement par la porte sans réveiller personne.

Reçu ce matin une nouvelle lettre de mon ancien camarade, plus bizarre encore que la première. Elle se termine ainsi :

Ma santé n'est pas bonne, et c'est mon seul réel sujet d'inquiétude, car il m'en coûterait de mourir, alors qu'après bien des orages je touche au port. Inveni portum. *Néanmoins, je n'en veux pas à la maladie ; elle m'a donné des loisirs dont j'avais besoin, que je n'eusse jamais connus sans elle. Je viens de passer dix-huit mois dans un sanatorium. Ça m'a permis de piocher sérieusement le problème de la vie. Avec un peu de réflexion, je crois que tu arriverais aux mêmes conclusions que moi.* Aurea mediocritas. *Ces deux mots t'apporteront la preuve que mes prétentions restent modestes, que je ne suis pas un révolté. Je garde au contraire un excellent souvenir de nos maîtres. Tout le mal vient non des doctrines, mais de l'éducation qu'ils avaient reçue, qu'ils nous ont transmise faute de connaître une autre manière de penser, de sentir. Cette éducation a fait de nous des individualistes, des solitaires. En somme nous n'étions jamais sortis de l'enfance, nous inventions sans cesse, nous inventions nos peines, nos joies, nous inventions la Vie, au lieu de la vivre. Si bien qu'avant d'oser risquer un pas hors de notre petit monde, il nous faut tout reprendre dès le commencement. C'est un travail pénible et qui ne va pas sans sacrifices d'amour-propre, mais la solitude est plus pénible encore, tu t'en rendras compte un jour.*

Inutile de parler de moi à ton entourage. Une existence laborieuse, saine, normale enfin (le mot normale *est souligné trois fois), ne devrait avoir de secrets pour personne. Hélas, notre société est ainsi faite, que le bonheur y semble toujours suspect. Je crois qu'un certain christianisme, bien éloigné de l'esprit des Évangiles, est pour quelque chose dans ce préjugé commun à tous, croyants ou incroyants. Res-*

pectueux de la liberté d'autrui, j'ai préféré jusqu'ici garder le silence. Après avoir beaucoup réfléchi, je me décide à le rompre aujourd'hui dans l'intérêt d'une personne qui mérite le plus grand respect. Si mon état s'est beaucoup amélioré depuis quelques mois, il reste de sérieuses inquiétudes dont je te ferai part. Viens vite.

Inveni portum... Le facteur m'a remis la lettre comme je sortais ce matin pour aller faire mon catéchisme. Je l'ai lue dans le cimetière à quelques pas d'Arsène qui commençait de creuser une fosse, celle de Mme Pinochet qu'on enterre demain. Lui aussi piochait la vie...

Le « Viens vite ! » m'a serré le cœur. Après son pauvre discours si étudié (je crois le voir se grattant la tempe du bout de son porte-plume, comme jadis), ce mot d'enfant qu'il ne peut plus retenir, qui lui échappe... Un moment, j'ai essayé d'imaginer que je me montais la tête, qu'il recevait tout simplement les soins d'une personne de sa famille. Malheureusement, je ne lui connais qu'une sœur servante d'estaminet à Montreuil. Ce ne doit pas être elle, « cette personne qui mérite le plus grand respect ».

N'importe, j'irai sûrement.

◆◆◆ M. le comte est venu me voir. Très aimable, à la fois déférent et familier comme toujours. Il m'a demandé la permission de fumer sa pipe, et m'a laissé deux lapins qu'il avait tués dans les bois de Sauveline. « Mme Pégriot vous cuira ça demain matin. Elle est prévenue. »

Je n'ai pas osé lui dire que mon estomac ne tolère plus en ce moment que le pain sec. Son civet me coûtera une demi-journée de la femme de ménage, laquelle ne se régalera même pas, car toute la famille du garde-chasse est dégoûtée du lapin. Il est vrai que je pourrai faire porter les restes par l'enfant de chœur chez ma vieille sonneuse, mais à la nuit, pour n'attirer l'attention de personne. On ne parle que trop de ma mauvaise santé.

M. le comte n'approuve pas beaucoup mes projets. Il me met surtout en garde contre le mauvais esprit de la population qui, gavée depuis la guerre, dit-il, a besoin de cuire dans son jus. « Ne la cherchez pas trop vite, ne vous livrez pas tout de suite. Laissez-lui faire le premier pas. »

Il est le neveu du marquis de la Roche-Macé dont la propriété se trouve à deux lieues seulement de mon village natal. Il y passait une partie de ses vacances, jadis, et il se souvient très bien de ma pauvre maman, alors femme de charge au château et qui lui beurrait d'énormes tartines en cachette du défunt marquis, très avare. Je lui avais d'ailleurs posé assez étourdiment la question mais il m'a répondu aussitôt très gentiment, sans l'ombre d'une gêne. Chère maman ! Même si jeune encore, et si pauvre, elle savait inspirer l'estime, la sympathie. M. le comte ne dit pas : « Madame votre mère », ce qui, je crois, risquerait de paraître un peu affecté, mais il prononce : « Votre mère » en appuyant sur le « votre » avec une gravité, un respect qui m'ont mis les larmes aux yeux.

Si ces lignes pouvaient tomber un jour sous des regards indifférents, on me trouverait assurément bien naïf. Et sans doute, le suis-je – en effet – car il n'y a sûrement rien de bas dans l'espèce d'admiration que m'inspire cet homme pourtant si simple d'aspect, parfois même si enjoué qu'il a l'air d'un éternel écolier vivant d'éternelles vacances. Je ne le tiens pas pour plus intelligent qu'un autre, et on le dit assez dur envers ses fermiers. Ce n'est pas non plus un paroissien exemplaire car, exact à la messe basse chaque dimanche, je ne l'ai encore jamais vu à la Sainte Table. Je me demande s'il fait ses Pâques. D'où vient qu'il ait pris d'emblée auprès de moi la place – si souvent vide hélas ! – d'un ami, d'un allié, d'un compagnon ? C'est peut-être que je crois trouver en lui ce naturel que je cherche vainement ailleurs. La conscience de sa supériorité, le goût héréditaire du commandement, l'âge même, n'ont pas réussi à le marquer de cette gravité funèbre, de cet air d'assurance ombrageuse que confère aux plus petits bourgeois le seul privilège de l'argent. Je crois que ceux-ci sont préoccupés sans cesse de garder les distances (pour employer leur propre langage) au lieu que, lui, garde son rang. Oh ! je sais bien qu'il y a beaucoup de coquetterie – je veux la croire inconsciente – dans ce ton bref, presque rude, où n'entre jamais la moindre condescendance, qui ne saurait pourtant humilier personne, et qui évoque chez le plus pauvre, moins l'idée d'une quelconque sujétion que celle d'une discipline librement consentie, militaire. Beaucoup de coquetterie, je le crains. Beaucoup d'orgueil aussi. Mais je me réjouis de l'entendre. Et lorsque je lui parle des intérêts de la paroisse, des âmes, de l'Église, et qu'il dit «nous» comme si lui et moi, nous ne pouvions servir que la même cause, je trouve ça naturel, je n'ose le reprendre.

M. le curé de Torcy ne l'aime guère. Il ne l'appelle que «le petit comte», «votre petit comte». Cela m'agace. Pourquoi «petit comte»? lui ai-je dit. «Parce que c'est un bibelot, un gentil bibelot, et de l'époque. Vu sur un buffet de paysan, il fait de l'effet. Chez l'antiquaire, ou à l'hôtel des ventes, un jour de grand tralala, vous ne le reconnaîtriez même plus.» Et comme j'avouais espérer encore l'intéresser à mon patronage de jeunes gens, il a haussé les épaules. «Une jolie tirelire de Saxe, votre petit comte, mais incassable.»

Je ne le crois pas, en effet, très généreux. S'il ne donne jamais, comme tant d'autres, l'impression d'être tenu par l'argent, il y tient, c'est sûr.

J'ai voulu aussi lui dire un mot de Mlle Chantal dont la tristesse m'inquiète. Je l'ai trouvé très réticent, puis d'une gaieté soudaine, qui m'a paru forcée. Le nom de Mme Louise a semblé l'agacer prodigieusement. Il a rougi, puis son visage est devenu dur. Je me suis tu.

«Vous avez la vocation de l'amitié, observait un jour mon vieux maître le chanoine Durieux. Prenez garde qu'elle ne tourne à la passion. De toutes, c'est la seule dont on ne soit jamais guéri.»

◆◆◆ Nous conservons, soit. Mais nous conservons pour sauver, voilà ce que le monde ne veut pas comprendre, car il ne demande qu'à durer. Or, il ne peut plus se contenter de durer.

L'ancien monde, lui, aurait pu durer peut-être. Durer longtemps. Il était fait pour ça. Il était terriblement lourd, il tenait d'un poids énorme à la terre. Il avait pris son parti de l'injustice. Au lieu de ruser avec elle, il l'avait acceptée d'un bloc, tout d'une pièce, il en avait fait une constitution comme les autres, il avait institué l'esclavage. Oh! sans doute, quel que fût le degré de perfection auquel il pût jamais atteindre, il n'en serait pas moins demeuré sous le coup de la malédiction portée contre Adam. Ça, le diable ne l'ignorait pas, il le savait même mieux que personne. Mais ça n'en était pas moins une rude entreprise que de la rejeter presque tout entière sur les épaules d'un bétail humain, on aurait pu réduire d'autant le lourd fardeau. La plus grande somme possible d'ignorance, de révolte, de désespoir réservée à une espèce de peuple sacrifié, un peuple sans nom, sans histoire, sans biens, sans alliés – du moins avouables, – sans famille – du moins légale, sans nom et sans dieux. Quelle simplification du problème social, des méthodes de gouvernement!

Mais cette institution qui paraissait inébranlable était en réalité la plus fragile. Pour la détruire à jamais, il suffisait de l'abolir un siècle. Un jour peut-être aurait suffi. Une fois les rangs de nouveau confondus, une fois dispersé le peuple expiatoire, quelle force eût été capable de lui faire reprendre le joug ?

L'institution est morte, et l'ancien monde s'est écroulé avec elle. On croyait, on feignait de croire à sa nécessité, on l'acceptait comme un fait. On ne la rétablira pas. L'humanité n'osera plus courir cette chance affreuse, elle risquerait trop. La loi peut tolérer l'injustice ou même la favoriser sournoisement, elle ne la sanctionnera plus. L'injustice n'aura jamais plus de statut légal, c'est fini. Mais elle n'en reste pas moins éparse dans le monde. La société, qui n'oserait plus l'utiliser pour le bien d'un petit nombre, s'est ainsi condamnée à poursuivre la destruction d'un mal qu'elle porte en elle, qui, chassé des lois, reparaît presque aussitôt dans les mœurs pour commencer à rebours, inlassablement, le même infernal circuit. Bon gré, mal gré, elle doit partager désormais la condition de l'homme, courir la même aventure surnaturelle. Jadis indifférente au bien ou au mal, ne connaissant d'autre loi que celle de sa propre puissance, le christianisme lui a donné une âme, une âme à perdre ou à sauver.

♦♦♦ J'ai fait lire ces lignes à M. le curé de Torcy, mais je n'ai pas osé lui dire qu'elles étaient de moi. Il est tellement fin – et je mens si mal – que je me demande s'il m'a cru. Il m'a rendu le papier en riant d'un petit rire que je connais bien, qui n'annonce rien de bon. Enfin, il m'a dit :

« Ton ami n'écrit pas mal, c'est même trop bien torché. D'une manière générale, s'il y a toujours avantage à penser juste, mieux vaudrait en rester là. On voit la chose telle quelle, sans musique, et on ne risque pas de se chanter une chanson pour soi tout seul. Quand tu rencontres une vérité en passant, regarde-la bien, de façon à pouvoir la reconnaître, mais n'attends pas qu'elle te fasse de l'œil. Les vérités de l'Évangile ne font jamais de l'œil. Avec les autres dont on n'est jamais fichu de dire au juste où elles ont traîné avant de t'arriver, les conversations particulières sont dangereuses. Je ne voudrais pas citer en exemple un gros bonhomme comme moi. Cependant, lorsqu'il m'arrive d'avoir une idée – une de ces idées qui pourraient être utiles aux âmes, bien entendu, parce que les autres !… – j'essaie de la porter devant le bon Dieu, je la fais tout de suite passer dans ma prière. C'est étonnant comme elle change d'aspect. On ne la reconnaît plus, des fois…

«N'importe. Ton ami a raison. La société moderne peut bien renier son maître, elle a été rachetée elle aussi, ça ne peut déjà plus lui suffire d'administrer le patrimoine commun, la voilà partie comme nous tous, bon gré mal gré, à la recherche du royaume de Dieu. Et ce royaume n'est pas de ce monde. Elle ne s'arrêtera donc jamais. Elle ne peut s'arrêter de courir. "Sauve-toi ou meurs !" Il n'y a pas à dire le contraire.

«Ce que ton ami raconte de l'esclavage est très vrai aussi. L'ancienne Loi tolérait l'esclavage et les apôtres l'ont toléré comme elle. Ils n'ont pas dit à l'esclave : "Affranchis-toi de ton maître", tandis qu'ils disaient au luxurieux par exemple : "Affranchis-toi de la chair et tout de suite !" C'est une nuance. Et pourquoi ça ? Parce qu'ils voulaient, je suppose, laisser au monde le temps de respirer avant de le jeter dans une aventure surhumaine. Et crois bien qu'un gaillard comme saint Paul ne se faisait pas non plus illusion. L'abolition de l'esclavage ne supprimerait pas l'exploitation de l'homme par l'homme. À bien prendre la chose, un esclave coûtait cher, ça devait toujours lui valoir de son maître une certaine considération. Au lieu que j'ai connu dans ma jeunesse un salopard de maître verrier qui faisait souffler dans les cannes des garçons de quinze ans, et pour les remplacer quand leur pauvre petite poitrine venait à crever, l'animal n'avait que l'embarras du choix. J'aurais cent fois préféré d'être l'esclave d'un de ces bons bourgeois romains qui ne devaient pas, comme de juste, attacher leur chien avec des saucisses. Non, saint Paul ne se faisait pas d'illusions ! Il se disait seulement que le christianisme avait lâché dans le monde une vérité que rien n'arrêterait plus parce qu'elle était d'avance au plus profond des consciences et que l'homme s'était reconnu tout de suite en elle : Dieu a sauvé chacun de nous, et chacun de nous vaut le sang de Dieu. Tu peux traduire ça comme tu voudras, même en langage rationaliste – le plus bête de tous –, ça te force à rapprocher des mots qui explosent au moindre contact. La société future pourra toujours essayer de s'asseoir dessus ! Ils lui mettront le feu au derrière, voilà tout.

« N'empêche que le pauvre monde rêve toujours plus ou moins à l'antique contrat passé jadis avec les démons et qui devait assurer son repos. Réduire à la condition d'un bétail, mais d'un bétail supérieur, un quart ou un tiers du genre humain, ce n'était pas payer trop cher, peut-être, l'avènement des surhommes, des pur-sang, du véritable royaume terrestre... On le pense, on n'ose pas le dire. Notre-Seigneur en épousant la pauvreté a tellement élevé le pauvre en dignité, qu'on ne le fera plus descendre de son piédestal. Il lui a donné un ancêtre – et quel ancêtre ! Un nom – et quel nom ! On l'aime encore mieux révolté que résigné, il semble appartenir déjà au royaume de Dieu, où les premiers seront les derniers, il a l'air d'un revenant, – d'un revenant du festin des Noces, avec sa robe blanche... Alors, que veux-tu, l'État commence par faire contre mauvaise fortune bon cœur. Il torche les gosses, panse les éclopés, lave les chemises, cuit la soupe des clochards, astique le crachoir des gâteux, mais regarde la pendule et se demande si on va lui laisser le temps de s'occuper de ses propres affaires. Sans doute espère-t-il encore un peu faire tenir aux machines le rôle jadis dévolu aux esclaves. Bernique ! Les machines n'arrêtent pas de tourner, les chômeurs de se multiplier, en sorte qu'elles ont l'air de fabriquer seulement des chômeurs, les machines, vois-tu ça ? C'est que le pauvre a la vie dure. Enfin, ils essaient encore, là-bas, en Russie... Remarque que je ne crois pas les Russes pis que les autres – tous fous, tous enragés, les hommes d'aujourd'hui ! – mais ces diables de Russes ont de l'estomac. Ce sont des Flamands de l'Extrême-Nord, ces gars-là ! Ils avalent de tout, ils pourront bien, un siècle ou deux, avaler du polytechnicien sans crever.

« Leur idée, en somme, n'est pas bête. Naturellement, il s'agit toujours d'exterminer le pauvre – le pauvre est le témoin de Jésus-Christ, l'héritier du peuple juif, quoi ! – mais au lieu de le réduire en bétail, ou de le tuer, ils ont imaginé d'en faire un petit rentier ou même – supposé que les choses aillent de mieux en mieux – un petit fonctionnaire. Rien de plus docile que ça, de plus régulier. »

Dans mon coin, il m'arrive aussi de penser aux Russes. Mes camarades du grand séminaire en parlaient souvent à tort et à travers, je crois. Surtout pour épater les professeurs. Nos confrères démocrates sont très gentils, très zélés, mais je les trouve – comment dirais-je – un peu bourgeois. D'ailleurs le peuple ne les aime pas beaucoup, c'est un fait. Faute de les comprendre, sans doute ? Bref, je répète qu'il m'arrive de penser aux Russes avec une espèce de curiosité, de tendresse. Lorsqu'on a connu la misère, ses mystérieuses, ses incommunicables joies, – les écrivains russes, par exemple, vous font pleurer. L'année de la mort de papa, maman a dû être opérée d'une tumeur, elle est restée quatre ou cinq mois à l'hôpital de Berguette. C'est une tante qui m'a recueilli. Elle tenait un petit estaminet tout près de Lens, une affreuse baraque de planches ou l'on débitait du genièvre aux mineurs trop pauvres pour aller ailleurs, dans un vrai café. L'école était à deux kilomètres, et j'apprenais mes leçons assis sur le plancher, derrière le comptoir. Un plancher, c'est-à-dire une mauvaise estrade de bois tout pourri. L'odeur de la terre passait entre les fentes, une terre toujours humide, de la boue. Les soirs de paye, nos clients ne prenaient seulement pas la peine de sortir pour faire leurs besoins : ils urinaient à même le sol et j'avais si peur sous le comptoir que je finissais par m'y endormir. N'importe : l'instituteur m'aimait bien, il me prêtait des livres. C'est là que j'ai lu les souvenirs d'enfance de M. Maxime Gorki.

« On trouve des foyers de misère en France, évidemment. Des îlots de misère. Jamais assez grands pour que les misérables puissent vivre réellement entre eux, vivre une vraie vie de misère. La richesse elle-même s'y fait trop nuancée, trop humaine, que sais-je ? pour qu'éclate nulle part, rayonne, resplendisse l'effroyable puissance de l'argent, sa force aveugle, sa cruauté. Je m'imagine que le peuple russe, lui, a été un peuple misérable, un peuple de misérables, qu'il a connu l'ivresse de la misère, sa possession. Si l'Église pouvait mettre un peuple sur les autels et qu'elle eût élu celui-ci, elle en aurait fait le patron de la misère, l'intercesseur particulier des misérables. Il paraît que M. Gorki a gagné beaucoup d'argent, qu'il mène une vie fastueuse, quelque part, au bord de la Méditerranée, du moins l'ai-je lu dans le journal. Même si c'est vrai – si c'est vrai surtout ! – je suis content d'avoir prié pour lui tous les jours, depuis tant d'années. À douze ans, je n'ose pas dire que j'ignorais le bon Dieu, car entre beaucoup d'autres qui faisaient dans ma pauvre tête un bruit d'orage, de grandes eaux, je reconnaissais déjà Sa voix. N'empêche que la première expérience du malheur est féroce ! Béni soit celui qui a préservé du désespoir un cœur d'enfant ! C'est une chose que les gens du monde ne savent pas assez, ou qu'ils oublient, parce qu'elle leur ferait trop peur. Parmi les pauvres comme parmi les riches, un petit misérable est seul, aussi seul qu'un fils de roi. Du moins chez nous, dans ce pays, la misère ne se partage pas, chaque misérable est seul dans sa misère, une misère qui n'est qu'à lui, comme son visage, ses membres. Je ne crois pas avoir eu de cette solitude une idée claire, ou peut-être ne m'en faisais-je aucune idée. J'obéissais simplement à cette loi de ma vie, sans la comprendre. J'aurais fini par l'aimer. Il n'y a rien de plus dur que l'orgueil des misérables et voilà que brusquement ce livre, venu de si loin, de ces fabuleuses terres, me donnait tout un peuple pour compagnon.

« J'ai prêté ce livre à un ami, qui ne me l'a pas rendu, naturellement. Je ne le relirais pas volontiers, à quoi bon ? Il suffit bien d'avoir entendu – ou cru entendre – une fois la plainte d'un peuple, une plainte qui ne ressemble à celle d'aucun autre peuple – non – pas même à celle du peuple juif, macéré dans son orgueil comme un mort dans les aromates. Ce n'est d'ailleurs pas une plainte, c'est un chant, un hymne. Oh ! je sais que ce n'est pas un hymne d'église, ça ne peut pas s'appeler une prière. Il y a de tout là-dedans, comme on dit. Le gémissement du moujik sous les verges, les cris de la femme rossée, le hoquet de l'ivrogne et ce grondement de joie sauvage, ce rugissement des entrailles – car la misère et la luxure, hélas ! se cherchent et s'appellent dans les ténèbres, ainsi que deux bêtes affamées. Oui, cela devrait me faire horreur, en effet. Pourtant je crois qu'une telle misère, une misère qui a oublié jusqu'à son nom, ne cherche plus, ne raisonne plus, pose au hasard sa face hagarde, doit se réveiller un jour sur l'épaule de Jésus-Christ. »

J'ai donc profité de l'occasion.

« Et s'ils réussissaient quand même ? » ai-je dit à M. le curé de Torcy.

Il a réfléchi un moment :

« Tu penses bien que je n'irai pas conseiller aux pauvres types de rendre tout de suite au percepteur leur titre de pension ! Ça durerait ce que ça durerait… Mais enfin que veux-tu ? Nous sommes là pour enseigner la vérité, elle ne doit pas nous faire honte. »

Ses mains tremblaient un peu sur la table, pas beaucoup, et cependant j'ai compris que ma question réveillait en lui le souvenir de luttes terribles où avaient failli sombrer son courage, sa raison, sa foi peut-être… Avant de me répondre, il a eu un mouvement des épaules comme d'un homme qui voit un chemin barré, va se faire place. Oh ! je n'aurais pas pesé lourd, non !

« Enseigner, mon petit, ça n'est pas drôle ! Je ne parle pas de ceux qui s'en tirent avec des boniments : tu en verras bien assez au cours de ta vie, tu apprendras à les connaître. Des vérités consolantes, qu'ils disent. La vérité, elle délivre d'abord, elle console après. D'ailleurs, on n'a pas le droit d'appeler ça une consolation. Pourquoi pas des condoléances ? La parole de Dieu ! c'est un fer rouge. Et toi qui l'enseignes, tu voudrais la prendre avec des pincettes, de peur de te brûler, tu ne l'empoignerais pas à pleines mains ? Laisse-moi rire. Un prêtre qui descend de la chaire de Vérité, la bouche en machin de poule, un peu échauffé, mais content, il n'a pas prêché, il a ronronné, tout au plus. Remarque que la chose peut arriver à tout le monde, nous sommes de pauvres dormants, c'est le diable, quelquefois, de se réveiller, les apôtres dormaient bien, eux, à Gethsémani ! Mais enfin, il faut se rendre compte. Et tu comprends aussi que tel ou tel qui gesticule et sue comme un déménageur n'est pas toujours plus réveillé que les autres, non. Je prétends simplement que lorsque le Seigneur tire de moi, par hasard, une parole utile aux âmes, je la sens au mal qu'elle me fait. »

Il riait, mais je ne reconnaissais plus son rire. C'était un rire courageux, certes, mais brisé. Je n'oserais pas me permettre de juger un homme si supérieur à moi de toutes façons, et je vais parler là d'une qualité qui m'est étrangère, à laquelle d'ailleurs, ni mon éducation, ni ma naissance ne me disposent. Il est certain aussi que M. le curé de Torcy passe auprès de certains pour assez lourd, presque vulgaire – ou, comme dit Mme la comtesse, – commun. Mais enfin, je puis écrire ici ce qui me plaît, sans risquer de porter préjudice à personne. Eh bien, ce qui me paraît – humainement du moins – le caractère dominant de cette haute figure, c'est la fierté. Si M. le curé de

Torcy n'est pas un homme fier, ce mot n'a pas de sens, ou du moins je ne saurais plus lui en trouver aucun. À ce moment, pour sûr, il souffrait dans sa fierté, dans sa fierté d'homme fier. Je souffrais comme lui, j'aurais tant voulu faire je ne sais quoi d'utile, d'efficace. Je lui ai dit bêtement :

«Alors, moi aussi, je dois souvent ronronner, parce que...

— Tais-toi, m'a-t-il répondu – j'ai été surpris de la soudaine douceur de sa voix –, tu ne voudrais pas qu'un malheureux va-nu-pieds comme toi fasse encore autre chose que de réciter sa leçon. Mais le bon Dieu la bénit quand même, ta leçon, car tu n'as pas la mine prospère d'un conférencier pour messes basses... Vois-tu, a-t-il repris, n'importe quel imbécile, le premier venu, quoi, ne saurait être insensible à la douceur, à la tendresse de la parole, telle que les saints Évangiles nous la rapportent. Notre-Seigneur l'a voulu ainsi. D'abord, c'est dans l'ordre. Il n'y a que les faibles ou les penseurs qui se croient obligés de rouler des prunelles et montrer le blanc de l'œil avant d'avoir seulement ouvert la bouche. Et puis la nature agit de même : est-ce que pour le petit enfant qui repose dans son berceau et qui prend possession du monde avec son regard éclos de l'avant-veille, la vie n'est pas toute suavité, toute caresse ? Elle est pourtant dure, la vie ! Remarque d'ailleurs qu'à prendre les choses par le bon bout, son accueil n'est pas si trompeur qu'il en a l'air parce que la mort ne demande qu'à tenir la promesse faite au matin des jours, le sourire de la mort, pour être plus grave, n'est pas moins doux et suave que l'autre. Bref, la parole se fait petite avec les petits. Mais lorsque les Grands, – les Superbes – croient malin de se la répéter comme un simple conte de Ma Mère l'Oie, en ne retenant que les détails attendrissants, poétiques, ça me fait peur – peur pour eux naturellement. Tu entends l'hypocrite, le luxurieux, l'avare, le mauvais riche – avec leurs grosses lippes et leurs yeux luisants – roucouler le *Sinite parvulos* sans avoir l'air de prendre garde à la parole qui suit – une des plus terribles peut-être que l'oreille de l'homme ait entendue : "Si vous n'êtes pas comme l'un de ces petits, vous n'entrerez pas dans le royaume de Dieu." »

Il a répété le verset comme pour lui seul, et il a continué encore un moment à parler, la tête cachée dans ses mains.

« L'idéal, vois-tu, ce serait de ne prêcher l'Évangile qu'aux enfants. Nous calculons trop, voilà le mal. Ainsi, nous ne pouvons pas faire autrement que d'enseigner l'esprit de pauvreté, mais ça, mon petit, vois-tu, ça c'est dur ! Alors, on tâche de s'arranger plus ou moins. Et d'abord, on commence par ne s'adresser qu'aux riches. Satanés riches ! Ce sont des bonshommes très forts, très malins, et ils ont une diplomatie de premier choix, comme de juste. Lorsqu'un diplomate doit mettre sa signature au bas d'un traité qui lui déplaît, il en discute chaque clause. Un mot changé par-ci, une virgule déplacée par-là, tout finit par se tasser. Dame, cette fois, la chose en valait la peine : il s'agissait d'une malédiction, tu penses ! Enfin, il y a malédiction et malédiction, paraît-il. En l'occurrence, on glisse dessus. "Il est plus facile à un chameau de passer par le trou d'une aiguille qu'au riche d'entrer au royaume des cieux…" Note bien que je suis le premier à trouver le texte très dur et que je ne me refuse pas aux distinctions, ça ferait d'ailleurs trop de peine à la clientèle des jésuites. Admettons donc que le bon Dieu ait voulu parler des riches, vraiment riches, des riches qui ont l'esprit de richesse. Bon ! Mais quand les diplomates suggèrent que le trou de l'aiguille était une des portes de Jérusalem – seulement un peu plus étroite – en sorte que pour y entrer, dans le royaume, le riche ne risquait que de s'égratigner les mollets ou d'user sa belle tunique aux coudes, que veux-tu, ça m'embête ! Sur les sacs d'écus, Notre-Seigneur aurait écrit de sa main : "Danger de mort" comme fait l'administration des ponts et chaussées sur les pylônes des transformateurs électriques, et on voudrait que… »

Il s'est mis à arpenter la chambre de long en large, les bras enfouis dans les poches de sa douillette. J'ai voulu me lever aussi, mais il m'a fait rasseoir d'un mouvement de tête. Je sentais qu'il hésitait encore, qu'il cherchait à me juger, à me peser une dernière fois avant de dire ce qu'il n'avait dit à personne – du moins dans les mêmes termes – peut-être. Visiblement il doutait de moi, et pourtant ce doute n'avait rien d'humiliant, je le jure. D'ailleurs, il ne pourrait humilier personne. À ce moment, son regard était très bon, très doux et – cela semble ridicule parlant d'un homme si fort, si robuste, presque vulgaire, avec une telle expérience de la vie, des êtres – d'une extraordinaire, d'une indéfinissable pureté.

« Il faudrait beaucoup réfléchir avant de parler de la pauvreté aux riches. Sinon, nous nous rendrions indignes de l'enseigner aux pauvres, et comment oser se présenter alors au tribunal de Jésus-Christ ?

— L'enseigner aux pauvres ? ai-je dit.

— Oui, aux pauvres. C'est à eux que le bon Dieu nous envoie d'abord, et pour leur annoncer quoi ? la pauvreté. Ils devaient attendre autre chose ! Ils attendaient la fin de leur misère, et voilà Dieu qui prend la pauvreté par la main et qui leur dit : "Reconnaissez votre Reine, jurez-lui hommage et fidélité", quel coup ! Retiens que c'est en somme l'histoire du peuple juif, avec son royaume terrestre. Le peuple des pauvres, comme l'autre, est un peuple errant parmi les nations, à la recherche de ses espérances charnelles, un peuple déçu, déçu jusqu'à l'os.

— Et pourtant...

— Oui, pourtant l'ordre est là, pas moyen d'y couper... Oh, sans doute, un lâche réussirait peut-être à tourner la difficulté. Le peuple des pauvres gens est un public facile, un bon public, quand on sait le prendre. Va parler à un cancéreux de la guérison, il ne demandera qu'à te croire. Rien de plus facile, en somme, que leur laisser entendre que la pauvreté est une sorte de maladie honteuse, indigne des nations civilisées, que nous allons les débarrasser en un clin d'œil de cette saleté-là. Mais qui de nous oserait parler ainsi de la pauvreté de Jésus-Christ ? »

Il me fixait droit dans les yeux et je me demande

encore s'il me distinguait moi-même des objets familiers, ses confidents habituels et silencieux. Non ! il ne me voyait pas ! Le seul dessein de me convaincre n'eût pas donné à son regard une expression si poignante. C'était avec lui-même, contre une part de lui-même cent fois réduite, cent fois vaincue, toujours rebelle, que je le voyais se dresser de toute sa hauteur, de toute sa force ainsi qu'un homme qui combat pour sa vie. Comme la blessure était profonde ! Il avait l'air de se déchirer de ses propres mains.

« Tel que tu me vois, m'a-t-il dit, j'aimerais assez leur prêcher l'insurrection, aux pauvres. Ou plutôt je ne leur prêcherais rien du tout. Je prendrais d'abord un de ces "militants", ces marchands de phrases, ces bricoleurs de révolution, et je leur montrerais ce que c'est qu'un gars des Flandres. Nous autres, Flamands, nous avons la révolte dans le sang. Rappelle-toi l'histoire ! Les nobles et les riches ne nous ont jamais fait peur. Grâce au Ciel, je puis bien l'avouer maintenant, tout puissant que je sois, un fort homme, le bon Dieu n'a pas permis que je fusse beaucoup tenté dans ma chair. Mais l'injustice et le malheur, tiens, ça m'allume le sang. Aujourd'hui, c'est d'ailleurs bien passé, tu ne peux pas te rendre compte… Ainsi, par exemple, la fameuse encyclique de Léon XIII, *Rerum Novarum*, vous lisez ça tranquillement, du bord des cils, comme un mandement de carême quelconque. À l'époque, mon petit, nous avons cru sentir la terre trembler sous nos pieds. Quel enthousiasme ! J'étais, pour lors, curé de Norenfontes, en plein pays de mines. Cette idée si simple que le travail n'est pas une marchandise, soumise à la loi de l'offre et de la demande, qu'on ne peut pas spéculer sur les salaires, sur la vie des hommes, comme sur le blé, le sucre ou le café, ça bouleversait les consciences, crois-tu ? Pour l'avoir expliquée en chaire, à mes bonshommes, j'ai passé pour un socialiste et les paysans bien pensants m'ont fait envoyer en disgrâce à Montreuil. La disgrâce, je m'en fichais bien, rends-toi compte. Mais dans le moment… »

Il s'est tu tout tremblant. Il restait sur moi son regard et j'avais honte de mes petits ennuis, j'aurais voulu lui baiser les mains. Quand j'ai osé lever les yeux, il me tournait le dos, il regardait par la fenêtre. Et après un autre long silence, il a continué d'une voix plus sourde, mais toujours aussi altérée.

« La pitié, vois-tu, c'est une bête. Une bête à laquelle on peut beaucoup demander, mais pas tout. Le meilleur chien peut devenir enragé. Elle est puissante, elle est vorace. Je ne sais pourquoi on se la représente toujours un peu pleurnicheuse, un peu gribouille. Une des plus fortes passions de l'homme, voilà ce qu'elle est. À ce moment de ma vie, moi qui te parle, j'ai cru qu'elle allait me dévorer. L'orgueil, l'envie, la colère, la luxure même, les sept péchés capitaux faisaient chorus, hurlaient de douleur. Tu aurais dit une troupe de loups arrosés de pétrole et qui flambent. »

J'ai tout à coup senti ses deux mains sur mon épaule.

« Enfin, j'ai eu mes embêtements, moi aussi. Le plus dur, c'est qu'on n'est compris de personne, on se sent ridicule. Pour le monde, tu n'es qu'un petit curé démocrate, un vaniteux, un farceur. Possible qu'en général, les curés démocrates n'aient pas beaucoup de tempérament, mais moi, du tempérament, je crois que j'en avais plutôt à revendre. Tiens, à ce moment-là j'ai compris Luther. Il avait du tempérament, lui aussi. Et dans sa fosse à moines d'Erfurt sûrement que la faim et la soif de la justice le dévoraient. Mais le bon Dieu n'aime pas qu'on touche à sa justice, et sa colère est un peu trop forte pour nous, pauvres diables. Elle nous soûle, elle nous rend pires que des brutes. Alors, après avoir fait trembler les cardinaux, ce vieux Luther a fini par porter son foin à la mangeoire des princes allemands, une jolie bande... Regarde le portrait qu'on a fait de lui sur son lit de mort... Personne ne reconnaîtrait l'ancien moine dans ce bonhomme ventru, avec une grosse lippe. Même juste en principe, sa colère l'avait empoisonné petit à petit : elle était tournée en mauvaise graisse, voilà tout.

— Est-ce que vous priez pour Luther ? ai-je demandé.

— Tous les jours, m'a-t-il répondu. D'ailleurs je m'appelle aussi Martin, comme lui. »

Alors, il s'est passé une chose très surprenante. Il a poussé une chaise tout contre moi, il s'est assis, m'a pris les mains dans les siennes sans quitter mon regard du sien, ses yeux magnifiques pleins de larmes, et pourtant plus impérieux que jamais, des yeux qui rendraient la mort toute facile, toute simple.

« Je te traite de va-nu-pieds, m'a-t-il dit, mais je

t'estime. Prends le mot pour ce qu'il vaut, c'est un grand mot. À mon sens, le bon Dieu t'a appelé, pas de doute. Physiquement, on te prendrait plutôt pour de la graine de moine, n'importe ! Si tu n'as pas beaucoup d'épaules, tu as du cœur, tu mérites de servir dans l'infanterie. Mais souviens-toi de ce que je te dis : Ne te laisse pas évacuer. Si tu descends une fois à l'infirmerie, tu n'en sortiras plus. On ne t'a pas construit pour la guerre d'usure. Marche à fond et arrange-toi pour finir tranquillement un jour dans le fossé sans avoir débouclé ton sac. »

Je sais bien que je ne mérite pas sa confiance mais dès qu'elle m'est donnée, il me semble aussi que je ne la décevrai pas. C'est là toute la force des faibles, des enfants, la mienne.

« On apprend la vie plus ou moins vite, mais on finit toujours pas l'apprendre, selon sa capacité. Chacun n'a que sa part d'expérience, bien entendu. Un flacon de vingt centilitres ne contiendra jamais autant qu'un litre. Mais il y a l'expérience de l'injustice. »

J'ai senti que mes traits devaient se durcir, malgré moi, car le mot me fait mal. J'ouvrais déjà la bouche pour répondre.

« Tais-toi ! Tu ne sais pas ce que c'est que l'injustice, tu le sauras. Tu appartiens à une race d'hommes que l'injustice flaire de loin, qu'elle guette patiemment jusqu'au jour… Il ne faut pas que tu te laisses dévorer. Surtout ne va pas croire que tu la ferais reculer en la fixant dans les yeux comme un dompteur ! Tu n'échapperais pas à sa fascination, à son vertige.

Ne la regarde que juste ce qu'il faut, et ne la regarde jamais sans prier. »

Sa voix s'était mise à trembler un peu. Quelles images, quels souvenirs passaient à ce moment dans ses yeux ? Dieu le sait.

« Va, tu l'envieras plus d'une fois, la petite sœur qui le matin part contente vers ses gosses pouilleux, ses mendiants, ses ivrognes, et travaille à pleins bras jusqu'au soir. L'injustice, vois-tu, elle s'en moque ! Son troupeau d'éclopés, elle le lave, le torche, le panse, et finalement l'ensevelit. Ce n'est pas à elle que le Seigneur a confié sa parole. La parole de Dieu ! Rends-moi ma Parole, dira le juge au dernier jour. Quand on pense à ce que certains devront tirer à ce moment-là de leur petit bagage, on n'a pas envie de rire, non ! »

Il se leva de nouveau, et de nouveau il a fait face. Je me suis levé aussi.

« L'avons-nous gardée, la parole ? Et si nous l'avons gardée intacte, ne l'avons-nous pas mise sous le boisseau ? L'avons-nous donnée aux pauvres comme aux riches ? Évidemment, Notre-Seigneur parle tendrement à ses pauvres, mais comme je te le disais tout à l'heure, il leur annonce la pauvreté. Pas moyen de sortir de là, car l'Église a la garde du pauvre, bien sûr. C'est le plus facile. Tout homme compatissant assure avec elle cette protection. Au lieu qu'elle est seule, – tu m'entends, – seule, absolument seule à garder l'honneur de la pauvreté. Oh ! nos ennemis ont la part belle. "Il y aura toujours des pauvres parmi vous", ce n'est pas une parole de démagogue, tu penses ! Mais c'est la Parole, et nous l'avons reçue. Tant pis pour les riches qui feignent de croire qu'elle justifie leur égoïsme. Tant pis pour nous qui servons ainsi d'otages aux Puissants, chaque fois que l'armée des misérables revient battre les murs de la Cité ! C'est la parole la plus triste de l'Évangile, la plus chargée de tristesse. Et d'abord, elle est adressée à Judas. Judas ! Saint Luc nous rapporte qu'il tenait les comptes et que sa comptabilité n'était pas très nette, soit ! Mais enfin, c'était le banquier des Douze, et qui a jamais vu en règle la comptabilité d'une banque ? Probable qu'il forçait un peu sur la commission, comme tout le monde. À en juger par sa dernière opération, il n'aurait pas fait un brillant commis d'agent de change, Judas ! Mais le bon Dieu prend notre pauvre société telle quelle, au contraire des farceurs qui en fabriquent une sur le papier, puis la réforment à tour de bras, toujours sur le papier, bien entendu ! Bref, Notre-Seigneur savait très bien le pouvoir de l'argent, il a fait près de lui une petite place au capitalisme, il lui a laissé sa chance, et même il a fait la première mise de fonds ; je trouve ça prodigieux, que veux-tu ! Tellement beau ! Dieu ne méprise rien. Après tout, si l'affaire avait marché, Judas aurait probablement subventionné des sanatoria, des hôpitaux, des bibliothèques ou des laboratoires. Tu remarqueras qu'il s'intéressait déjà au problème du paupérisme, ainsi que n'importe quel millionnaire. "Il y aura toujours des pauvres parmi vous, répond Notre-Seigneur, mais moi, vous ne m'aurez pas toujours." Ce qui veut dire : "Ne laisse pas sonner en vain l'heure de la miséricorde. Tu ferais mieux de rendre tout de suite l'argent que tu m'as volé, au lieu d'essayer de monter la tête de mes apôtres avec tes spéculations imaginaires sur les fonds de parfumerie et tes projets d'œuvres sociales. De plus, tu crois ainsi flatter mon goût bien connu pour les clochards, et tu te trompes du tout au tout. Je n'aime pas mes pauvres comme les vieilles Anglaises aiment les chats perdus, ou les taureaux des corridas. Ce sont là manières de riches. J'aime la pauvreté d'un amour profond, réfléchi, lucide – d'égal à égal – ainsi qu'une épouse au flanc fécond et fidèle. Je l'ai couronnée de mes propres mains. Ne l'honore pas qui veut, ne la sert pas qui n'ait d'abord revêtu la blanche tunique de lin. Ne rompt pas qui veut avec elle le pain d'amertume. Je l'ai voulue humble et fière, non servile. Elle ne refuse pas le verre d'eau pourvu qu'il soit offert en mon nom, et c'est en mon nom qu'elle le reçoit. Si le pauvre tenait son droit de la seule nécessité, votre égoïsme l'aurait vite condamné au strict nécessaire, payé d'une reconnaissance et d'une servitude éternelles. Ainsi t'emportes-tu aujourd'hui contre cette femme qui vient d'arroser mes pieds d'un nard payé très cher, comme si mes pauvres ne devaient jamais profiter de l'industrie des parfumeurs. Tu es bien de cette race de gens qui, ayant donné deux sous à un vagabond, se scandalisent de ne pas le voir se précipiter du même coup chez le boulanger pour s'y bourrer du pain de la veille, que le commerçant lui aura d'ailleurs vendu pour du pain frais. À sa place, ils iraient aussi chez le marchand de vins, car un ventre de misérable a plus besoin d'illusion que de pain. Malheureux ! L'or dont vous faites tous tant de cas est-il autre chose qu'une illusion, un songe, et parfois seulement la promesse d'un songe ? La pauvreté pèse lourd dans les balances de mon Père Céleste, et tous vos trésors de fumée n'équilibreront pas les plateaux. Il y aura toujours des pauvres parmi vous, pour cette raison qu'il y aura toujours des riches, c'est-à-dire des hommes avides et durs qui recherchent moins la possession que la puissance. De ces hommes, il en est parmi les pauvres comme parmi les riches et le misérable qui cuve au ruisseau son ivresse est peut-être plein des mêmes rêves que César endormi sous ses courtines de pourpre. Riches ou pauvres, regardez-vous donc plutôt dans la pauvreté comme dans un miroir car elle est l'image de votre déception fondamentale, elle garde ici-bas la place du Paradis perdu, elle est le vide de vos cœurs, de vos mains. Je ne l'ai placée aussi haut, épousée, couronnée, que parce que votre malice m'est connue. Si j'avais permis que vous la considériez en ennemie, ou seulement en étrangère, si je vous avais laissé l'espoir de la chasser un jour du monde, j'aurais du même coup condamné les faibles. Car les faibles vous seront toujours un fardeau insupportable, un poids mort que vos civilisations orgueilleuses se repassent l'une à l'autre avec colère et dégoût. J'ai mis mon signe sur leur front, et vous n'osez plus les approcher qu'en rampant, vous dévorez la brebis perdue, vous n'oserez plus jamais vous attaquer au troupeau. Que mon bras s'écarte un moment, l'esclavage que je hais ressusciterait de lui-même, sous un nom ou sous un autre, car votre loi tient ses comptes en règle, et le faible n'a rien à donner que sa peau." »

Sa grosse main tremblait sur mon bras et les larmes que je croyais voir dans ses yeux, semblaient y être dévorées à mesure par ce regard qu'il tenait toujours fixé sur le mien. Je ne pouvais pas pleurer. La nuit était venue sans que je m'en doutasse et je ne distinguais plus qu'à peine son visage maintenant immobile, aussi noble, aussi pur, aussi paisible que celui d'un mort. Et juste à ce moment, le premier coup de l'angélus éclata, venu de je ne sais quel point vertigineux du ciel, comme de la cime du soir.

♦♦♦ J'ai vu hier M. le doyen de Blangermont qui m'a – très paternellement mais très longuement aussi – entretenu de la nécessité pour un jeune prêtre de surveiller attentivement ses comptes. « Pas de dettes, surtout, je ne les admets pas ! » a-t-il conclu. J'étais un peu surpris, je l'avoue, et je me suis levé bêtement, pour prendre congé. C'est lui qui m'a prié de me rasseoir (il avait cru sans doute à un mouvement d'humeur) ; j'ai fini par comprendre que Mme Pamyre se plaignait d'attendre encore le paiement de sa note (les bouteilles de quinquina). De plus il paraît que je dois cinquante-trois francs au boucher Geoffrin et cent dix-huit au marchand de charbon Delacour. M. Delacour est conseiller général. Ces messieurs n'ont d'ailleurs fait aucune réclamation, et M. le doyen a dû m'avouer qu'il tenait ces renseignements de Mme Pamyre. Elle ne me pardonne pas de me fournir d'épicerie chez Camus, étranger au pays, et dont la fille, dit-on, vient de divorcer. Mon supérieur est le premier à rire de ces potins qu'il juge ridicules, mais a montré quelque agacement lorsque j'ai manifesté l'intention de ne plus remettre les pieds chez M. Pamyre. Il m'a rappelé des propos tenus par moi, au cours d'une de nos conférences trimestrielles chez le curé de Verchocq, à laquelle il n'assistait pas. J'aurais parlé en termes qu'il estime beaucoup trop vifs du commerce et des commerçants. « Mettez-vous bien dans la tête, mon enfant, que les paroles d'un jeune prêtre inexpérimenté comme vous seront toujours relevées par ses aînés, dont le devoir est de se former une opinion sur les nouveaux confrères. À votre âge, on ne se permet pas de boutades. Dans une petite société aussi fermée que la nôtre, ce contrôle réciproque est légitime, et il y aurait mauvais esprit à ne pas l'accepter de bon cœur. Certes, la probité commerciale n'est plus aujourd'hui ce qu'elle était jadis, nos meilleures familles témoignent en cette matière d'une négligence blâmable. Mais la terrible Crise a ses rigueurs, avouons-le. J'ai connu un temps où cette modeste bourgeoisie, travailleuse, épargnante, qui fait encore la richesse et la grandeur de notre cher pays, subissait presque tout entière l'influence de la mauvaise presse. Aujourd'hui qu'elle sent le fruit de son travail menacé par les éléments de désordre, elle comprend que l'ère est passée des illusions généreuses, que la société n'a pas de plus solide appui que l'Église. Le droit de propriété n'est-il pas inscrit dans l'Évangile ? Oh ! sans doute, il y a des distinctions à faire, et dans le gouvernement des consciences vous devez appeler l'attention sur les devoirs correspondant à ce droit, néanmoins... »

Mes petites misères physiques m'ont rendu horriblement nerveux. Je n'ai pu retenir les paroles qui me venaient aux lèvres et pis encore : je les ai prononcées d'une voix tremblante dont l'accent m'a surpris moi-même.

« Il n'arrive pas souvent d'entendre au confessionnal un pénitent s'accuser de bénéfices illicites ! »

M. le doyen m'a regardé droit dans les yeux, j'ai soutenu son regard. Je pensais au curé de Torcy. De toute manière l'indignation, même justifiée, reste un mouvement de l'âme trop suspect pour qu'un prêtre s'y abandonne. Et je sens aussi qu'il y a toujours quelque chose dans ma colère lorsqu'on me force à parler du riche – du vrai riche, du riche en esprit – le seul riche, n'eût-il en poche qu'un denier – l'homme d'argent, comme ils l'appellent... Un homme d'argent !

« Votre réflexion me surprend, a dit M. le doyen d'un ton sec. J'y crois discerner quelque rancune, quelque aigreur... Mon enfant, a-t-il repris d'une voix plus douce, je crains que vos succès scolaires n'aient jadis un peu faussé votre jugement. Le séminaire n'est pas le monde. La vie au séminaire n'est pas la vie. Il faudrait sans doute bien peu de chose pour faire de vous un intellectuel, c'est-à-dire un révolté, un contempteur systématique des supériorités sociales qui ne sont point fondées sur l'esprit. Dieu nous préserve des réformateurs !

— Monsieur le doyen, beaucoup de saints l'ont été pourtant.

— Dieu nous préserve aussi des saints ! Ne protestez pas, ce n'est d'ailleurs qu'une boutade, écoutez-moi d'abord. Vous savez parfaitement que l'Église n'élève sur ses autels, et le plus souvent longtemps après leur mort, qu'un très petit nombre de justes exceptionnels dont l'enseignement et les héroïques exemples, passés au crible d'une enquête sévère, constituent le trésor commun des fidèles, bien qu'il ne leur soit nullement permis, remarquez-le, d'y puiser sans contrôle. Il s'ensuit, révérence gardée, que ces hommes admirables ressemblent à ces vins précieux, mais lents à se faire, qui coûtent tant de peines et de soins au vigneron pour ne réjouir que le palais de ses petits-neveux... Je plaisante, bien entendu. Cependant vous remarquerez que Dieu semble prendre garde de multiplier chez nous, séculiers, parmi ses troupes régulières, si j'ose dire, les saints à prodiges et à miracles, les aventuriers surnaturels qui font parfois trembler les cadres de la hiérarchie. Le curé d'Ars n'est-il pas une exception ? La proportion n'est-elle pas insignifiante de cette vénérable multitude de clercs zélés, irréprochables, consacrant leurs forces aux charges écrasantes du ministère, à ces canonisés ? Qui oserait cependant prétendre que la pratique des vertus héroïques soit le privilège des moines, voire de simples laïques ?

« Comprenez-vous maintenant que dans un sens, et toutes réserves faites sur le caractère un peu irrespectueux, paradoxal d'une telle boutade, j'aie pu dire : Dieu nous préserve des saints ? Trop souvent ils ont été une épreuve pour l'Église avant d'en devenir la gloire. Et encore je ne parle pas de ces saints ratés, incomplets, qui fourmillent autour des vrais, en sont comme la menue monnaie, et, comme les gros sous, servent beaucoup moins qu'ils n'encombrent ! Quel pasteur, quel évêque souhaiterait de commander à de telles troupes ? Qu'ils aient l'esprit d'obéissance, soit ! Et après ? Quoi qu'ils fassent, leurs propos, leur attitude, leur silence même risquent toujours d'être un scandale pour les médiocres, les faibles, les tièdes. Oh ! je sais, vous allez me répondre que le Seigneur vomit les tièdes. Quels tièdes au juste ? Nous l'ignorons. Sommes-nous sûrs de définir comme lui cette sorte de gens ? Pas du tout. D'autre part l'Église a des nécessités – lâchons le mot – elle a des nécessités d'argent. Ces besoins existent, vous devez l'admettre avec moi – alors inutile d'en rougir. L'Église possède un corps et une âme : il lui faut pourvoir aux besoins de son corps. Un homme raisonnable n'a pas honte de manger. Voyons donc les choses telles qu'elles sont. Nous parlions tout à l'heure des commerçants. De qui l'État tire-t-il le plus clair de ses revenus ? N'est-ce pas justement de cette petite bourgeoisie, âpre au gain, dure au pauvre comme à elle-même, enragée à l'épargne ? La société moderne est son œuvre.

« Certes, personne ne vous demande de transiger sur les principes, et le catéchisme d'aucun diocèse n'a rien changé, que je sache, au quatrième commandement. Mais pouvons-nous mettre le nez dans les livres de comptes ? Plus ou moins dociles à nos leçons lorsqu'il s'agit, par exemple, des égarements de la chair – où leur sagesse mondaine voit un désordre, un gaspillage, sans s'élever d'ailleurs beaucoup plus haut que la crainte du risque ou de la dépense – ce qu'ils appellent les affaires semble à ces travailleurs un domaine réservé où le travail sanctifie tout, car ils ont la religion du travail. Chacun pour soi, voilà leur règle. Et il ne dépend pas de nous, il faudra bien du temps, des siècles peut-être, pour éclairer ces consciences, détruire ce préjugé que le commerce est une sorte de guerre et qui se réclame des mêmes privilèges, des mêmes tolérances que l'autre. Un soldat, sur le champ de bataille, ne se considère pas comme un homicide. Pareillement le même négociant qui tire de son travail un bénéfice usuraire ne se croit pas un voleur, car il se sait incapable de prendre dix sous dans la poche d'autrui. Que voulez-vous, mon cher enfant, les hommes sont les hommes ! Si quelques-uns de ces marchands s'avisaient de suivre à la lettre les prescriptions de la théologie touchant le gain légitime, leur faillite serait certaine.

« Est-il désirable de rejeter ainsi dans la classe inférieure des citoyens laborieux qui ont eu tant de peine à s'élever, sont notre meilleure référence vis-à-vis d'une société matérialiste, prennent leur part des frais du culte et nous donnent aussi des prêtres, depuis que le recrutement sacerdotal est presque tari dans nos villages ? La grande industrie n'existe plus que de nom, elle a été digérée par les banques, l'aristocratie se meurt, le prolétariat nous échappe, et vous iriez proposer aux classes moyennes de résoudre sur-le-champ, avec éclat, un problème de conscience dont la solution demande beaucoup de temps, de mesure, de tact. L'esclavage n'était-il pas une plus grande offense à la loi de Dieu ? Et cependant les apôtres... À votre âge on a volontiers des jugements absolus. Méfiez-vous de ce travers. Ne donnez pas dans l'abstrait, voyez les hommes. Et tenez, justement, cette famille Pamyre, elle pourrait servir d'exemple, d'illustration à la thèse que je viens d'exposer. Le grand-père était un simple ouvrier maçon, anticlérical notoire, socialiste même. Notre vénéré confrère de Bazancourt se souvient de l'avoir vu poser culotte sur le seuil de sa porte, au passage d'une procession. Il a d'abord acheté un petit commerce de vins et liqueurs, assez mal famé. Deux ans plus tard son fils, élevé au collège communal, est entré dans une bonne famille, les Delannoy, qui avaient un neveu curé, du côté de Brogelonne. La fille, débrouillarde, a ouvert une épicerie. Le vieux, naturellement, s'est occupé de la chose, on l'a vu courir les routes, d'un bout de l'année à l'autre, dans sa carriole. C'est lui qui a payé la pension de ses petits-enfants au collège diocésain de Montreuil. Ça le flattait de les voir camarades avec des nobles, et d'ailleurs il n'était plus socialiste depuis longtemps, les employés le craignaient comme le feu. À vingt-deux ans Louis Pamyre vient d'épouser la fille du notaire Delivaulle, homme d'affaires de Son Excellence, Arsène s'occupe du magasin, Charles fait sa médecine à Lille, et le plus jeune, Adolphe, est au séminaire d'Arras. Oh ! tout le monde sait parfaitement que si ces gens-là travaillent dur, ils ne sont pas faciles en affaires, qu'ils ont écumé le canton. Mais quoi ! s'ils nous volent, ils nous respectent. Cela crée entre eux et nous une espèce de solidarité sociale, que l'on peut déplorer ou non, mais qui existe, et tout ce qui existe doit être utilisé pour le bien. »

Il s'est arrêté, un peu rouge. Je suis toujours assez mal une conversation de ce genre, car mon attention se fatigue vite lorsqu'une secrète sympathie ne me permet pas de devancer passionnément la pensée de mon interlocuteur et que je me laisse, comme disaient mes anciens professeurs, « mettre à la traîne »... Qu'elle est juste l'expression populaire « des paroles qui restent sur le cœur » ! Celles-là faisaient un bloc dans ma poitrine, et je sentais que la prière seule restait capable de fondre cette espèce de glaçon.

« Je vous ai parlé sans doute un peu rudement, a repris M. le doyen de Blangermont. C'est pour votre bien. Quand vous aurez beaucoup vécu, vous comprendrez. Mais il faut vivre.

— Il faut vivre, c'est affreux ! ai-je répondu sans réfléchir. Vous ne trouvez pas ? »

Je m'attendais à un éclat, car j'avais retrouvé ma voix des mauvais jours, une voix que je connais bien – la voix de ton père, disait maman... J'ai entendu l'autre jour un vagabond répondre au gendarme qui lui demandait ses papiers. « Des papiers ? où voulez-vous que j'en prenne ? Je suis le fils du soldat inconnu ! » Il avait un peu cette voix-là.

M. le doyen m'a seulement regardé longuement, d'un air attentif.

« Je vous soupçonne d'être poète (il prononce poâte). Avec vos deux annexes, heureusement, le travail ne vous manque pas. Le travail arrangera tout. »

Hier au soir le courage m'a manqué. J'aurais voulu donner une conclusion à cet entretien. À quoi bon ? Évidemment, je dois tenir compte du caractère de M. le doyen, du visible plaisir qu'il prend à me contredire, à m'humilier. Il s'est signalé jadis par son zèle contre les jeunes prêtres démocrates, et sans doute il me croit l'un d'eux. Illusion bien excusable, en somme. C'est vrai que par l'extrême modestie de mon origine, mon enfance misérable, abandonnée, la disproportion que je sens de plus en plus entre une éducation si négligée, grossière même, et une certaine sensibilité d'intelligence qui me fait deviner beaucoup de choses, j'appartiens à une espèce d'hommes naturellement peu disciplinés dont mes supérieurs ont bien raison de se méfier. Que serais-je devenu si... Mon sentiment à l'égard de ce qu'on appelle la société reste d'ailleurs bien obscur... J'ai beau être le fils de pauvres gens – ou pour cette raison, qui sait ?... – je ne comprends réellement que la supériorité de la race, du sang. Si je l'avouais, on se moquerait de moi. Il me semble, par exemple, que j'aurais volontiers servi un vrai maître – un prince, un roi. On peut mettre ses deux mains jointes entre les mains d'un autre homme et lui jurer la fidélité du vassal mais l'idée ne viendrait à personne de procéder à cette cérémonie aux pieds d'un millionnaire, parce que millionnaire, ce serait idiot. La notion de richesse et celle de puissance ne peuvent encore se confondre, la première reste abstraite. Je sais bien qu'on aurait beau jeu de répondre que plus d'un seigneur a dû jadis son fief aux sacs d'écus d'un père usurier, mais enfin, acquis ou non à la pointe de l'épée, c'est à la pointe de l'épée qu'il devait le défendre comme il eût défendu sa propre vie, car l'homme et le fief ne faisaient qu'un, au point de porter le même nom… N'est-ce point à ce signe mystérieux que se reconnaissaient les rois ? Et le roi, dans nos saints livres, ne se distingue guère du juge. Certes, un millionnaire dispose, au fond de ses coffres, de plus de vies humaines qu'aucun monarque, mais sa puissance est comme les idoles, sans oreilles et sans yeux. Il peut tuer, voilà tout, sans même savoir ce qu'il tue. Ce privilège est peut-être aussi celui des démons.

(Je me dis parfois que Satan, qui cherche à s'emparer de la pensée de Dieu, non seulement la hait sans la comprendre, mais la comprend à rebours. Il remonte à son insu le courant de la vie au lieu de le descendre et s'épuise en tentatives absurdes, effrayantes pour refaire, en sens contraire, tout l'effort de la Création.)

♦♦♦ L'institutrice est venue me trouver ce matin à la sacristie. Nous avons parlé longuement de Mlle Chantal. Il paraît que cette jeune fille s'aigrit de plus en plus, que sa présence au château est devenue impossible, et qu'il conviendrait de la mettre en pension. Mme la comtesse ne paraît pas encore décidée à prendre une telle mesure. J'ai compris qu'on attendait de moi que j'intervinsse auprès d'elle, et je dois dîner au château la semaine prochaine.

Évidemment Mademoiselle ne veut pas tout dire. Elle m'a plusieurs fois regardé droit dans les yeux, avec une insistance gênante, ses lèvres tremblaient. Je l'ai reconduite jusqu'à la petite porte du cimetière. Sur le seuil, et d'une voix entrecoupée, rapide, comme on s'acquitte d'un aveu humiliant – d'une voix de confessionnal – elle s'est excusée de faire appel à moi dans des circonstances si dangereuses, si délicates. «Chantal est une nature passionnée, bizarre. Je ne la crois pas vicieuse. Les jeunes personnes de son âge ont presque toujours une imagination sans frein. J'ai d'ailleurs beaucoup hésité à vous mettre en garde contre une enfant que j'aime et que je plains, mais elle est fort capable d'une démarche inconsidérée. Nouveau venu dans cette paroisse, il restait inutile et dangereux de céder, le cas échéant, à votre générosité, à votre charité, de paraître ainsi provoquer des confidences qui…» «M. le comte ne le supporterait pas», a-t-elle ajouté, sur un ton qui m'a déplu.

Certes, rien ne m'autorise à la soupçonner de parti pris, d'injustice, et quand je l'ai saluée le plus froidement que j'ai pu, sans lui tendre la main, elle avait des larmes dans les yeux, de vraies larmes. D'ailleurs, les manières de Mlle Chantal ne me plaisent guère, elle a dans ses traits la même fixité, la même dureté que je retrouve, hélas, sur le visage de beaucoup de jeunes paysannes et dont le secret ne m'est pas encore connu, ne le sera sans doute jamais, car elles n'en laissent deviner que peu de chose, même au lit de mort. Les jeunes gens sont bien différents ! Je ne crois pas trop aux confessions sacrilèges en un tel moment, car les mourantes dont je parle manifestaient une contrition sincère de leurs fautes. Mais leurs pauvres chers visages ne retrouvaient qu'au-delà du sombre passage la sérénité de l'enfance (pourtant si proche !), ce je ne sais quoi de confiant, d'émerveillé, un sourire pur... Le démon de la luxure est un démon muet.

N'importe ! je ne puis m'empêcher de trouver la démarche de Mademoiselle un peu suspecte. Il est clair que je manque beaucoup trop d'expérience, d'autorité pour m'entremettre dans une affaire de famille si délicate, et on aurait sagement fait de me tenir à l'écart. Mais puisqu'on juge utile de m'y mêler, que signifie cette interdiction de juger par moi-même ? « M. le comte ne le supporterait pas... » C'est un mot de trop.

Reçu hier une nouvelle lettre de mon ami, un simple mot. Il me prie de vouloir bien retarder de quelques jours mon voyage à Lille, car il doit lui-même se rendre à Paris pour affaires. Il termine ainsi : « Tu as dû comprendre depuis longtemps que j'avais, comme on dit, quitté la soutane. Mon cœur, pourtant, n'a pas changé. Il s'est seulement ouvert à une conception plus humaine et *par conséquent* plus généreuse de la vie. Je gagne ma vie, c'est un grand mot, une grande chose. Gagner sa vie ! L'habitude, prise dès le séminaire, de recevoir des supérieurs, ainsi qu'une aumône, le pain quotidien ou la platée de haricots fait de nous, jusqu'à la mort, des écoliers, des enfants. J'étais, comme tu l'es sans doute encore, absolument ignorant de ma valeur sociale. À peine aurais-je osé m'offrir pour la besogne la plus humble. Or, bien que ma mauvaise santé ne me permette pas toutes les démarches nécessaires, j'ai reçu beaucoup de propositions très flatteuses, et je n'aurai, le moment venu, qu'à choisir entre une demi-douzaine de situations extrêmement rémunératrices. Peut-être même à ta prochaine visite pourrais-je me donner le plaisir et la fierté de t'accueillir dans un intérieur convenable, notre logement étant jusqu'ici des plus modestes… »

Je sais bien que tout cela est surtout puéril, que je devrais hausser les épaules. Je ne peux pas. Il y a une certaine bêtise, un certain accent de bêtise, où je reconnais du premier coup, avec une horrible humiliation, l'orgueil sacerdotal, mais dépouillé de tout caractère surnaturel, tourné en niaiserie, tourné comme une sauce tourne. Comme nous sommes désarmés devant les hommes, la vie ! Quel absurde enfantillage !

Et pourtant mon ancien camarade passait pour l'un des meilleurs élèves du séminaire, le mieux doué. Il ne manquait même pas d'une expérience précoce, un peu ironique, des êtres et il jugeait certains de nos professeurs avec assez de lucidité. Pourquoi tente-t-il aujourd'hui de m'en imposer par de pauvres fanfaronnades desquelles je suppose, d'ailleurs, qu'il n'est pas dupe ? Comme tant d'autres, il finira dans quelque bureau où son mauvais caractère, sa susceptibilité maladive le rendront suspect à ses camarades, et quelque soin qu'il prenne à leur cacher le passé, je doute qu'il ait jamais beaucoup d'amis.

Nous payons cher, très cher, la dignité surhumaine de notre vocation. Le ridicule est toujours si près du sublime ! Et le monde, si indulgent d'ordinaire aux ridicules, hait le nôtre, d'instinct. La bêtise féminine est déjà bien irritante, la bêtise cléricale l'est plus encore que la bêtise féminine, dont elle semble d'ailleurs parfois le mystérieux surgeon. L'éloignement de tant de pauvres gens pour le prêtre, leur antipathie profonde ne s'explique peut-être pas seulement, comme on voudrait nous le faire croire, par la révolte plus ou moins consciente des appétits contre la Loi et ceux qui l'incarnent... À quoi bon le nier ? Pour éprouver un sentiment de répulsion devant la laideur, il n'est pas nécessaire d'avoir une idée très claire du Beau. Le prêtre médiocre est laid.

Je ne parle pas du mauvais prêtre. Ou plutôt le mauvais prêtre est le prêtre médiocre. L'autre est un monstre. La monstruosité échappe à toute commune mesure. Qui peut savoir les desseins de Dieu sur un monstre ? À quoi sert-il ? Quelle est la signification surnaturelle d'une si étonnante disgrâce ? J'ai beau faire, je ne puis croire, par exemple, que Judas appartienne au monde – à ce monde pour lequel Jésus a mystérieusement refusé sa prière... – Judas n'est pas de ce monde-là...

Je suis sûr que mon malheureux ami ne mérite pas le nom de mauvais prêtre. Je suppose même qu'il est sincèrement attaché à sa compagne, car je l'ai connu jadis sentimental. Le prêtre médiocre, hélas ! l'est presque toujours. Peut-être le vice est-il moins dangereux pour nous qu'une certaine fadeur ? Il y a des ramollissements du cerveau. Le ramollissement du cœur est pire.

◆◆◆ En revenant ce matin de mon annexe, à travers champs, j'ai aperçu M. le comte qui faisait quêter ses chiens le long du bois de Linières. Il m'a salué de loin, mais ne semblait pas très désireux de me parler. Je pense que d'une manière ou d'une autre il a connu la démarche de Mademoiselle. Je dois agir avec beaucoup de réserve, de prudence.

Hier, confessions. De 3 à 5, les enfants. J'ai commencé par les garçons, naturellement.

Que Notre-Seigneur les aime, ces petits ! Tout autre qu'un prêtre, à ma place, sommeillerait à leur monotone ronron qui ressemble trop souvent à la simple récitation de phrases choisies dans l'Examen de conscience, et rabâchées chaque fois… S'il voulait voir clair, poser des questions au hasard, agir en simple curieux, je crois qu'il n'échapperait pas au dégoût. L'animalité paraît tellement à fleur de peau ! Et pourtant !

Que savons-nous du péché ? Les géologues nous apprennent que le sol qui nous semble si ferme, si stable, n'est réellement qu'une mince pellicule au-dessus d'un océan de feu liquide et toujours frémissante comme la peau qui se forme sur le lait prêt à bouillir… Quelle épaisseur a le péché ? À quelle pro-

fondeur faudrait-il creuser pour retrouver le gouffre
d'azur ?...

♦♦♦ Je suis sérieusement malade. J'en ai eu hier
la certitude soudaine et comme l'illumination. Le
temps où j'ignorais cette douleur tenace qui cède
parfois en apparence, mais ne desserre jamais com-
plètement sa prise, m'a paru tout à coup reculer,
reculer dans un passé presque vertigineux, reculer
jusqu'à l'enfance... Voilà juste six mois que j'ai ressenti les premières atteintes de ce mal, et je me souviens à peine de ces jours où je mangeais et buvais
comme tout le monde. Mauvais signe.

Cependant les crises disparaissent. Il n'y a plus
de crises. J'ai délibérément supprimé la viande, les
légumes, je me nourris de pain trempé dans le vin,
pris en très petite quantité, chaque fois que je me
sens un peu étourdi. Le jeûne me réussit d'ailleurs
très bien. Ma tête est libre et je me sens plus fort qu'il
y a trois semaines, beaucoup plus fort.

Personne ne s'inquiète à présent de mes malaises.
La vérité est que je commence à m'habituer moi-
même à cette triste figure qui ne peut plus maigrir
et qui garde cependant un air – inexplicable – de
jeunesse, je n'ose pas dire : de santé. À mon âge, un
visage ne s'effondre pas, la peau, tendue sur les os,
reste élastique. C'est toujours ça !

Je relis ces lignes écrites hier soir : j'ai passé une
bonne nuit, très reposante, je me sens plein de courage, d'espoir. C'est une réponse de la Providence
à mes jérémiades, un reproche plein de douceur.

J'ai souvent remarqué – ou cru saisir – cette imperceptible ironie (je ne trouve malheureusement pas d'autre mot). On dirait le haussement d'épaules d'une mère attentive aux pas maladroits de son petit enfant. Ah ! si nous savions prier !

Mme la comtesse ne répond plus à mon salut que par un hochement de tête très froid, très distant.

J'ai vu aujourd'hui le docteur Delbende, un vieux médecin qui passe pour brutal et n'exerce plus guère, car ses collègues tournent volontiers en dérision ses culottes de velours et ses bottes toujours graissées, qui dégagent une odeur de suif. Le curé de Torcy l'avait prévenu de ma visite. Il m'a fait étendre sur son divan et m'a longuement palpé l'estomac de ses longues mains qui n'étaient guère propres, en effet (il revenait de la chasse). Tandis qu'il m'auscultait, son grand chien, couché sur le seuil, suivait chacun de ses mouvements avec une attention extraordinaire, adorante.

« Vous ne valez pas cher, m'a-t-il dit. Rien qu'à voir ça (il avait l'air de prendre son chien à témoin), pas difficile de comprendre que vous n'avez pas toujours mangé votre soûl, hein ?…

— Jadis, peut-être, ai-je répondu. Mais à présent…

— À présent, il est trop tard ! Et l'alcool, qu'est-ce que vous en faites, de l'alcool ? Oh ! pas celui que vous avez bu, naturellement. Celui qu'on a bu pour vous, bien avant que vous ne veniez au monde. Revenez me voir dans quinze jours, je vous donnerai un mot pour le professeur Lavigne, de Lille. »

Mon Dieu, je sais parfaitement que l'hérédité pèse lourd sur des épaules comme les miennes, mais ce mot d'alcoolisme est dur à entendre. En me rhabillant, je me regardais dans la glace, et mon triste visage, un peu plus jaune chaque jour, avec ce long nez, la double ride profonde qui descend jusqu'aux commissures des lèvres, la barbe rase mais dure dont un mauvais rasoir ne peut venir à bout, m'a soudain paru hideux.

Sans doute le docteur a-t-il surpris mon regard, car il s'est mis à rire. Le chien a répondu par des aboiements, puis par des sauts de joie. « À bas, Fox ! À bas, sale bête ! » Finalement nous sommes entrés dans la cuisine. Tout ce bruit m'avait rendu courage, je ne sais pourquoi. La haute cheminée, bourrée de fagots, flambait comme une meule.

« Quand vous vous embêterez trop, vous viendrez faire un tour par ici. C'est une chose que je ne dirais pas à tout le monde. Mais le curé de Torcy m'a parlé de vous, et vous avez des yeux qui me plaisent. Des yeux fidèles, des yeux de chien. Moi aussi, j'ai des yeux de chien. C'est plutôt rare. Torcy, vous et moi, nous sommes de la même race, une drôle de race. »

L'idée d'appartenir à la même race que ces deux hommes solides ne me serait jamais venue, sûrement. Et pourtant, j'ai compris qu'il ne plaisantait pas.

« Quelle race ? ai-je demandé.

— Celle qui tient debout. Et pourquoi tient-elle debout ? Personne ne le sait, au juste. Vous allez me dire : la grâce de Dieu ? Seulement, moi, mon ami, je ne crois pas en Dieu. Attendez ! Pas la peine de me réciter votre petite leçon, je la connais par cœur. "L'esprit souffle où il veut, j'appartiens à l'âme de l'Église » – des blagues. Pourquoi se tenir debout, plutôt qu'assis ou couché ? Remarquez que l'explication physiologique ne tient pas. Impossible de justifier par des faits l'hypothèse d'une espèce de prédisposition physique. Les athlètes sont généralement des citoyens paisibles, conformistes en diable, et ils ne reconnaissent que l'effort qui paie – pas le nôtre. Évidemment, vous avez inventé le paradis. Mais je disais l'autre jour à Torcy : "Conviens donc que tu tiendrais le coup, avec ou sans paradis. D'ailleurs, entre nous, tout le monde y rentre dans votre paradis, hé ? Les ouvriers de la onzième heure, pas vrai ? Quand j'ai travaillé un coup de trop – je dis travaillé un coup de trop comme on dit boire un coup de trop – je me demande si nous ne sommes pas simplement des orgueilleux. »

Il avait beau rire bruyamment, son rire faisait mal à entendre, et on aurait pu croire que son chien pensait comme moi : il avait interrompu tout à coup ses gambades et couché ventre contre terre, humblement, il levait vers son maître un regard calme, attentif, un regard qu'on eût dit détaché de tout, même de l'obscur espoir de comprendre une peine qui retentissait pourtant jusqu'au fond de ses entrailles, jusqu'à la dernière fibre de son pauvre corps de chien. Et la pointe du museau soigneusement posée sur ses pattes croisées, clignant des paupières, sa longue échine parcourue d'étranges frissons, il grognait doucement, ainsi qu'à l'approche de l'ennemi.

« Je voudrais savoir d'abord ce que vous entendez par tenir debout ?

— Ça serait long. Admettons, pour être court, que la station verticale ne convienne qu'aux Puissants. Pour la prendre, un homme raisonnable attend qu'il ait la puissance, la puissance ou son signe, le pouvoir, l'argent. Moi, je n'ai pas attendu. En troisième, à l'occasion d'une retraite, le supérieur du collège de Montreuil nous a demandé de prendre une devise. Savez-vous celle que j'ai choisie ? "Faire face." Face à quoi, je vous le demande, un gosse de treize ans !…

— Face à l'injustice, peut-être.

— L'injustice ? Oui et non. Je ne suis pas de ces types qui n'ont que le mot de justice à la bouche. D'abord, parole d'honneur, je ne l'exige pas pour moi. À qui diable voulez-vous que je la demande, puisque je ne crois pas en Dieu ? Souffrir l'injustice, c'est la condition de l'homme mortel. Tenez, depuis que mes confrères font courir le bruit que je n'ai aucune notion de l'asepsie, la clientèle a foutu le camp, je ne soigne plus qu'un tas de péquenots qui me paient d'une volaille ou d'un panier de pommes, et me prennent d'ailleurs pour un idiot. En un sens, par rapport aux richards, ces bougres-là sont des victimes. Hé bien, vous savez, l'abbé, je les fourre tous dans le même sac que leurs exploiteurs, ils ne valent guère mieux. En attendant leur tour d'exploiter, ils me carottent. Seulement… »

Il s'est gratté la tête en m'observant de biais, sans en avoir l'air. Et j'ai bien remarqué qu'il a rougi. Cette rougeur, sur ce vieux visage, était belle.

« Seulement autre chose est souffrir l'injustice, autre chose la subir. Ils la subissent. Elle les dégrade. Je ne peux pas voir ça. C'est un sentiment dont on n'est pas maître, hein ? Quand je me trouve au chevet d'un pauvre diable qui ne veut pas mourir tranquille – le fait est rare, mais on l'observe de temps en temps – ma sacrée nature reprend le dessus, j'ai envie de lui dire : "Ôte-toi de là, imbécile ! je vais te montrer comment on fait ça proprement." L'orgueil, quoi, toujours l'orgueil ! En un sens, mon petit, je ne suis pas l'ami des pauvres, je ne tiens pas au rôle de terre-neuve. Je préférerais qu'ils se débrouillent sans moi, qu'ils se débrouillent avec les Puissants. Mais quoi ! ils gâchent le métier, ils me font honte. Notez bien que c'est un malheur de se sentir solidaire d'un tas de jean-foutre qui, médicalement parlant, seraient plutôt des déchets. Question de race, probable ? Je suis celte, celte de la tête aux pieds, notre race est sacrificielle. La rage des causes perdues, quoi ! Je pense, d'ailleurs, que l'humanité se partage en deux espèces distinctes, selon l'idée qu'on se forme de la justice. Pour les uns, elle est un équilibre, un compromis. Pour les autres…

— Pour les autres, lui ai-je dit, la justice est comme l'épanouissement de la charité, son avènement triomphal. »

Le docteur m'a regardé un long moment avec un air de surprise, d'hésitation très gênant pour moi. Je crois que la phrase lui avait déplu. Ce n'était qu'une phrase, en effet.

« Triomphal ! Triomphal ! Il est propre, votre triomphe, mon garçon. Vous me répondrez que le royaume de Dieu n'est pas de ce monde ? D'accord. Mais si on donnait un petit coup de pouce à l'horloge, quand même ? Ce que je vous reproche, à vous autres, ça n'est pas qu'il y ait encore des pauvres, non. Et même, je vous fais la part belle, je veux bien que la charge revienne à de vieilles bêtes comme moi de les nourrir, de les vêtir, de les soigner, de les torcher. Je ne vous pardonne pas, puisque vous en avez la garde, de nous les livrer si sales. Comprenez-vous ? Après vingt siècles de christianisme, tonnerre de Dieu, il ne devrait plus y avoir de honte à être pauvre. Ou bien, vous l'avez trahi, votre Christ ! Je ne sors pas de là. Bon Dieu de bon Dieu ! Vous disposez de tout ce qu'il faut pour humilier le riche, le mettre au pas. Le riche a soif d'égards, et plus il est riche, plus il a soif. Quand vous n'auriez eu que le courage de les foutre au dernier rang, près du bénitier ou même sur le parvis – pourquoi pas ? – ça les aurait fait réfléchir. Ils auraient tous louché vers le banc des pauvres, je les connais. Partout ailleurs les premiers, ici, chez Notre-Seigneur, les derniers, voyez-vous ça ? Oh ! je sais bien que la chose n'est pas commode. S'il est vrai que le pauvre est à l'image et à la ressemblance de Jésus, – Jésus lui-même, – c'est embêtant de le faire grimper au banc d'œuvre, de montrer à tout le monde une face dérisoire sur laquelle, depuis deux mille ans, vous n'avez pas encore trouvé le moyen d'essuyer les crachats. Car la question sociale est d'abord une question d'honneur. C'est l'injuste humiliation du pauvre qui fait les misérables. On ne vous demande pas d'engraisser des types qui d'ailleurs ont de père en fils perdu l'habitude d'engraisser, qui resteraient probablement maigres comme des coucous. Et même on veut bien admettre, à la rigueur, pour des raisons de convenances, l'élimination des guignols, des fainéants, des ivrognes, enfin des phénomènes carrément compromettants. Reste qu'un pauvre, un vrai pauvre, un honnête pauvre ira de lui-même se coller aux dernières places dans la maison du Seigneur, la sienne, et qu'on n'a jamais vu, qu'on ne verra jamais un suisse empanaché comme un corbillard, le venir chercher au fond de l'église pour l'amener dans le chœur, avec les égards dus à un Prince – un Prince du sang chrétien. Cette idée-là fait ordinairement rigoler vos confrères. Futilités, vanités. Mais pourquoi diable prodiguent-ils de tels hommages aux Puissants de la Terre, qui s'en régalent ? Et s'ils les jugent ridicules, pourquoi les font-ils payer si cher ? "On rirait de nous, disent-ils, un bougre en haillons dans le chœur, ça tournerait vite à la farce." Bon ! Seulement lorsque le bougre a définitivement changé sa défroque contre une autre en bois de sapin, quand vous êtes sûrs, absolument sûrs, qu'il ne se mouchera plus dans ses doigts, qu'il ne crachera plus sur vos tapis, qu'est-ce que vous en faites, du bougre ? Allons donc ! Je me moque de passer pour un imbécile, je tiens le bon bout, le pape ne m'en ferait pas démordre. Et ce que je dis, mon garçon, vos saints l'ont fait, ça ne doit donc pas être si bête. À genoux devant le pauvre, l'infirme, le lépreux, voilà comme on les voit, vos saints. Drôle d'armée où les caporaux se contentent de donner en passant une petite tape d'amitié protectrice sur l'épaule de l'hôte royal aux pieds duquel se prosternent les maréchaux ! »

Il s'est tu, un peu gêné par mon silence. Certes, je n'ai pas beaucoup d'expérience mais je crois reconnaître du premier coup un certain accent, celui qui trahit une blessure profonde de l'âme. Peut-être d'autres que moi sauraient alors trouver le mot qu'il faut pour convaincre, apaiser ? J'ignore ces mots-là. Une douleur vraie qui sort de l'homme appartient d'abord à Dieu, il me semble. J'essaie de la recevoir humblement dans mon cœur, telle quelle, je m'efforce de l'y faire mienne, de l'aimer. Et je comprends tout le sens caché de l'expression devenue banale « communier avec », car il est vrai que cette douleur, je la communie.

Le chien était venu poser la tête sur ses genoux.

(Depuis deux jours, je me reproche de n'avoir pas répondu à cette espèce de réquisitoire et pourtant, tout au fond de moi-même, je ne puis me donner tort. D'ailleurs, qu'aurais-je dit ? Je ne suis pas l'ambassadeur du Dieu des philosophes, je suis le serviteur de Jésus-Christ. Et ce qui me serait venu aux lèvres, je le crains, n'eût été qu'une argumentation très forte sans doute, mais si faible aussi qu'elle m'a convaincu depuis longtemps sans m'apaiser.)

Il n'est de paix que Jésus-Christ.

◆◆◆ La première partie de mon programme est en voie de réalisation. J'ai entrepris de visiter chaque famille une fois par trimestre, au moins. Mes confrères qualifient volontiers ce projet d'extravagant, et il est vrai que l'engagement sera dur à tenir car je dois avant tout ne négliger aucun de mes devoirs. Les gens qui prétendent nous juger de loin, du fond d'un bureau confortable, où ils refont chaque jour le même travail, ne peuvent guère se faire idée du désordre, du «décousu» de notre vie quotidienne. À peine suffisons-nous à la besogne régulière – celle dont la stricte exécution fait dire à nos supérieurs : voilà une paroisse bien tenue. – Reste l'imprévu. Et l'imprévu n'est jamais négligeable ! Suis-je là où Notre-Seigneur me veut ? Question que je me pose vingt fois le jour. Car le Maître que nous servons ne juge pas notre vie seulement – il la partage, il l'assume. Nous aurions beaucoup moins de peine à contenter un Dieu géomètre et moraliste.

J'ai annoncé ce matin, après la Grand-Messe, que les jeunes sportifs de la paroisse désireux de former une équipe pourraient se réunir au presbytère, après les vêpres. Je n'ai d'ailleurs pas pris cette décision à l'étourdie, j'ai soigneusement pointé sur mes registres les noms des adhérents probables – quinze sans doute – au moins dix.

M. le curé d'Eutichamps est intervenu auprès de M. le comte (c'est un vieil ami du château). M. le comte n'a pas refusé le terrain, il désire seulement le louer à l'année (300 francs par an) pour cinq ans.

Au terme de ce bail, et sauf nouvel accord, il rentrerait en possession dudit terrain, et les aménagements et constructions éventuels deviendraient sa propriété. La vérité est qu'il ne croit probablement pas au succès de mon entreprise ; je suppose même qu'il souhaite me décourager par ce marchandage, qui convient si peu à sa situation, à son caractère. Il a dit au curé d'Eutichamps des paroles assez dures : « Que certaines bonnes volontés trop brouillonnes étaient un danger pour tout le monde, qu'il n'était pas homme à prendre des engagements sur des projets en l'air, que je devais d'abord prouver le mouvement en marchant, et qu'il fallait lui montrer le plus tôt possible ce qu'il appelle mes jocrisses en chandail… »

Je n'ai eu que quatre inscriptions – pas fameuses ! J'ignorais qu'il existait une Association sportive à Héclin, luxueusement dotée par le fabricant de chaussures M. Vergnes qui fournit du travail à la population de sept communes. Il est vrai qu'Héclin est à douze kilomètres. Mais les garçons du village font très facilement le trajet en bicyclette.

Enfin nous avons tout de même fini par échanger quelques idées intéressantes. Ces pauvres jeunes gens me paraissent être tenus à distance par des camarades plus grossiers, coureurs de bals et de filles. Comme le dit très bien Sulpice Mitonnet, le fils de mon ancien sonneur, « l'estaminet fait mal, et coûte cher ». En attendant mieux, faute d'être en nombre suffisant nous ne nous proposerons rien de plus que la constitution d'un modeste cercle d'études, avec salle de jeux, de lecture, quelques revues.

Sulpice Mitonnet n'avait jamais beaucoup attiré mon attention. De santé très chétive il vient d'achever son service militaire (après avoir été ajourné deux fois). Il exerce maintenant vaille que vaille son métier de peintre et passe pour paresseux.

Je pense qu'il souffre surtout de la grossièreté du milieu où il doit vivre. Comme beaucoup de ses pareils, il rêve d'une place en ville, car il a une belle écriture. Hélas la grossièreté des grandes villes, pour être d'une autre espèce, ne me paraît pas moins redoutable. Elle est probablement plus sournoise, plus contagieuse. Une âme faible n'y échappe pas.

Après le départ de ses camarades, nous avons parlé longuement. Son regard, un peu vague, même fuyant, a cette expression si émouvante pour moi, des êtres voués à l'incompréhension, à la solitude. Il ressemble à celui de Mademoiselle.

♦♦♦ Mme Pégriot m'a prévenu hier qu'elle ne viendrait plus au presbytère. Elle aurait honte, dit-elle, d'être plus longtemps payée pour un travail insignifiant. (Il est vrai que mon régime plutôt frugal et l'état de ma lingerie lui font beaucoup de loisir.) D'autre part, ajoute-t-elle, « il n'est pas dans ses idées de donner son temps pour rien ».

J'ai essayé de tourner la chose en plaisanterie, mais sans réussir à la faire sourire. Ses petits yeux clignaient de colère. J'éprouve malgré moi un dégoût presque insurmontable pour cette figure molle et ronde, ce front bas que tire vers le haut du crâne un maigre chignon et surtout ce cou gras, strié de lignes horizontales et toujours luisant de sueur. On n'est pas maître de ces impressions-là, et je crains tellement de me trahir qu'elle doit voir clair en moi.

Elle a fini par une allusion obscure à «certaines personnes qu'elle ne tient pas à rencontrer ici». Que veut-elle dire?

♦♦♦ L'institutrice s'est présentée ce matin au confessionnal. Je sais qu'elle a pour directeur mon confrère d'Heuchin, mais je ne pouvais refuser de l'entendre. Ceux qui croient que le sacrement nous permet d'entrer d'emblée dans le secret des âmes sont bien naïfs! Que ne pouvons-nous les prier de faire eux-mêmes l'expérience! Habitué jusqu'ici à mes petits pénitents du séminaire, je ne puis réussir encore à comprendre par quelle affreuse métamorphose les vies intérieures arrivent à ne donner d'elles-mêmes que cette espèce d'image schématique, indéchiffrable... Je crois que passé l'adolescence, peu de chrétiens se rendent coupables de communions sacrilèges. Il est si facile de ne pas se confesser du tout! Mais il y a pis. Il y a cette lente cristallisation, autour de la conscience, de menus mensonges, de subterfuges, d'équivoques. La carapace garde vaguement la forme de ce qu'elle recouvre, c'est tout. À force d'habitude, et avec le temps, les moins subtils finissent par se créer de toutes pièces un langage à eux, qui reste incroyablement abstrait. Ils ne cachent pas grand-chose, mais leur sournoise franchise ressemble à ces verres dépolis qui ne laissent passer qu'une lumière diffuse, où l'œil ne distingue rien.

Que reste-t-il alors de l'aveu ? À peine effleure-t-il la surface de la conscience. Je n'ose pas dire qu'elle se décompose par-dessous, elle se pétrifie plutôt.

♦♦♦ Nuit affreuse. Dès que je fermais les yeux la tristesse s'emparait de moi. Je ne trouve malheureusement pas d'autre mot pour qualifier une défaillance qui ne peut se définir, une véritable hémorragie de l'âme. Je m'éveillais brusquement avec, dans l'oreille, un grand cri – mais est-ce encore ce mot-là qui convient ? Évidemment non.

Aussitôt surmonté l'engourdissement du sommeil, dès que je pouvais fixer ma pensée, le calme revenait en moi d'un seul coup. La contrainte que je m'impose habituellement pour dominer mes nerfs est sans doute beaucoup plus grande que je m'imagine. Cette idée m'est douce après l'agonie de ces dernières heures, car cet effort que je fais presque à mon insu, et dont par conséquent je ne puis tirer aucune satisfaction d'amour-propre, Dieu le mesure.

Comme nous savons peu ce qu'est réellement une vie humaine ! La nôtre. Nous juger sur ce que nous appelons nos actes est peut-être aussi vain que de nous juger sur nos rêves. Dieu choisit, selon sa justice, parmi ce tas de choses obscures, et celle qu'il élève vers le Père dans le geste de l'ostension, éclate tout à coup, resplendit comme un soleil.

N'importe. J'étais si épuisé ce matin que j'aurais donné je ne sais quoi pour une parole humaine de compassion, de tendresse. J'ai pensé courir jusqu'à Torcy. Mais j'avais justement, à 11 heures, le caté-

chisme des enfants. Même en bicyclette, je n'aurais
pu revenir à temps.

Mon meilleur élève est Sylvestre Galuchet, un
petit garçon pas très propre (sa maman est morte, et
il est élevé par une vieille grand-mère assez ivrogne)
et pourtant d'une beauté très singulière, qui donne
invinciblement l'impression, presque déchirante, de
l'innocence – une innocence d'avant le péché, une
innocente pureté d'animal pur. Comme je distribuais
mes bons points, il est venu chercher son image à la
sacristie, et j'ai cru lire dans ses yeux calmes, atten-
tifs, cette pitié que j'attendais. Mes bras se sont refer-
més un instant sur lui, et j'ai pleuré la tête sur son
épaule, bêtement.

♦♦♦ Première réunion officielle de notre «Cercle
d'Études». J'avais pensé donner la présidence à Sulpice Mitonnet, mais ses camarades semblent le tenir
un peu à l'écart. Je n'ai pas cru devoir insister, naturellement.

Nous n'avons fait d'ailleurs que mettre au point
les quelques points d'un programme forcément très
modeste, proportionné à nos ressources. Les pauvres
enfants manquent évidemment d'imagination, d'en-
train. Comme l'avouait Englebert Denisane, ils
craignent de «faire rire». J'ai l'impression qu'ils ne
sont venus à moi que par désœuvrement, par ennui,
– pour voir...

♦♦♦ Rencontré M. le curé de Torcy sur la route
de Desvres. Il m'a ramené jusqu'au presbytère, dans

110

sa voiture, et même il a bien voulu accepter de boire un verre de mon fameux bordeaux. « Est-ce que vous le trouvez bon ? » m'a-t-il dit. J'ai répondu que je me contentais du gros vin acheté à l'épicerie des Quatre-Tilleuls. Il a paru rassuré.

J'ai eu l'impression très nette qu'il avait une idée en tête, mais qu'il était déjà décidé à la garder pour lui. Il m'écoutait d'un air distrait, tandis que son regard me posait malgré lui une question à laquelle j'aurais été bien en peine de répondre, puisqu'il refusait de la formuler. Comme d'habitude lorsque je me sens intimidé j'ai parlé un peu à tort et à travers. Il y a certains silences qui vous attirent, vous fascinent, on a envie de jeter n'importe quoi dedans, des paroles...

« Tu es un drôle de corps, m'a-t-il dit enfin. Un plus nigaud, on n'en trouverait pas dans tout le diocèse, sûr ! Avec ça, tu travailles comme un cheval, tu te crèves. Il faut que Monseigneur ait vraiment grand besoin de curés pour te mettre une paroisse dans les mains ! Heureusement que c'est solide, au fond, une paroisse ! Tu risquerais de la casser. »

Je sentais bien qu'il tournait en plaisanterie, par pitié pour moi, une manière de voir très réfléchie, très sincère. Il a lu cette pensée dans mes yeux.

« Je pourrais t'accabler de conseils, à quoi bon ? Lorsque j'étais professeur de mathématiques, au collège de Saint-Omer, j'ai connu des élèves étonnants qui finissaient par résoudre des problèmes très compliqués en dépit des règles d'usage, comme ça, par malice. Et puis quoi, mon petit, tu n'es pas sous mes ordres, il faut que je te laisse faire, donner ta mesure.

111

On n'a pas le droit de fausser le jugement de tes supérieurs. Je te dirai mon système une autre fois.

— Quel système ? »

Il n'a pas répondu directement.

« Vois-tu, les supérieurs ont raison de conseiller la prudence. Je suis moi-même prudent, faute de mieux. C'est ma nature. Rien de plus bête qu'un prêtre irréfléchi qui jouerait les écervelés, pour rien, par genre. Mais tout de même, nos voies ne sont pas celles du monde ! On ne propose pas la Vérité aux hommes comme une police d'assurances ou un dépuratif. La Vie est la Vie. La Vérité du bon Dieu, c'est la Vie. Nous avons l'air de l'apporter, c'est elle qui nous porte, mon garçon.

— En quoi me suis-je trompé ? ai-je dit. (Ma voix tremblait, j'ai dû m'y reprendre à deux fois.)

— Tu t'agites trop, tu ressembles à un frelon dans une bouteille. Mais je crois que tu as l'esprit de prière. »

J'ai cru qu'il allait me conseiller de filer à Solesmes, de me faire moine. Et encore un coup, il a deviné ma pensée. (Ça ne doit pas être très difficile, d'ailleurs.)

« Les moines sont plus finauds que nous, et tu n'as pas le sens pratique, tes fameux projets ne tiennent pas debout. Quant à l'expérience des hommes, tiens, n'en parlons pas, ça vaut mieux. Tu prends le petit comte pour un seigneur, tes gosses de catéchisme pour des poètes dans ton genre, et ton doyen pour un socialiste. Bref, en face de ta paroisse toute neuve, tu m'as l'air de faire une drôle de mine. Sauf respect, tu ressembles à ces cornichons de jeunes maris qui se flattent "d'étudier leur femme" alors qu'elle a pris leur mesure, en long et en large, du premier coup.

— Alors ?… (Je pouvais à peine parler, j'étais confondu.)

— Alors ?… Hé bien, continue, qu'est-ce que tu veux que je te dise ! Tu n'as pas l'ombre d'amour-propre, et il est difficile d'avoir une opinion sur tes expériences, parce que tu les fais à fond, tu t'engages. Naturellement, on n'a pas tort d'agir selon la prudence humaine. Souviens-toi de cette parole de Ruysbroeck l'Admirable, un Flamand comme moi : "Quand tu serais ravi en Dieu, si un malade te réclame une tasse de bouillon, descends du septième ciel, et donne-lui ce qu'il demande." C'est un beau précepte, oui, mais il ne doit pas servir de prétexte à la paresse. Car il y a une paresse surnaturelle qui vient avec l'âge, l'expérience, les déceptions. Ah ! les vieux prêtres sont durs ! La dernière des imprudences est la prudence, lorsqu'elle nous prépare tout doucement à nous passer de Dieu. Il y a de vieux prêtres effrayants. »

Je rapporte ses paroles comme je puis, plutôt mal. Car je les écoutais à peine. Je devinais tant de choses ! Je n'ai aucune confiance en moi, et pourtant ma bonne volonté est si grande que j'imagine toujours qu'elle saute aux yeux, qu'on me jugera sur mes intentions. Quelle folie ! Alors que je me croyais encore au seuil de ce petit monde, j'étais déjà entré bien avant, seul – et le chemin du retour fermé derrière moi, nulle retraite. Je ne connaissais pas ma paroisse, et elle feignait de m'ignorer. Mais l'image qu'elle se faisait de moi était déjà trop nette, trop précise. Je n'y saurais rien changer désormais qu'au prix d'immenses efforts.

M. le curé de Torcy a lu l'épouvante sur mon ridicule visage, et il a compris sûrement que toute tentative pour me rassurer eût été vaine à ce moment. Il s'est tu. Je me suis forcé à sourire. Je crois même que j'ai souri. C'était dur.

♦♦♦ Mauvaise nuit. À 3 heures du matin, j'ai pris ma lanterne et je suis allé jusqu'à l'église. Impossible de trouver la clef de la petite porte, et il m'a fallu ouvrir le grand portail. Le grincement de la serrure a fait, sous les voûtes, un bruit immense.

Je me suis endormi à mon banc, la tête entre mes mains et si profondément qu'à l'aube la pluie m'a réveillé. Elle passait à travers le vitrail brisé. En sortant du cimetière j'ai rencontré Arsène Miron, que je ne distinguais pas très bien, et qui m'a dit bonjour d'un ton goguenard. Je devais avoir un drôle d'air avec mes yeux encore gonflés de sommeil, et ma soutane trempée.

Je dois lutter sans cesse contre la tentation de courir jusqu'à Torcy. Hâte imbécile du joueur qui sait très bien qu'il a perdu, mais ne se lasse pas de l'entendre dire. Dans l'état nerveux où je suis je ne pourrais d'ailleurs que me perdre en vaines excuses. À quoi bon parler du passé ? L'avenir seul m'importe, et je ne me sens pas encore capable de le regarder en face.

114

M. le curé de Torcy pense probablement comme moi. Sûrement même. Ce matin, tandis que j'accrochais les tentures pour les obsèques de Marie Perdrot, j'ai cru reconnaître son pas si ferme, un peu lourd, sur les dalles. Ce n'était que le fossoyeur qui venait me dire que son travail était fini.

La déception a failli me faire tomber de l'échelle… Oh ! non, je ne suis pas prêt…

♦♦♦ J'aurais dû dire au docteur Delbende que l'Église n'est pas seulement ce qu'il imagine, une espèce d'État souverain avec ses lois, ses fonctionnaires, ses armées, – un moment, si glorieux qu'on voudra, de l'histoire des hommes. Elle marche à travers le temps comme une troupe de soldats à travers des pays inconnus où tout ravitaillement normal est impossible. Elle vit sur les régimes et les sociétés successives ainsi que la troupe sur l'habitant, au jour le jour.

Comment rendrait-elle au Pauvre, héritier légitime de Dieu, un royaume qui n'est pas de ce monde ? Elle est à la recherche du Pauvre, elle l'appelle sur tous les chemins de la terre. Et le Pauvre est toujours à la même place, à l'extrême pointe de la cime vertigineuse, en face du Seigneur des Abîmes qui lui répète inlassablement depuis vingt siècles, d'une voix d'Ange, de sa voix sublime, de sa prodigieuse Voix : « Tout cela est à vous, si vous prosternant, vous m'adorez… »

Telle est peut-être l'explication surnaturelle de l'extraordinaire résignation des multitudes. La

Puissance est à la portée de la main du Pauvre, et le Pauvre l'ignore, ou semble l'ignorer. Il tient ses yeux baissés vers la terre, et le Séducteur attend de seconde en seconde le mot qui lui livrerait notre espèce, mais qui ne sortira jamais de la bouche auguste que Dieu lui-même a scellée.

Problème insoluble : rétablir le Pauvre dans son droit, sans l'établir dans la puissance. Et s'il arrivait, par impossible, qu'une dictature impitoyable, servie par une armée de fonctionnaires, d'experts, de statisticiens, s'appuyant eux-mêmes sur des millions de mouchards et de gendarmes, réussissait à tenir en respect, sur tous les points du monde à la fois, les intelligences carnassières, les bêtes féroces et rusées, faites pour le gain, la race d'hommes qui vit de l'homme – car sa perpétuelle convoitise de l'argent n'est sans doute que la forme hypocrite, ou peut-être inconsciente de l'horrible, de l'inavouable faim qui la dévore – le dégoût viendrait vite de l'*aurea mediocritas* ainsi érigée en règle universelle, et l'on verrait refleurir partout les pauvretés volontaires, ainsi qu'un nouveau printemps.

Aucune société n'aura raison du Pauvre. Les uns vivent de la sottise d'autrui, de sa vanité, de ses vices. Le Pauvre, lui, *vit de la charité.* Quel mot sublime !

♦♦♦ Je ne sais pas ce qui s'est passé cette nuit, j'ai dû rêver. Vers 3 heures du matin (je venais de me faire chauffer un peu de vin et j'émiettais dedans mon pain comme d'habitude) la porte du jardin s'est mise à battre et si violemment que j'ai dû descendre. Je l'ai trouvée close, ce qui, d'une certaine manière, ne m'a pas autrement surpris, car j'étais sûr de l'avoir fermée la veille, ainsi que chaque soir, d'ailleurs. Vingt minutes plus tard environ, elle s'est mise encore à battre, plus violemment que la première fois (il faisait beaucoup de vent, une vraie tempête). C'est une ridicule histoire…

J'ai recommencé mes visites – à la grâce de Dieu ! Les remarques de M. le curé de Torcy m'ont rendu prudent : je tâche de m'en tenir à un petit nombre de questions faites le plus discrètement que je puis, et – en apparence du moins – banales. Selon la réponse, je m'efforce de porter le débat un peu plus haut, pas trop, jusqu'à ce que nous rencontrions ensemble une vérité, choisie aussi humble que possible. Mais il n'y a pas de vérités moyennes ! Quelque précaution que je prenne, et quand j'éviterais même de le prononcer des lèvres, le nom de Dieu semble rayonner tout à coup dans cet air épais, étouffant, et des visages qui s'ouvraient déjà se ferment. Il serait plus juste de dire qu'ils s'obscurcissent, s'enténèbrent.

Oh ! la révolte qui s'épuise d'elle-même en injures, en blasphèmes, cela n'est rien, peut-être ?… La haine de Dieu me fait toujours penser à la possession. « Alors le diable s'empara de lui (Judas). » Oui, à la possession, à la folie. Au lieu qu'une certaine crainte sournoise du divin, cette fuite oblique le long de la Vie, comme à l'ombre étroite d'un mur, tandis que la lumière ruisselle de toutes parts… Je pense aux bêtes misérables qui se traînent jusqu'à leur trou après avoir servi aux jeux cruels des enfants. La curiosité féroce des démons, leur épouvantable sollicitude pour l'homme est tellement plus mystérieuse… Ah ! si nous pouvions voir, avec les yeux de l'Ange, ces créatures mutilées !

♦♦♦ Je vais beaucoup mieux, les crises s'espacent, et parfois il me semble ressentir quelque chose qui ressemble à l'appétit. En tout cas, je prépare maintenant mon repas sans dégoût – toujours le même menu, pain et vin. Seulement, j'ajoute au vin beaucoup de sucre et laisse rassir mon pain plusieurs jours, jusqu'à ce qu'il soit très dur, si dur qu'il m'arrive de le briser plutôt que le couper – le hachoir est très bon pour ça. Il est ainsi beaucoup plus facile à digérer.

Grâce à ce régime, je viens à bout de mon travail sans trop de fatigue, et je commence même à reprendre un peu d'assurance… Peut-être irai-je vendredi chez M. le curé de Torcy ? Sulpice Mitonnet vient me voir tous les jours. Pas très intelligent, certes, mais des délicatesses, des attentions. Je lui ai donné la clef du fournil, et il entre ici en mon absence, bricole un peu partout. Grâce à lui, ma pauvre maison change d'aspect. Le vin, dit-il, ne convient pas à son estomac, mais il se bourre de sucre.

Il m'a dit les larmes aux yeux que son assiduité au presbytère lui valait beaucoup de rebuffades, de railleries. Je crois surtout que sa manière de vivre déconcerte nos paysans si laborieux, et je lui ai reproché

118

sévèrement sa paresse. Il m'a promis de chercher du travail.

Mme Dumouchel est venue me trouver à la sacristie. Elle me reproche d'avoir refusé sa fille à l'examen trimestriel.

J'évite autant que possible de faire allusion dans ce journal à certaines épreuves de ma vie que je voudrais oublier sur-le-champ, car elles ne sont pas de celles, hélas ! que je puisse supporter avec joie – et qu'est-ce que la résignation, sans la joie ? Oh ! je ne m'exagère pas leur importance, loin de là ! Elles sont des plus communes, je le sais. La honte que j'en ressens, ce trouble dont je ne suis pas maître ne me fait pas beaucoup d'honneur, mais je ne puis surmonter l'impression physique, la sorte de dégoût qu'elles me causent. À quoi bon le nier ? J'ai vu trop tôt le vrai visage du vice, et bien que je sente réellement au fond de moi une grande pitié pour ces pauvres âmes, l'image que je me fais malgré moi de leur malheur est presque intolérable. Bref, la luxure me fait peur.

L'impureté des enfants, surtout… Je la connais. Oh ! je ne la prends pas non plus au tragique ! Je pense, au contraire, que nous devons la supporter avec beaucoup de patience, car la moindre imprudence peut avoir, en cette matière, des conséquences effrayantes. Il est si difficile de distinguer des autres les blessures profondes, et même alors si périlleux de les sonder ! Mieux vaut parfois les laisser se cicatriser d'elles-mêmes, on ne torture pas un abcès naissant. Mais ça ne m'empêche pas de détester cette conspiration universelle, ce parti pris de ne pas voir ce qui, pourtant, crève les yeux, ce sourire niais et entendu des adultes en face de certaines détresses qu'on croit sans importance parce qu'elles ne peuvent guère s'exprimer dans notre langage d'hommes faits. J'ai connu aussi trop tôt la tristesse, pour ne pas être révolté par la bêtise et l'injustice de tous à l'égard de celle des petits, si mystérieuse. L'expérience, hélas ! nous démontre qu'il y a des désespoirs d'enfant. Et le démon de l'angoisse est essentiellement, je crois, un démon impur.

Je n'ai donc pas parlé souvent de Séraphita Dumouchel, mais elle ne m'en a pas moins donné, depuis des semaines, beaucoup de soucis. Il m'arrive de me demander si elle me hait, tant son adresse à me tourmenter paraît au-dessus de son âge. Les ridicules agaceries qui avaient autrefois un caractère de niaiserie, d'insouciance, semblent trahir maintenant une certaine application volontaire qui ne me permet pas de les mettre tout à fait au compte d'une curiosité maladive commune à beaucoup de ses pareilles. D'abord, elle ne s'y livre jamais qu'en présence de ses petites compagnes, et elle affecte alors, à mon égard, un air de complicité, d'entente qui m'a longtemps fait sourire, dont je commence à peine à sentir le péril. Lorsque je la rencontre, par hasard, sur la route – et je la rencontre un peu plus souvent qu'il ne faudrait – elle me salue posément, gravement, avec une simplicité parfaite. J'y ai été pris un jour. Elle m'a attendu sans bouger, les yeux baissés, tandis que j'avançais vers elle, en lui parlant doucement. J'avais l'air d'un charmeur d'oiseaux. Elle n'a pas fait un geste, aussi longtemps qu'elle s'est trouvée hors de ma portée, mais comme j'allais l'atteindre – sa tête était inclinée si bas vers la terre que je ne voyais plus que sa petite nuque têtue, rarement levée – elle m'a échappé d'un bond, jetant dans le fossé sa gibecière. J'ai dû faire rapporter cette dernière par mon enfant de chœur, qu'on a très mal reçu.

Mme Dumouchel s'est montrée polie. Sans doute l'ignorance de sa fille justifierait assez la décision que j'ai prise, mais ce ne serait qu'un prétexte. Séraphita est d'ailleurs trop intelligente pour ne pas se tirer avantageusement d'une seconde épreuve, et je ne dois pas courir le risque d'un démenti humiliant. Le plus discrètement possible, j'ai donc essayé de faire comprendre à Mme Dumouchel que son enfant me paraissait très avancée, très précoce, qu'il convenait de la tenir en observation quelques semaines. Elle rattraperait vite ce retard et, de toute manière, la leçon porterait ses fruits.

La pauvre femme m'a écouté rouge de colère. Je voyais la colère monter dans ses joues, dans ses yeux. L'ourlet de ses oreilles était pourpre. «La petite vaut bien autant que les autres, a-t-elle dit enfin. Ce qu'elle veut, c'est qu'on lui fasse son droit, ni plus ni moins.» J'ai répondu que Séraphita était une excellente élève, en effet, mais que sa conduite, ou du moins ses manières, ne me convenaient pas. «Qué manières ? — Un peu de coquetterie», ai-je répondu. Ce mot l'a mise hors d'elle-même. «De la coquetterie ! De quoi que vous vous mêlez, maintenant ! La coquetterie ne vous regarde pas. Coquetterie ! C'est-y l'affaire d'un prêtre, à ct'heure ! Sauf votre respect, Monsieur le curé, je vous trouve bien jeune pour parler de ça, et avec une gosse encore ! »

Elle m'a quitté là-dessus. La petite l'attendait sagement, sur un banc de l'église vide. Par la porte entrebâillée, j'apercevais les visages de ses compagnes, j'entendais leurs rires étouffés – elles se bousculaient sûrement pour voir. – Séraphita s'est jetée dans les bras de sa mère, en sanglotant. Je crains bien qu'elle n'ait joué la comédie.

Que faire ? Les enfants ont un sens très vif du ridicule et ils savent parfaitement, une situation donnée, le développer jusqu'à ses dernières conséquences, avec une logique surprenante. Ce duel imaginaire de leur camarade et du curé, visiblement, les passionne. Au besoin ils inventeraient, pour que l'histoire fût plus séduisante, durât plus longtemps.

Je me demande si je préparais mes leçons de catéchisme avec assez de soin. L'idée m'est venue ce soir que j'avais espéré trop, beaucoup trop, de ce qui n'est en somme qu'une obligation de mon ministère, et des plus ingrates, des plus rudes. Que suis-je, pour demander des consolations à ces petits êtres ? J'avais rêvé de leur parler à cœur ouvert, de partager avec eux mes peines, mes joies – oh ! sans risquer de les blesser, bien entendu ! – de faire passer ma vie dans cet enseignement comme je la fais passer dans ma prière… Tout cela est égoïste.

Je m'imposerai donc de donner beaucoup moins désormais à l'inspiration. Malheureusement, le temps me fait défaut, il sera nécessaire de prendre encore un peu sur mes heures de repos. J'ai réussi cette nuit, grâce à un repas supplémentaire que j'ai parfaitement digéré. Moi qui regrettais jadis l'achat de ce bienfaisant bordeaux !

◆◆◆ Visite hier au château, qui s'est achevée en catastrophe. J'avais décidé cela très vite, après mon déjeuner pris d'ailleurs bien tard, car j'avais perdu beaucoup de temps à Berguez, chez Mme Pigeon, toujours malade. Il était près de 4 heures et je me sentais « en train » comme on dit, très animé. À ma grande surprise – car M. le comte passe généralement au château l'après-midi du jeudi – je n'ai rencontré que Mme la comtesse.

Comment expliquer qu'arrivé si dispos je me sois trouvé tout à coup incapable de tenir une conversation, ou même de répondre correctement aux questions posées ? Il est vrai que j'avais marché très vite. Mme la comtesse, avec sa politesse parfaite, a feint d'abord de ne rien voir, mais il lui a bien fallu, à la fin, s'inquiéter de ma santé. Je me suis fait, depuis des semaines, une obligation d'esquiver ces sortes de questions, et même je me crois autorisé à mentir. J'y réussis d'ailleurs assez bien, et je m'aperçois que les gens ne demandent qu'à me croire, dès que je déclare que tout va bien. Il est certain que ma maigreur est exceptionnelle (les gamins m'ont donné le sobriquet de « Triste à vir », ce qui signifie en patois « triste à voir ») et pourtant l'affirmation que « ça tient de famille » ramène instantanément la sérénité sur les visages. Je suis loin de le déplorer. Avouer mes ennuis, ce serait risquer de me faire évacuer, comme parle le curé de Torcy. Et puis, faute de mieux – car je n'ai guère le temps de prier – il me semble que je ne dois partager qu'avec Notre-Seigneur, le plus longtemps possible du moins, ces petites misères.

J'ai donc répondu à Mme la comtesse qu'ayant déjeuné très tard, je souffrais un peu de l'estomac. Le pis est que j'ai dû prendre congé brusquement, j'ai descendu le perron comme un somnambule. La châtelaine m'a gentiment accompagné jusqu'à la dernière marche, et je n'ai même pas pu la remercier, je tenais mon mouchoir sur ma bouche. Elle m'a regardé avec une expression très curieuse, indéfinissable, d'amitié, de surprise, de pitié, d'un peu de dégoût aussi, je le crois. Un homme qui a mal au cœur est toujours si ridicule ! Enfin elle a pris la main que je lui tendais en disant comme pour ellemême, car j'ai deviné la phrase au mouvement de ses lèvres : « Le pauvre enfant ! » ou peut-être : « Mon pauvre enfant ! »

J'étais si surpris, si ému, que j'ai traversé la pelouse pour gagner l'avenue – ce joli gazon anglais auquel M. le comte tient tant, et qui doit garder maintenant la trace de mes gros souliers.

Oui, je me reproche de prier peu, et mal. Presque tous les jours, après la messe, je dois interrompre mon action de grâces pour recevoir tel ou tel, des malades, généralement. Mon ancien camarade du petit séminaire, Fabregargues, établi pharmacien aux environs de Montreuil, m'envoie des boîtes-échantillons publicitaires. Il paraît que l'instituteur n'est pas satisfait de cette concurrence, car il était seul jadis à rendre ces menus services.

Comme il est difficile de ne mécontenter personne ! Et quoi qu'on fasse, les gens paraissent moins disposés à utiliser les bonnes volontés qu'inconsciemment désireux de les opposer les unes aux autres. D'où vient l'incompréhensible stérilité de tant d'âmes ?

Certes, l'homme est partout l'ennemi de lui-même, son secret et sournois ennemi. Le mal jeté n'importe où germe presque sûrement. Au lieu qu'il faut à la moindre semence de bien, pour ne pas être étouffée, une chance extraordinaire, un prodigieux bonheur.

◆◆◆ Trouvé ce matin, dans mon courrier, une lettre timbrée de Boulogne, écrite sur un mauvais papier quadrillé, tel qu'on en trouve dans les estaminets. Elle ne porte pas de signature.

«Une personne bien intentionnée vous conseille de demander votre changement. Le plus tôt sera le mieux. Lorsque vous vous apercevrez enfin de ce qui crève les yeux de tout le monde, vous pleurerez des larmes de sang. On vous plaint mais on vous répète : Filez ! »

Qu'est-ce que c'est que ça ? J'ai cru reconnaître l'écriture de Mme Pégriot, qui a laissé ici un carnet où elle notait ses dépenses de savon, de lessive et d'eau de Javel. Évidemment, cette femme ne m'aime guère. Mais pourquoi souhaiterait-elle si vivement mon départ ?

J'ai envoyé un bref mot d'excuses à Mme la com-

tesse. C'est Sulpice Mitonnet qui a bien voulu le porter au château. Il ne se faisait pas fier.

♦♦♦ Encore une nuit affreuse, un sommeil coupé
de cauchemars. Il pleuvait si fort que je n'ai pas osé
aller jusqu'à l'église. Jamais je ne me suis tant efforcé
de prier, d'abord posément, calmement, puis avec
une sorte de violence concentrée, farouche et enfin
– le sang-froid retrouvé à grand-peine – avec une
volonté presque désespérée (ce dernier mot me fait
horreur), un emportement de volonté, dont tout mon
cœur tremblait d'angoisse. Rien.

Oh ! je sais parfaitement que le désir de la prière
est déjà une prière, et que Dieu n'en saurait demander plus. Mais je ne m'acquittais pas d'un devoir. La
prière m'était à ce moment aussi indispensable que
l'air à mes poumons, que l'oxygène à mon sang. Derrière moi, ce n'était plus la vie quotidienne, familière,
à laquelle on vient d'échapper d'un élan, tout en
gardant au fond de soi-même la certitude d'y rentrer
dès qu'on le voudra. Derrière moi il n'y avait rien. Et
devant moi un mur, un mur noir.

Nous nous faisons généralement de la prière une si
absurde idée ! Comment ceux qui ne la connaissent
guère – peu ou pas – osent-ils en parler avec tant
de légèreté ? Un trappiste, un chartreux travaillera
des années pour devenir un homme de prière, et le
premier étourdi venu prétendra juger de l'effort de
toute une vie ! Si la prière était réellement ce qu'ils
pensent, une sorte de bavardage, le dialogue d'un
maniaque avec son ombre, ou moins encore – une

vaine et superstitieuse requête en vue d'obtenir les biens de ce monde, – serait-il croyable que des milliers d'êtres y trouvassent jusqu'à leur dernier jour, je ne dis pas même tant de douceurs – ils se méfient des consolations sensibles – mais une dure, forte et plénière joie ! Oh ! sans doute, les savants parlent de suggestion. C'est qu'ils n'ont sûrement jamais vu de ces vieux moines, si réfléchis, si sages, au jugement inflexible, et pourtant tout rayonnants d'entendement et de compassion, d'une humanité si tendre. Par quel miracle ces demi-fous, prisonniers d'un rêve, ces dormeurs éveillés semblent-ils entrer plus avant chaque jour dans l'intelligence des misères d'autrui ? Étrange rêve, singulier opium qui loin de replier l'individu sur lui-même, de l'isoler de ses semblables, le fait solidaire de tous, dans l'esprit de l'universelle charité !

J'ose à peine risquer cette comparaison, je prie qu'on l'excuse, mais peut-être satisfera-t-elle un grand nombre de gens dont on ne peut attendre aucune réflexion personnelle s'ils n'y sont d'abord encouragés par quelque image inattendue qui les déconcerte. Pour avoir quelquefois frappé au hasard, du bout des doigts, les touches d'un piano, un homme sensé se croirait-il autorisé à juger de haut la musique ? Et si telle symphonie de Beethoven, telle fugue de Bach le laisse froid, s'il doit se contenter d'observer sur le visage d'autrui le reflet des hautes délices inaccessibles, n'en accusera-t-il pas que lui-même ?

Hélas ! on en croira sur parole des psychiatres, et l'unanime témoignage des Saints sera tenu pour peu ou pour rien. Ils auront beau soutenir que cette sorte d'approfondissement intérieur ne ressemble à aucun autre, qu'au lieu de nous découvrir à mesure notre propre complexité il aboutit à une soudaine et totale illumination, qu'il débouche dans l'azur, on se contentera de hausser les épaules. Quel homme de prières a-t-il pourtant jamais avoué que la prière l'ait déçu?

Je ne tiens littéralement pas debout, ce matin. Les heures qui m'ont paru si longues ne me laissent aucun souvenir précis – rien que le sentiment d'un coup parti on ne sait d'où, reçu en pleine poitrine, et dont une miséricordieuse torpeur ne me permet pas encore de mesurer la gravité.

On ne prie jamais seul. Ma tristesse était trop grande, sans doute? Je ne demandais Dieu que pour moi. Il n'est pas venu.

. . . .

Je relis ces lignes écrites au réveil, ce matin. Depuis…

Si ce n'était qu'une illusion?… Ou peut-être… Les Saints ont connu de ces défaillances… Mais sûrement pas cette sourde révolte, ce hargneux silence de l'âme, presque haineux…

Il est 1 heure : la dernière lampe du village vient de s'éteindre. Vent et pluie.

Même solitude, même silence. Et cette fois aucun espoir de forcer l'obstacle, ou de le tourner. Il n'y a d'ailleurs pas d'obstacle. Rien. Dieu ! je respire, j'aspire la nuit, la nuit entre en moi par je ne sais quelle inconcevable, quelle inimaginable brèche de l'âme. Je suis moi-même nuit.

Je m'efforce de penser à des angoisses pareilles à la mienne. Nulle compassion pour ces inconnus. Ma solitude est parfaite, et je la hais. Nulle pitié de moi-même.

Si j'allais ne plus aimer !
Je me suis étendu au pied de mon lit, face contre terre. Ah ! bien sûr, je ne suis pas assez naïf pour croire à l'efficacité d'un tel moyen. Je voulais seulement faire réellement le geste de l'acceptation totale, de l'abandon. J'étais couché au bord du vide, du néant, comme un mendiant, comme un ivrogne, comme un mort, et j'attendais qu'on me ramassât.
Dès la première seconde, avant même que mes lèvres n'aient touché le sol, j'ai eu honte de ce mensonge. Car je n'attendais rien.

Que ne donnerais-je pour souffrir ! La douleur elle-même se refuse. La plus habituelle, la plus humble, celle de mon estomac. Je me sens horriblement bien.
Je n'ai pas peur de la mort, elle m'est aussi indifférente que la vie, cela ne peut s'exprimer.
Il me semble avoir fait à rebours tout le chemin parcouru depuis que Dieu m'a tiré de rien. Je n'ai d'abord été que cette étincelle, ce grain de poussière

rougeoyant de la divine charité. Je ne suis plus que cela de nouveau dans l'insondable Nuit. Mais le grain de poussière ne rougeoie presque plus, va s'éteindre.

. . . .

Je me suis réveillé très tard. Le sommeil m'a pris brusquement sans doute, à la place où j'étais tombé. Il est déjà l'heure de la messe. Je veux pourtant écrire encore ceci, avant de partir : « *Quoi qu'il arrive, je ne parlerai jamais de ceci à personne, et nommément à M. le curé de Torcy.* »

La matinée est si claire, si douce, et d'une légèreté merveilleuse… Quand j'étais tout enfant, il m'arrivait de me blottir, à l'aube, dans une de ces haies ruisselantes, et je revenais à la maison trempé, grelottant, heureux, pour y recevoir une claque de ma pauvre maman, et un grand bol de lait bouillant.

Tout le jour, je n'ai eu en tête que des images d'enfance. Je pense à moi comme à un mort.

(N.B. — *Une dizaine de pages déchirées manquent au cahier. Les quelques mots qui subsistent dans les marges ont été raturés avec soin.*)

. . . .

Le docteur Delbende a été trouvé ce matin, à la lisière du bois de Bazancourt, la tête fracassée, déjà froid. Il avait roulé au fond d'un petit chemin creux, bordé de noisetiers très touffus. On suppose qu'il aura voulu tirer à lui son fusil engagé dans les branches, et le coup sera parti.

. . . .

Je m'étais proposé de détruire ce journal.

130

Réflexion faite, je n'en ai supprimé qu'une partie, jugée inutile, et que je me suis d'ailleurs répétée tant de fois que je la sais par cœur. C'est comme une voix qui me parle, ne se tait ni jour ni nuit. Mais elle s'éteindra avec moi, je suppose ? Ou alors…

J'ai beaucoup réfléchi depuis quelques jours au péché. À force de le définir un manquement à la loi divine, il me semble qu'on risque d'en donner une idée trop sommaire. Les gens disent là-dessus tant de bêtises ! Et, comme toujours, ils ne prennent jamais la peine de réfléchir. Voilà des siècles et des siècles que les médecins discutent entre eux de la maladie. S'ils s'étaient contentés de la définir un manquement aux règles de la bonne santé, ils seraient d'accord depuis longtemps. Mais ils l'étudient sur le malade, avec l'intention de le guérir. C'est justement ce que nous essayons de faire, nous autres. Alors, les plaisanteries sur le péché, les ironies, les sourires ne nous impressionnent pas beaucoup.

Naturellement, on ne veut pas voir plus loin que la faute. Or la faute n'est, après tout, qu'un symptôme. Et les symptômes les plus impressionnants pour les profanes ne sont pas toujours les plus inquiétants, les plus graves.

Je crois, je suis sûr que beaucoup d'hommes n'engagent jamais leur être, leur sincérité profonde. Ils vivent à la surface d'eux-mêmes, et le sol humain est si riche que cette mince couche superficielle suffit pour une maigre moisson, qui donne l'illusion d'une véritable destinée. Il paraît qu'au cours de la dernière guerre, de petits employés timides se sont révélés peu à peu des chefs : ils avaient la passion du commandement sans le savoir. Oh ! certes, il n'y a rien là qui ressemble à ce que nous appelons du nom si beau de conversion – *convertere* – mais enfin, il avait suffi à ces pauvres êtres de faire l'expérience de l'héroïsme à l'état brut, d'un héroïsme sans pureté. Combien d'hommes n'auront jamais la moindre idée de l'héroïsme surnaturel, sans quoi il n'est pas de vie intérieure ! Et c'est justement sur cette vie-là qu'ils seront jugés : dès qu'on y réfléchit un peu, la chose paraît certaine, évidente. Alors ?... Alors dépouillés par la mort de tous ces membres artificiels que la société fournit aux gens de leur espèce, ils se retrouveront tels qu'ils sont, qu'ils étaient à leur insu – d'affreux monstres non développés, des moignons d'hommes.

Ainsi faits, que peuvent-ils dire du péché ? Qu'en savent-ils ? Le cancer qui les ronge est pareil à beaucoup de tumeurs – indolore. Ou, du moins, ils n'en ont ressenti, pour la plupart, à une certaine période de leur vie, qu'une impression fugitive, vite effacée. Il est rare qu'un enfant n'ait pas eu, ne fût-ce qu'à l'état embryonnaire – une espèce de vie intérieure, au sens chrétien du mot. Un jour ou l'autre, l'élan de sa jeune vie a été plus fort, l'esprit d'héroïsme a remué au fond de son cœur innocent. Pas beaucoup, peut-être, juste assez cependant pour que le petit être ait vaguement entrevu, parfois obscurément accepté, le risque immense du salut, qui fait tout le divin de l'existence humaine. Il a su quelque chose du bien et du mal, une notion du bien et du mal pure de tout alliage, encore ignorante des disciplines et des habitudes sociales. Mais, naturellement, il a réagi en enfant, et l'homme mûr ne gardera de telle minute décisive, solennelle, que le souvenir d'un drame enfantin, d'une apparente espièglerie dont le véritable sens lui échappera, et dont il parlera jusqu'à la fin avec ce sourire attendri, trop luisant, presque lubrique, des vieux...

Il est difficile d'imaginer à quel point les gens que le monde dit sérieux sont puérils, d'une puérilité vraiment inexplicable, surnaturelle. J'ai beau n'être qu'un jeune prêtre, il m'arrive encore d'en sourire, souvent. Et avec nous, quel ton d'indulgence, de compassion! Un notaire d'Arras que j'ai assisté à ses derniers moments – personnage considérable, ancien sénateur, un des plus gros propriétaires de son département – me disait un jour et, semble-t-il, pour s'excuser d'accueillir mes exhortations avec quelque scepticisme, d'ailleurs bienveillant: «Je vous comprends, monsieur l'abbé, j'ai connu vos sentiments, moi aussi, j'étais très pieux. À onze ans, je ne me serais pour rien au monde endormi sans avoir récité trois *Ave Maria*, et même je devais les réciter tout d'un trait, sans respirer. Autrement, ça m'aurait porté malheur, à mon idée...»

Il croyait que j'en étais resté là, que nous en restions tous là, nous, pauvres prêtres. Finalement, la veille de sa mort, je l'ai confessé. Que dire? Ce n'est pas grand-chose, ça tiendrait parfois en peu de mots, une vie de notaire.

. . . .

Le péché contre l'espérance – le plus mortel de tous, et peut-être le mieux accueilli, le plus caressé. Il faut beaucoup de temps pour le reconnaître, et la tristesse qui l'annonce, le précède, est si douce ! C'est le plus riche des élixirs du démon, son ambroisie. Car l'angoisse…

(La page a été déchirée.)

♦♦♦ J'ai fait aujourd'hui une découverte bien étrange. Mlle Louise laisse généralement son vespéral à son banc, dans la petite case disposée à cet effet. J'ai trouvé ce matin le gros livre sur les dalles, et comme les images pieuses dont il est plein s'étaient éparpillées, j'ai dû le feuilleter un peu malgré moi. Quelques lignes manuscrites, au verso de la page de garde, me sont tombées sous les yeux. C'était le nom et l'adresse de Mademoiselle – une ancienne adresse probablement – à Charleville (Ardennes). L'écriture est la même que celle de la lettre anonyme. Du moins, je le crois.

À présent, que m'importe ?

Les grands de ce monde savent congédier sans réplique d'un geste, d'un regard, de moins encore. Mais Dieu…

Je n'ai perdu ni la Foi, ni l'Espérance, ni la Charité. Mais que valent, pour l'homme mortel, en cette vie, les biens éternels ? C'est le désir des biens éternels qui compte. Il me semble que je ne les désire plus.

♦♦♦ Rencontré M. le curé de Torcy aux obsèques

de son vieil ami. Je puis dire que la pensée du docteur Delbende ne me quitte pas. Mais une pensée, même déchirante, n'est pas, ne peut pas être une prière.

Dieu me voit et me juge.

J'ai résolu de continuer ce journal parce qu'une relation sincère, scrupuleusement exacte des événements de ma vie, au cours de l'épreuve que je traverse, peut m'être utile un jour – qui sait ? utile à moi, ou à d'autres. Car alors que mon cœur est devenu si dur (il me semble que je n'éprouve plus aucune pitié pour personne, la pitié m'est devenue aussi difficile que la prière, je le constatais cette nuit encore tandis que je veillais Adeline Soupault, et bien que je l'assistasse pourtant de mon mieux) je ne puis penser sans amitié au futur lecteur, probablement imaginaire, de ce journal… Tendresse que je n'approuve guère, car elle ne va sans doute, à travers ces pages, qu'à moi-même. Je suis devenu auteur ou, comme dit M. le doyen de Blangermont, poâte… Et cependant…

Je veux donc écrire ici, en toute franchise, que je ne me relâche pas de mes devoirs, au contraire. L'amélioration, presque incroyable, de ma santé favorise beaucoup mon travail. Aussi n'est-il pas absolument juste de dire que je ne prie pas pour le docteur Delbende. Je m'acquitte de cette obligation comme des autres. Je me suis même privé de vin ces derniers jours, ce qui m'a dangereusement affaibli.

Court entretien avec M. le curé de Torcy. La maîtrise que ce prêtre admirable exerce sur lui-même est évidente. Elle éclate aux yeux, et pourtant on en chercherait vainement le signe matériel, elle ne se traduit par aucun geste, aucune parole précise, rien qui sente la volonté, l'effort. Son visage laisse voir sa souffrance, l'exprime avec une franchise, une simplicité vraiment souveraines. En de telles conjonctures, il arrive de surprendre chez les meilleurs un regard équivoque, de ces regards qui disent plus ou moins clairement : « Vous voyez, je tiens bon, ne me louez pas, cela m'est naturel, merci… » Le sien cherche naïvement votre compassion, votre sympathie, mais avec une noblesse ! Ainsi pourrait mendier un roi. Il a passé deux nuits près du cadavre, et sa soutane, toujours si propre, si correcte, était chiffonnée de gros plis en éventail, toute tachée. Pour la première fois de sa vie, peut-être, il avait oublié de se raser.

Cette maîtrise de soi se marque pourtant à ce signe : la force surnaturelle qui émane de lui n'a subi aucune atteinte. Visiblement dévoré d'angoisse (le bruit court que le docteur Delbende s'est suicidé) il reste faiseur de calme, de certitude, de paix. J'ai officié ce matin avec lui, en qualité de sous-diacre. J'avais cru déjà observer que d'ordinaire, au moment de la consécration, ses belles mains étendues sur le calice tremblaient un peu. Aujourd'hui, elles n'ont pas tremblé. Elles avaient même une autorité, une majesté… Le contraste avec le visage creusé par l'insomnie, la fatigue, et quelque vision plus torturante – que je devine – cela ne saurait réellement se décrire.

Il est parti sans avoir voulu prendre part au déjeuner des funérailles, servi par la nièce du docteur – qui ressemble beaucoup à Mme Pégriot, bien que plus grosse encore. Je l'ai accompagné jusqu'à la gare, et comme le train ne devait passer qu'une demi-heure plus tard, nous nous sommes assis sur un banc. Il était très las, et au grand jour, en pleine lumière, son visage m'apparaissait plus meurtri. Je n'avais pas encore remarqué deux rides au coin de la bouche, d'une tristesse et d'une amertume surprenantes. Je crois que cela m'a décidé. Je lui ai dit tout à coup :

« Ne craignez-vous pas que le docteur ne se soit… »

Il ne m'a pas laissé achever ma phrase, son regard impérieux avait comme cloué le dernier mot sur mes lèvres. J'avais beaucoup de mal à ne pas baisser le mien, car je sais qu'il n'aime pas ça. « Les yeux qui flanchent », dit-il. Enfin ses traits se sont adoucis peu à peu, et même il a presque souri.

Je ne rapporterai pas sa conversation. Était-ce d'ailleurs une conversation ? Cela n'a pas duré vingt minutes, peut-être… La petite place déserte, avec sa double rangée de tilleuls, semblait beaucoup plus calme encore que d'habitude. Je me souviens d'un vol de pigeons passant régulièrement au-dessus de nous, à toute vitesse, et si bas qu'on entendait siffler leurs ailes.

Il craint, en effet, que son vieil ami ne se soit tué. Il était très démoralisé, paraît-il, ayant compté jusqu'au dernier moment sur l'héritage d'une tante très âgée qui avait mis récemment tout son bien entre les mains d'un homme d'affaires très connu, manda-taire de Monseigneur l'évêque de S…, contre le ser-vice d'une rente viagère. Le docteur avait jadis gagné beaucoup d'argent, et le dépensait en libéralités toujours très originales, un peu folles, qui ne restaient pas toujours secrètes et l'avaient fait soupçonner d'ambitions politiques. Depuis que ses confrères plus jeunes s'étaient partagé sa clientèle, il n'avait pas consenti à changer ses habitudes : « Que veux-tu ? Ce n'était pas un homme à faire la part du feu. Il m'a répété cent fois que la lutte contre ce qu'il appelait la férocité des hommes et la bêtise du sort était menée en dépit du bon sens, qu'on ne guérirait pas la société de l'injustice – qui tuerait l'une tuerait l'autre. Il comparait l'illusion des réformateurs à celle des anciens pasteuriens qui rêvaient d'un monde aseptique. En somme, il se tenait pour un réfractaire, rien de plus, le survivant d'une race disparue depuis longtemps – supposé qu'elle eût jamais existé – et qu'il menait contre l'envahisseur, devenu avec les siècles, le possesseur légitime, une lutte sans espoir et sans merci. "Je me venge", disait-il. Bref, il ne croyait pas aux troupes régulières, comprends-tu ? "Lorsque je rencontre une injustice qui se promène toute seule, sans gardes, et que je la trouve à ma taille, ni trop faible ni trop forte, je saute dessus, et je l'étrangle." Ça lui coûtait cher. Pas plus tard que le dernier automne, il a payé les dettes de la vieille Gachevaume, onze mille francs, parce que M. Duponsot, le minotier, s'était arrangé pour racheter les créances et guettait la terre. Évidemment la mort de sa satanée tante lui a porté le dernier coup. Mais quoi ! Trois ou quatre cent mille francs, ça n'aurait fait qu'une flambée, dans ces mains-là ! D'autant qu'avec l'âge, pauvre cher homme, il était devenu impossible. Est-ce qu'il ne s'était pas mis en tête d'entretenir – c'est le mot – un vieil ivrogne du nom de Rebattut, un ancien braconnier, paresseux comme un loir, qui vit dans une cabane de charbonniers, en lisière du fonds Goubault, passe pour courir les petites vachères, ne dessoûle pas, et se fichait de lui par-dessus le marché ? Oh ! remarque bien qu'il n'ignorait pas ce dernier trait, non ! Il avait ses raisons, des raisons bien à lui, comme toujours.

— Lesquelles ?

— Que ce Rebattut était le meilleur chasseur qu'il eût jamais rencontré, qu'on ne pouvait pas plus le priver de prendre ce plaisir-là que de boire et de manger, qu'avec leurs procès-verbaux, les gendarmes finiraient par faire de ce maniaque inoffensif un dangereux sauvage. Tout cela mêlé dans sa chère vieille tête à des idées fixes, de véritables obsessions. Il me disait : "Donner des passions aux hommes et leur interdire de les satisfaire, c'est trop fort pour moi, je ne suis pas le bon Dieu." Il faut avouer qu'il détestait le marquis de Bolbec, et que ce marquis avait juré de faire grignoter Rebattut petit à petit par ses gardes, de l'envoyer à la Guyane. Alors, dame ! »

Je crois avoir écrit un jour dans ce journal que la tristesse semble étrangère à M. le curé de Torcy. Son âme est gaie. En ce moment même, dès que je n'observais plus son visage qu'il tenait toujours levé très haut, très droit, j'étais surpris par un certain accent de sa voix. Elle a beau être grave, on ne peut pas dire qu'elle soit triste : elle garde un certain frémissement presque imperceptible qui est comme celui de la joie intérieure, une joie si profonde que rien ne saurait l'altérer, comme ces grandes eaux calmes, au-dessous des tempêtes.

Il m'a raconté beaucoup d'autres choses, des choses presque incroyables, presque folles. À quatorze ans notre ami voulait devenir missionnaire, il a perdu la foi au cours de ses études de médecine. Il était l'élève préféré d'un très grand maître, dont je ne me rappelle plus le nom, et ses camarades lui prédisaient tous une carrière exceptionnellement brillante. La nouvelle de son installation dans ce pays perdu a beaucoup surpris. Il se disait trop pauvre alors pour se préparer aux examens de l'agrégation, et d'ailleurs l'excès de travail avait gravement compromis sa santé. Le vrai est qu'il ne se consolait pas de ne plus croire. Il avait gardé des habitudes extraordinaires, et par exemple il lui arrivait d'interpeller un crucifix pendu au mur de sa chambre. Parfois il sanglotait à ses pieds, la tête entre les mains, d'autres fois il allait jusqu'à le défier, lui montrer le poing.

Il y a quelques jours, j'aurais sans doute écouté ses confidences avec plus de sang-froid. Mais j'étais à ce moment hors d'état de les supporter, on aurait dit un filet de plomb fondu sur une plaie vive. Certes, je n'avais pas autant souffert, et je ne souffrirai probablement jamais plus, même pour mourir. Tout ce que je pouvais, c'était tenir mes yeux baissés. Si je les avais levés sur M. le curé de Torcy, je pense que j'aurais crié. Malheureusement, dans ces occasions-là, on est souvent moins maître de sa langue que de ses yeux.

« S'il s'est réellement tué, croyez-vous que… »

M. le curé de Torcy a sursauté, comme si ma demande l'avait tiré brusquement d'un songe. (C'est vrai que depuis cinq minutes, il parlait un peu comme en rêve.) J'ai senti qu'il m'examinait en dessous, et il a dû deviner bien des choses.

« Si un autre que toi me posait une question pareille ! »

Puis il a gardé longtemps le silence. La petite place était toujours aussi déserte, aussi claire, et à intervalles réguliers, dans leur ronde monotone, les grands oiseaux semblaient fondre sur nous du haut du ciel. J'attendais machinalement leur retour, ce sifflement pareil à celui d'une immense faux.

« Dieu seul est juge, fit-il de sa voix calme. Et Maxence (c'est la première fois que je l'entendais appeler ainsi son vieil ami) était un homme juste. Dieu juge les justes. Ce ne sont pas les idiots ou les simples canailles qui me donnent beaucoup de souci, tu penses ! À quoi serviraient les Saints ? Ils paient pour racheter ça, ils sont solides. Tandis que… »

Ses deux mains étaient posées sur ses genoux, et ses larges épaules faisaient devant lui une grande ombre.

« Nous sommes à la guerre, que veux-tu ? Il faut regarder l'ennemi en face, – faire face, comme il disait, souviens-toi ? C'était sa devise. À la guerre, qu'un bonhomme de troisième ou quatrième ligne, qu'un muletier du service des étapes, lâche pied, ça n'a pas autrement d'importance, pas vrai ? Et s'il s'agit d'un gâteux de civil qui n'a qu'à lire le journal, qu'est-ce que tu veux que ça fasse au généralissime ? Mais il y a ceux de l'avant. À l'avant, une poitrine est une poitrine. Une poitrine de moins, ça compte. Il y a les Saints. J'appelle Saints ceux qui ont reçu plus que les autres. Des riches. J'ai toujours pensé, à part moi, que l'étude des sociétés humaines, si nous savions les observer dans un esprit surnaturel, nous donnerait la clef de bien des mystères. Après tout l'homme est à l'image et à la ressemblance de Dieu : lorsqu'il essaie de créer un ordre à sa mesure, il doit maladroitement copier l'autre, le vrai. La division des riches et des pauvres, ça doit répondre à quelque grande loi universelle. Un riche, aux yeux de l'Église, c'est le protecteur du pauvre, son frère aîné, quoi ! Remarque qu'il l'est souvent malgré lui, par le simple jeu des forces économiques, comme ils disent. Un milliardaire qui saute, et voilà des milliers de gens sur le pavé. Alors, on peut imaginer ce qui se passe dans le monde invisible lorsque trébuche un de ces riches dont je parle, un intendant des grâces de Dieu ! La sécurité du médiocre est une bêtise. Mais la sécurité des Saints, quel scandale ! Il faut être fou pour ne pas comprendre que la seule justification de l'inégalité des conditions surnaturelles, c'est le risque. Notre risque. Le tien, le mien. »

Tandis qu'il parlait ainsi, son corps restait droit, immobile. Qui l'aurait vu assis sur ce banc, par ce froid après-midi ensoleillé d'hiver, l'eût pris pour un brave curé discutant des mille riens de sa paroisse et doucement vantard, auprès du jeune confrère déférent, attentif.

«Retiens ce que je vais te dire : tout le mal est venu peut-être de ce qu'il haïssait les médiocres. "Tu hais les médiocres", lui disais-je. Il ne s'en défendait guère, car c'était un homme juste, je le répète. On devrait prendre garde, vois-tu. Le médiocre est un piège du démon. La médiocrité est trop compliquée pour nous, c'est l'affaire de Dieu. En attendant, le médiocre devrait trouver un abri dans notre ombre, sous nos ailes. Un abri, au chaud – ils ont besoin de chaleur, pauvres diables ! "Si tu cherchais réellement Notre-Seigneur, tu le trouverais", lui disais-je encore. Il me répondait : "Je cherche le bon Dieu où j'ai le plus chance de le trouver, parmi ses pauvres." Vlan ! Seulement, ses pauvres, c'étaient tous des types dans son genre, en somme, des révoltés, des seigneurs. Je lui ai posé la question, un jour : "Et si Jésus-Christ vous attendait justement sous les apparences d'un de ces bonshommes que vous méprisez, car sauf le péché, il assume et sanctifie toutes nos misères ? Tel lâche n'est qu'un misérable écrasé sous l'immense appareil social comme un rat pris sous une poutre, tel avare un anxieux convaincu de son impuissance et dévoré par la peur de "manquer". Tel semble impitoyable qui souffre d'une espèce de phobie du pauvre, – cela se rencontre, – terreur aussi inexplicable que celle qu'inspirent aux nerveux les araignées ou les souris. "Cherchez-vous Notre-Seigneur parmi ces sortes de gens ? lui demandais-je. Et si vous ne

143

le cherchez pas là, de quoi vous plaignez-vous ? C'est vous qui l'avez manqué…" Il l'a peut-être manqué, en effet. »

◆◆◆ On est revenu cette nuit (à la tombée de la nuit plutôt) dans le jardin du presbytère. J'imagine qu'on se proposait de tirer la sonnette lorsque j'ai ouvert brusquement la lucarne, juste au-dessus de la fenêtre. Les pas se sont éloignés très vite. Un enfant, peut-être ?

M. le comte sort d'ici. Prétexte : la pluie. À chaque pas, l'eau giclait de ses longues bottes. Les trois ou quatre lapins qu'il avait tués faisaient au fond du carnier un tas de boue sanglante et de poils gris, horrible à voir. Il a pendu cette besace au mur, et tandis qu'il me parlait, je voyais à travers le réseau de cordelettes, parmi cette fourrure hérissée, un œil encore humide, très doux, qui me fixait.

Il s'est excusé d'aborder son sujet tout de suite, sans détours, avec une franchise militaire. Sulpice passerait dans tout le village pour avoir des mœurs, des habitudes abominables. Au régiment il aurait, selon l'expression de M. le comte, « frisé le conseil de guerre ». Un vicieux et un sournois, telle est la sentence.

Comme toujours des bruits qui courent, des faits qu'on interprète, rien de précis. Par exemple, il est certain que Sulpice a servi plusieurs mois chez un ancien magistrat colonial en retraite, de réputation douteuse. J'ai répondu qu'on ne choisissait pas ses maîtres. M. le comte a levé les épaules et m'a jeté un

144

regard rapide, de haut en bas, qui signifiait clairement : « Est-il sot, ou feint-il de l'être ? »

J'avoue que mon attitude avait de quoi le surprendre. Il s'attendait, je suppose, à des protestations. Je suis resté calme, je n'ose pas dire indifférent. Ce que j'endure me suffit. J'écoutais d'ailleurs ses propos avec l'impression bizarre qu'ils s'adressaient à un autre que moi – cet homme que j'étais, que je ne suis plus. Ils venaient trop tard. M. le comte aussi venait trop tard. Sa cordialité m'a paru cette fois bien affectée, un peu vulgaire même. Je n'aime pas beaucoup non plus son regard qui va partout, saute d'un coin à l'autre de la pièce avec une agilité surprenante, et revient se planter droit dans mes yeux.

Je venais de dîner, la cruche de vin était encore sur la table. Il a rempli un verre, sans façon, et m'a dit : « Vous buvez du vin aigre, monsieur le curé, c'est malsain. Il faudrait tenir votre cruche bien propre, l'ébouillanter. »

Mitonnet est venu ce soir comme d'habitude. Il souffre un peu du côté, se plaint d'étouffements et tousse beaucoup. Au moment de lui parler, le dégoût m'a saisi, une sorte de froid, je l'ai laissé à son travail (il remplace fort adroitement quelques lames pourries du parquet), je suis allé faire les cent pas sur la route. Au retour, je n'avais encore rien décidé, bien entendu. J'ai ouvert la porte de la salle. Occupé à raboter ses planches, il ne pouvait ni me voir, ni m'entendre. Il s'est pourtant retourné brusquement, nos regards se sont croisés. J'ai lu dans le sien la surprise, puis l'attention, puis le mensonge. Non pas tel ou tel mensonge, *la volonté du mensonge.* Cela faisait comme une eau trouble, une boue. Et enfin – je le fixais toujours, la chose n'a duré qu'un instant, quelques secondes peut-être, je ne sais – la vraie couleur du regard est apparue de nouveau, sous cette lie. Cela ne peut se décrire. Sa bouche s'est mise à trembler. Il a ramassé ses outils, les a soigneusement roulés dans un morceau de toile, et il est sorti sans un mot.

J'aurais dû le retenir, l'interroger. Je ne pouvais pas. Je ne pouvais détacher les yeux de sa pauvre silhouette, sur la route. Elle s'est d'ailleurs redressée peu à peu, et même en passant près de la maison Degas, il a soulevé sa casquette d'un geste très crâne. Vingt pas plus loin, il a dû siffler une de ces chansons qu'il aime, d'affreuses rengaines sentimentales, dont il a soigneusement copié le texte sur un petit carnet.

Je suis rentré dans ma chambre exténué – une lassitude extraordinaire. Je ne comprends rien à ce qui s'est passé. Sous des dehors un peu timides, Sulpice est plutôt effronté. De plus il se sait beau parleur, il en abuse. Qu'il ait manqué cette occasion de se justifier – tâche facile à ses yeux, car il n'a sûrement qu'une petite estime de mon expérience, de mon jugement – cela m'étonne beaucoup. Et d'ailleurs, comment a-t-il pu deviner? Je ne crois pas avoir dit un mot, et je le regardais sûrement sans mépris, sans colère… Reviendra-t-il?

Comme je m'étendais sur mon lit pour essayer de prendre un peu de repos, quelque chose a paru se briser en moi, dans ma poitrine, et j'ai été pris d'un tremblement qui dure encore, au moment où j'écris.

Non, je n'ai pas perdu la foi ! Cette expression de «perdre la foi» comme on perd sa bourse ou un trousseau de clefs m'a toujours paru d'ailleurs un peu niaise. Elle doit appartenir à ce vocabulaire de piété bourgeoise et comme il faut légué par ces tristes prêtres du XVIIIe siècle, si bavards.

On ne perd pas la foi, elle cesse d'informer la vie, voilà tout. Et c'est pourquoi les vieux directeurs n'ont pas tort de se montrer sceptiques à l'égard de ces crises intellectuelles beaucoup plus rares sans doute qu'on ne prétend. Lorsqu'un homme cultivé en est venu peu à peu, et d'une manière insensible, à refouler sa croyance en quelque recoin de son cerveau, où il la retrouve par un effort de réflexion, de mémoire, eût-il encore de la tendresse pour ce qui n'est plus, aurait pu être, on ne saurait donner le nom de foi à un signe abstrait, qui ne ressemble pas plus à la foi, pour reprendre une comparaison célèbre, que la constellation du Cygne à un cygne.

Je n'ai pas perdu la foi. La cruauté de l'épreuve, sa brusquerie foudroyante, inexplicable, ont bien pu bouleverser ma raison, mes nerfs, tarir subitement en moi – pour toujours, qui sait ? – l'esprit de prière, me remplir à déborder d'une résignation ténébreuse, plus effrayante que les grands sursauts du désespoir, ses chutes immenses, ma foi reste intacte, je le sens. Où elle est, je ne puis l'atteindre. Je ne la retrouve ni dans ma pauvre cervelle, incapable d'associer correctement deux idées, qui ne travaille que sur des images presque délirantes, ni dans ma sensibilité, ni même dans ma conscience. Il me semble parfois qu'elle s'est retirée, qu'elle subsiste là où certes je ne l'eusse pas cherchée, dans ma chair, dans ma misérable chair, dans mon sang et dans ma chair, ma chair périssable, mais baptisée. Je voudrais exprimer ma pensée le plus simplement, le plus naïvement possible. Je n'ai pas perdu la foi parce que Dieu a daigné me garder de l'impureté. Oh ! sans doute, un tel rapprochement ferait sourire les philosophes ! Et il est clair que les plus grands désordres ne sauraient égarer un homme raisonnable au point de lui faire mettre en doute la légitimité, par exemple, de certains axiomes des géomètres. Une exception cependant : la folie. Après tout, que sait-on de la folie ? Que sait-on de la luxure ? Que sait-on de leurs rapports secrets ? La luxure est une plaie mystérieuse au flanc de l'espèce. Que dire, à son flanc ? À la source même de la vie. Confondre la luxure propre à l'homme, et le désir qui rapproche les sexes, autant donner le même nom à la tumeur et à l'organe qu'elle dévore, dont il arrive que sa difformité reproduise effroyablement l'aspect. Le monde se donne beaucoup de mal, aidé de tous les prestiges de l'art, pour cacher cette plaie honteuse. On dirait qu'il redoute, à chaque génération nouvelle, une révolte de la dignité, du désespoir – le reniement des êtres encore purs, intacts. Avec quelle étrange sollicitude il veille sur les petits pour atténuer par avance, à force d'images enchanteresses, l'humiliation d'une première expérience presque forcément dérisoire ! Et lorsque s'élève quand même la plainte demi-consciente de la jeune majesté humaine bafouée, outragée par les démons, comme il sait l'étouffer sous les rires ! Quel dosage habile de sentiment et d'esprit, de pitié, de tendresse, d'ironie, quelle vigilance complice autour de l'adolescence ! Les vieux martinets ne s'affairent pas plus aux côtés de l'oisillon, à son premier vol. Et si la répugnance est trop forte, si la précieuse petite créature, sur qui veillent encore les anges, prise de nausées, essaie de vomir, de quelle main lui tend-on le bassin d'or, ciselé par les artistes, serti par les poètes, tandis que l'orchestre accompagne en sourdine, d'un immense murmure de feuillage et d'eaux vives, ses hoquets !

Mais le monde n'a pas fait pour moi tant de frais… Un pauvre, à douze ans, comprend beaucoup de choses. Et que m'aurait servi de comprendre ? J'avais vu. La luxure ne se comprend pas, elle se voit. J'avais vu ces visages farouches, fixés tout à coup dans un indéfinissable sourire. Dieu ! Comment ne s'avise-t-on pas plus souvent que le masque du plaisir, dépouillé de toute hypocrisie, est justement celui de l'angoisse ? Oh ! ces visages voraces qui m'apparaissent encore en rêve, – une nuit sur dix, peut-être – ces faces douloureuses ! Assis derrière le comptoir de l'estaminet, à croupetons – car je m'échappais sans cesse de l'appentis obscur où ma tante me croyait occupé à apprendre mes leçons –, ils surgissaient au-dessus de moi et la lueur de la mauvaise lampe, suspendue par un fil de cuivre, toujours balancée par quelque ivrogne, faisait danser leur ombre au plafond. Tout jeune que je fusse, je distinguais très bien une ivresse de l'autre, je veux dire que l'autre, seule, me faisait réellement peur. Il suffisait que parût la jeune servante – une pauvre fille boiteuse au teint de cendre – pour que les regards hébétés prissent tout à coup une fixité si poignante que je n'y puis penser encore de sang-froid… Oh ! bien sûr, on dira que ce sont là des impressions d'enfant, que l'insolite précision de tels souvenirs, la terreur qu'ils m'inspirent après tant d'années, les rend justement suspects… Soit ! Que les mondains aillent y voir ! Je ne crois pas qu'on puisse apprendre grand-chose des visages trop sensibles, trop changeants, habiles à feindre et qui se cachent pour jouir comme les bêtes se cachent pour mourir. Que des milliers d'êtres passent leur vie dans le désordre et prolongent jusqu'au seuil de la vieillesse – parfois bien au-delà – les curiosités jamais assouvies de l'adolescence, je ne le nie pas, certes. Qu'apprendre de ces créatures frivoles ? Elles sont le jouet des démons, peut-être, elles n'en sont pas la vraie proie. Il semble que Dieu, dans je ne sais quel dessein mystérieux, n'ait pas voulu permettre qu'elles engageassent réellement leur âme. Victimes probables d'hérédités misérables dont elles ne présentent qu'une caricature inoffensive, enfants attardés, marmots souillés mais non corrompus, la Providence permet qu'elles bénéficient de certaines immunités de l'enfance… Et puis quoi ? Que conclure ? Parce qu'il existe des maniaques inoffensifs, doit-on nier l'existence des fous dangereux ? Le moraliste définit, le psychologue analyse et classe, le poète fait sa musique, le peintre joue avec ses couleurs comme un chat avec sa queue, l'histrion éclate de rire, qu'importe ! Je répète qu'on ne connaît pas plus la folie que la luxure et la société se défend contre elles deux, sans trop l'avouer, avec la même crainte sournoise, la même honte secrète, et presque par les mêmes moyens… Si la folie et la luxure ne faisaient qu'un ?

Un philosophe à l'aise dans sa bibliothèque aura là-dessus, naturellement, une opinion différente de celle d'un prêtre, et surtout d'un prêtre de campagne. Je crois qu'il est peu de confesseurs qui n'éprouvent, à la longue, l'écrasante monotonie de ces aveux, une sorte de vertige. Moins encore de ce qu'ils entendent que de ce qu'ils devinent, à travers le petit nombre de mots, toujours les mêmes, dont la niaiserie suffoque lorsqu'on les lit mais qui, chuchotés dans le silence et l'ombre, grouillent comme des vers, avec l'odeur du sépulcre. Et l'image nous obsède alors de cette plaie toujours ouverte, par où s'écoule la substance de notre misérable espèce. De quel effort n'eût pas été capable le cerveau de l'homme si la mouche empoisonnée n'y avait pondu sa larve !

On nous accuse, on nous accusera toujours, nous autres prêtres – c'est si facile ! – de nourrir au fond de notre cœur une haine envieuse, hypocrite, de la virilité : quiconque a quelque expérience du péché n'ignore pas pourtant que la luxure menace sans cesse d'étouffer sous ses végétations parasites, ses hideuses proliférations, la virilité comme l'intelligence. Incapable de créer, elle ne peut que souiller dès le germe la frêle promesse d'humanité ; elle est probablement à l'origine, au principe de toutes les tares de notre race, et dès qu'au détour de la grande

151

forêt sauvage dont nous ne connaissons pas les sentiers, on la surprend face à face, telle quelle, telle qu'elle est sortie des mains du Maître des prodiges, le cri qui sort des entrailles n'est pas seulement d'épouvante mais d'imprécation : « C'est toi, c'est toi seule qui as déchaîné la mort dans le monde ! »

Le tort de beaucoup de prêtres plus zélés que sages est de supposer la mauvaise foi : « Vous ne croyez plus parce que la croyance vous gêne. » Que de prêtres ai-je entendus parler ainsi ! Ne serait-il pas plus juste de dire : la pureté ne nous est pas prescrite ainsi qu'un châtiment, elle est une des conditions mystérieuses mais évidentes, – l'expérience l'atteste – de cette connaissance surnaturelle de soi-même, de soi-même en Dieu, qui s'appelle la foi. L'impureté ne détruit pas cette connaissance, elle en anéantit le besoin. On ne croit plus, parce qu'on ne désire plus croire. Vous ne désirez plus vous connaître. Cette vérité profonde, la vôtre, ne vous intéresse plus. Et vous aurez beau dire que les dogmes qui obtenaient hier votre adhésion sont toujours présents à votre pensée, que la raison seule les repousse, qu'importe ! On ne possède réellement que ce qu'on désire, car il n'est pas pour l'homme de possession totale, absolue. Vous ne vous désirez plus. Vous ne désirez plus votre joie. Vous ne pouviez vous aimer qu'en Dieu, vous ne vous aimez plus. Et vous ne vous aimerez plus jamais en ce monde ni dans l'autre – éternellement.

(On peut lire au bas de cette page, en marge, les lignes suivantes, plusieurs fois raturées mais encore

152

déchiffrables : J'ai écrit ceci dans une grande et plénière angoisse du cœur et des sens. Tumulte d'idées, d'images, de paroles. L'âme se tait. Dieu se tait. Silence.)

♦♦♦ Impression que cela n'est rien encore, que la véritable tentation – celle que j'attends – est loin derrière, qu'elle monte vers moi, lentement, annoncée par ces vociférations délirantes. Et ma pauvre âme l'attend aussi. Elle se tait. Fascination du corps et de l'âme.

(La brusquerie, le caractère foudroyant de mon malheur. L'esprit de prière m'a quitté sans déchirement, de lui-même, comme un fruit tombe…)

L'épouvante n'est venue qu'après. J'ai compris que le vase était brisé en regardant mes mains vides.

♦♦♦ Je sais bien qu'une pareille épreuve n'est pas nouvelle. Un médecin me dirait sans doute que je souffre d'un simple épuisement nerveux, qu'il est ridicule de prétendre se nourrir d'un peu de pain et de vin. Mais d'abord je ne me sens pas épuisé, loin de là. Je vais mieux. Hier j'ai fait presque un repas : des pommes de terre, du beurre. De plus, j'arrive aisément à bout de mon travail. Dieu sait qu'il m'arrive de désirer soutenir une lutte contre moi-même ! Il me semble que je reprendrais courage. Ma douleur d'estomac se réveille parfois. Mais alors elle me surprend, je ne l'attends plus de seconde en seconde, comme jadis…

Je sais aussi qu'on rapporte beaucoup de choses,

vraies ou fausses, sur les peines intérieures des Saints. La ressemblance n'est qu'apparente, hélas ! Les Saints ne devaient pas se faire à leur malheur, et je sens déjà que je me fais au mien. Si je cédais à la tentation de me plaindre à qui que ce fût, le dernier lien entre Dieu et moi serait brisé, il me semble que j'entrerais dans le silence éternel.

Et pourtant j'ai fait un long chemin, hier, sur la route de Torcy. Ma solitude est maintenant si profonde, si véritablement inhumaine que l'idée m'était venue, tout à coup, d'aller prier sur la tombe du vieux docteur Delbende. Puis j'ai pensé à son protégé, à ce Rebattut que je ne connais pas. Au dernier moment la force m'a manqué.

◆◆◆ Visite de Mlle Chantal. Je ne me crois pas capable de rapporter ce soir quoi que ce soit d'un pareil entretien, si bouleversant... Malheureux que je suis ! Je ne sais rien des êtres. Je n'en saurai jamais rien. Les fautes que je commets ne me servent pas : elles me troublent trop. J'appartiens certainement à cette espèce de faibles, de misérables, dont les intentions restent bonnes, mais qui oscillent toute leur vie entre l'ignorance et le désespoir.

J'ai couru ce matin jusqu'à Torcy, après la messe. M. le curé de Torcy est tombé malade chez une de ses nièces, à Lille. Et il ne rentrera pas avant huit ou dix jours au moins. D'ici là...

Écrire me paraît inutile. Je ne saurais confier un secret au papier, je ne pourrais pas. Je n'en ai d'ailleurs probablement pas le droit.

La déception a été si forte qu'en apprenant la nouvelle du départ de M. le curé, j'ai dû m'appuyer au mur pour ne pas tomber. La gouvernante m'observait d'un regard plus curieux qu'apitoyé, d'un regard que j'ai déjà surpris plus d'une fois depuis quelques semaines, et chez des personnes bien différentes – le regard de Mme la comtesse, celui de Sulpice, d'autres encore… On dirait que je fais peur, un peu.

La laveuse Martial étendait sa lessive dans la cour, et comme je me donnais le temps de souffler avant de me remettre en route, j'ai parfaitement entendu que les deux femmes parlaient de moi. L'une d'elles a dit plus haut, d'un accent qui m'a fait rougir : « Pauvre garçon ! » Que savent-elles ?

♦♦♦ Journée terrible pour moi. Et le pis, c'est que je me sens incapable d'aucune appréciation raisonnable, modérée, de faits dont le véritable sens m'échappe peut-être. Oh ! j'ai connu des moments de désarroi, de détresse. Mais alors, et à mon insu, je gardais cette paix intérieure où les événements et les êtres se reflétaient comme dans un miroir, une nappe d'eau limpide qui me renvoyait leur image. La source est troublée, maintenant.

Chose étrange, honteuse peut-être ? alors que, par ma faute sûrement, la prière m'est d'un si faible secours, je ne retrouve un peu de sang-froid qu'à cette table, devant ces feuilles de papier blanc.

Oh ! je voudrais bien que cela ne fût qu'un rêve, un mauvais rêve !

. . . .

En raison des obsèques de Mme Ferrand j'ai dû dire ma messe à 6 heures, ce matin. L'enfant de chœur n'est pas venu, je me croyais seul dans l'église. À cette heure, en cette saison, à peine le regard porte-t-il un peu plus loin que les marches du chœur, et le reste est dans l'ombre. J'ai entendu tout à coup, distinctement, le faible bruit d'un chapelet glissant le long d'un banc de chêne, sur les dalles. Puis plus rien. À la bénédiction, je n'ai pas osé lever les yeux.

Elle m'attendait à la porte de la sacristie. Je le savais. Son mince visage était encore plus torturé qu'avant-hier, et il y avait ce pli de la bouche, si méprisant, si dur. Je lui ai dit : « Vous savez bien que je ne puis vous recevoir ici, allez-vous-en ! » Son regard m'a fait peur, je ne me croyais pourtant pas lâche. Mon Dieu ! quelle haine dans sa voix ! Et ce regard restait fier, sans honte. On peut donc haïr sans honte ?

« Mademoiselle, ai-je dit, ce que j'ai promis de faire, je le ferai. — Aujourd'hui ? — Aujourd'hui même. — C'est que demain, monsieur, il serait trop tard. Elle sait que je suis venue au presbytère, elle sait tout. Rusée comme une bête ! Je ne me méfiais pas jadis : on s'habitue à ses yeux, on les croit bons. Maintenant je voudrais les lui arracher, ses yeux, oui ! je les écraserais avec le pied, comme ça ! — Parler ainsi, à deux pas du Saint Sacrement, n'avez-vous aucune crainte de Dieu ! — Je la tuerai, m'a-t-elle dit. Je la tuerai ou je me tuerai. Vous irez vous expliquer de ça, un jour, avec votre bon Dieu ! »

Elle débitait ces folies sans élever la voix, au

contraire. Parfois, je ne l'entendais qu'à peine. Je la voyais très mal aussi, du moins je distinguais mal ses traits. Une main posée sur la muraille, l'autre laissant pendre contre la hanche sa fourrure, elle se penchait vers moi et son ombre, si longue sur les dalles, avait la forme d'un arc. Mon Dieu, les gens qui croient que la confession nous rapproche dangereusement des femmes se trompent bien ! Les menteuses ou les maniaques nous font plutôt pitié, l'humiliation des autres, des sincères, est contagieuse. C'est à ce moment-là seulement que j'ai compris la secrète domination de ce sexe sur l'histoire, son espèce de fatalité. Un homme furieux a l'air d'un fou. Et les pauvres filles du peuple que j'ai connues dans mon enfance, avec leurs gesticulations, leurs cris, leur grotesque emphase me faisaient plutôt rire. Je ne savais rien de cet emportement silencieux qui semble irrésistible, de ce grand élan de tout l'être féminin vers le mal, la proie – cette liberté, ce naturel dans le mal, la haine, la honte… Cela était presque beau, d'une beauté qui n'est pas de ce monde-ci – ni de l'autre – d'un monde plus ancien, d'avant le péché, peut-être ? – d'avant le péché des Anges.

J'ai repoussé depuis cette idée comme j'ai pu. Elle est absurde, dangereuse. Elle ne m'a pas paru belle d'abord, et je ne me la formulais d'ailleurs qu'imparfaitement. Le visage de Mlle Chantal était tout près du mien. L'aube montait lentement à travers les vitres crasseuses de la sacristie, une aube d'hiver, d'une effrayante tristesse. Le silence entre nous deux, bien entendu, n'avait duré qu'un instant, la durée d'un

Salve Regina (et, en effet, les paroles du *Salve Regina*, si belles, si pures, m'étaient venues réellement sur les lèvres, à mon insu).

Elle a dû s'apercevoir que je priais. Elle a frappé du pied, avec colère. Je lui ai pris la main, une main trop petite, trop souple qui s'est à peine raidie dans la mienne. Je devais serrer plus fort que je ne pensais, sans doute. Je lui ai dit : « Agenouillez-vous d'abord ! » Elle a un peu plié les genoux, devant la Sainte Table. Elle y appuyait les mains et me regardait, d'un air d'insolence et de désespoir inimaginables. « Dites : Mon Dieu, je ne me sens capable en ce moment que de vous offenser, mais ce n'est pas moi qui vous offense, c'est ce démon que j'ai dans le cœur. » Elle a pourtant répété mot par mot, d'une voix d'enfant qui récite. C'est presque une petite fille, après tout ! Sa longue fourrure avait glissé tout à fait à terre, et je marchais dessus. Elle s'est relevée brusquement, elle m'a échappé plutôt, et le visage tourné vers l'autel, elle a dit entre ses dents : « Vous pouvez bien me damner si vous voulez, je m'en moque ! » J'ai fait semblant de ne pas entendre. À quoi bon ?

« Mademoiselle, ai-je repris, je ne poursuivrai pas cet entretien ici, au milieu de l'église. Il n'y a qu'une place où je puisse vous entendre » et je l'ai poussée doucement vers le confessionnal. Elle s'est mise d'elle-même à genoux. « Je n'ai pas envie de me confesser. — Je ne vous le demande pas. Pensez seulement que ces cloisons de bois ont entendu l'aveu de beaucoup de hontes, qu'elles en sont comme imprégnées. Vous avez beau être une demoiselle noble, l'orgueil ici est un péché comme les autres, un peu plus de boue sur un tas de boue. — Assez là-dessus ! a-t-elle dit. Vous savez très bien que je ne demande que la justice. D'ailleurs, je me fiche de la boue. La boue, c'est d'être humiliée comme je suis. Depuis que cette horrible femme est entrée dans la maison, j'ai mangé plus de boue que de pain. — Ce sont des mots que vous avez appris dans les livres. Vous êtes une enfant, vous devez parler en enfant. — Une enfant ! il y a longtemps que je ne suis plus une enfant. Je sais tout ce qu'on peut savoir, désormais. J'en sais assez pour toute la vie. — Restez calme ! — Je suis calme. Je vous souhaite d'être aussi calme que moi. Je les ai entendus cette nuit. J'étais juste sous leur fenêtre, dans le parc. Ils ne prennent même plus la peine de fermer les rideaux. (Elle s'est mise à rire, affreusement. Comme elle n'avait pas voulu rester à genoux, elle devait se tenir pliée en deux, le front contre la cloison, et la colère aussi l'étouffait.) Je sais parfaitement qu'ils s'arrangeront pour me chasser, coûte que coûte. Je dois partir pour l'Angleterre, mardi prochain. Maman a une cousine là-bas, elle trouve ce projet très convenable, très pratique… Convenable ! Il y a de quoi se tordre ! Mais elle croit tout ce qu'ils lui disent, n'importe quoi, absolument comme une grenouille gobe une mouche. Pouah !… — Votre mère, ai-je commencé… » Elle m'a répondu par des propos presque ignobles, que je n'ose pas rapporter. Elle disait que la malheureuse femme n'avait pas su défendre son bonheur, sa vie, qu'elle était imbécile et lâche. « Vous écoutez aux portes, ai-je repris, vous regardez par le trou des serrures, vous faites le métier d'espionne, vous, une demoiselle, et si fière ! Moi, je ne suis qu'un pauvre paysan, j'ai passé deux ans de ma jeunesse dans un mauvais estaminet où vous n'auriez pas voulu mettre les pieds, mais je n'agirais pas comme vous, quand ce serait pour sauver ma vie. » – Elle s'est levée brusquement, s'est tenue devant le confessionnal, tête basse, le visage toujours aussi dur. J'ai crié : « Restez à genoux. À genoux !... » Elle m'a obéi de nouveau.

Je m'étais reproché l'avant-veille d'avoir pris trop au sérieux ce qui n'était peut-être qu'obscure jalousie, rêveries malsaines, cauchemars. On nous a tellement mis en garde contre la malice de celles que nos vieux traités de morale appellent si drôlement « les personnes du sexe » ! J'imaginais très bien alors le haussement d'épaules de M. le curé de Torcy. Mais c'est que je me trouvais seul à ma table, réfléchissant aux paroles machinalement retenues par la mémoire et dont l'accent s'était perdu sans retour. Au lieu que j'avais devant moi maintenant un visage étrange, défiguré non par la peur, mais par une panique plus profonde, plus intérieure. Oui, j'ai l'expérience d'une certaine altération des traits assez semblable, seulement je ne l'avais observée jusqu'alors que sur des faces d'agonisants et je lui attribuais, naturellement, une cause banale, physique. Les médecins parlent volontiers du « masque de l'agonie ». Les médecins se trompent souvent.

Que dire, que faire en faveur de cette créature blessée dont la vie semblait couler à flots de quelque mutilation invisible ? Et malgré tout, il me semblait que je devais garder le silence quelques secondes encore, courir ce risque. J'avais d'ailleurs retrouvé un peu de force pour prier. Elle se taisait aussi.

À ce moment, il s'est passé une chose singulière. Je ne l'explique pas, je la rapporte telle quelle. Je suis si fatigué, si nerveux, qu'il est bien possible, après tout, que j'aie rêvé. Bref, tandis que je fixais ce trou d'ombre où, même en plein jour, il m'est difficile de reconnaître un visage, celui de Mlle Chantal a commencé d'apparaître peu à peu, par degrés. L'image se tenait là, sous mes yeux, dans une sorte d'instabilité merveilleuse, et je restais immobile comme si le moindre geste eût dû l'effacer. Bien entendu, je n'ai pas fait la remarque sur-le-champ, elle ne m'est venue qu'après coup. Je me demande si cette espèce de vision n'était pas liée à ma prière, elle était ma prière même peut-être ? Ma prière était triste, et l'image était triste comme elle. Je pouvais à peine soutenir cette tristesse, et en même temps, je souhaitais de la partager, de l'assumer tout entière, qu'elle me pénétrât, remplît mon cœur, mon âme, mes os, mon être. Elle faisait taire en moi cette sourde rumeur de voix confuses, ennemies, que j'entendais sans cesse depuis deux semaines, elle rétablissait le silence d'autrefois, le bienheureux silence au-dedans duquel Dieu va parler – Dieu parle…

Je suis sorti du confessionnal, et elle s'était levée avant moi ; nous nous sommes trouvés de nouveau face à face, et je n'ai plus reconnu ma vision. Sa pâleur était extrême, ridicule presque. Ses mains tremblaient. « Je n'en peux plus, a-t-elle dit d'une voix puérile. Pourquoi m'avez-vous regardée ainsi ? Laissez-moi ! » Elle avait les yeux secs, brûlants. Je ne savais que répondre. Je l'ai reconduite doucement jusqu'à la porte de l'église. « Si vous aimiez votre père, vous ne resteriez pas dans cet horrible état de révolte. Est-ce donc cela que vous appelez aimer ? — Je ne l'aime plus, a-t-elle répondu, je crois que je le hais, je les hais tous. » Les mots sifflaient dans sa bouche, et à la fin de chaque phrase, elle avait comme un hoquet, un hoquet de dégoût, de fatigue, je ne sais. « Je ne veux pas que vous me preniez pour une sotte, a-t-elle dit sur un ton de suffisance et d'orgueil. Ma mère s'imagine que je ne sais rien de la vie, comme elle dit. Il faudrait que j'eusse les yeux dans ma poche. Nos domestiques sont de vrais singes et elle les croit sans reproche – "des gens très sûrs". Elle les a choisis, vous pensez ! On devrait mettre les filles en pension. Bref, à dix ans, avant peut-être, je n'ignorais plus grand-chose. Cela me faisait horreur, pitié, je l'acceptais quand même, comme on accepte la maladie, la mort, beaucoup d'autres nécessités répugnantes auxquelles il faut bien se résigner. Mais il y avait mon père. Mon père était tout pour moi, un maître, un roi, un dieu – un ami, un grand ami. Petite fille, il me parlait sans cesse, il me traitait presque en égale, j'avais sa photographie dans un médaillon, sur ma poitrine, avec une mèche de cheveux. Ma mère ne l'a jamais compris. Ma mère… — Ne parlez pas de votre mère. Vous ne l'aimez pas. Et même… — Oh ! vous pouvez continuer, je la déteste, je l'ai toujours dé... — Taisez-vous ! Hélas ! il y a dans toutes les maisons, même chrétiennes, des bêtes invisibles, des démons. La plus féroce était dans votre cœur, depuis longtemps, et vous ne le saviez pas. — Tant mieux, a-t-elle dit. Je voudrais que cette bête fût horrible, hideuse. Je ne respecte plus mon père. Je ne crois plus en lui, je me moque du reste. Il m'a trompée. On peut tromper une fille comme on trompe sa femme. Ce n'est pas la même chose, c'est pire. Mais je me vengerai. Je me sauverai à Paris, je me déshonorerai, je lui écrirai : voilà ce que vous avez fait de moi ! Et il souffrira ce que j'ai souffert ! » J'ai réfléchi un moment. Il me semblait que je lisais à mesure sur ses lèvres d'autres mots qu'elle ne prononçait pas, qui s'inscrivaient un à un, dans mon cerveau, tout flamboyants. Je me suis écrié comme malgré moi : « Vous ne ferez pas cela. Ce n'est pas de cela que vous êtes tentée, je le sais ! » Elle s'est mise à trembler si fort qu'elle a dû s'appuyer des deux mains au mur. Et il s'est passé un autre petit fait que je rapporte avec l'autre, sans l'expliquer non plus. J'ai parlé au hasard, je suppose. Et cependant j'étais sûr de ne pas me tromper. « Donnez-moi la lettre, la lettre qui est là, dans votre sac. Donnez-la-moi sur-le-champ ! » Elle n'a pas essayé de résister, elle a seulement eu un profond soupir, elle m'a tendu le papier, en haussant les épaules. « Vous êtes donc le diable ! » a-t-elle dit.

Nous sommes sortis presque tranquillement, mais j'avais peine à me tenir debout, je marchais courbé en deux, ma douleur d'estomac, presque oubliée, se faisait sentir de nouveau, plus forte, plus angoissante que je ne l'avais jamais connue. Un mot du cher vieux docteur Delbende m'est revenu en mémoire : la douleur en broche. C'était cela, en effet. Je pensais à ce blaireau que M. le comte avait cloué au sol, devant moi, d'un coup d'épieu, et qui agonisait percé de part en part, dans le fossé, abandonné même des chiens.

Mlle Chantal ne faisait d'ailleurs nullement attention à moi. Elle marchait tête haute à travers les tombes. J'osais à peine la regarder, je tenais sa lettre entre mes doigts et elle jetait parfois les yeux dessus, obliquement, avec une expression étrange. Il m'était difficile de la suivre, chaque pas risquait de m'arracher un cri, et je me mordais cruellement les lèvres. Enfin j'ai jugé que cet entêtement contre la douleur n'allait pas sans beaucoup d'orgueil, et je l'ai priée simplement de s'arrêter une minute, que je n'en pouvais plus.

C'était la première fois peut-être que je regardais un visage de femme. Oh ! bien sûr, je ne les évite pas d'ordinaire, et il m'arrive d'en trouver d'agréables, mais sans partager le scrupule de quelques-uns de mes camarades du séminaire, je connais trop la malice des gens pour ne pas observer la réserve indispensable à un prêtre. Aujourd'hui la curiosité l'emportait. Une curiosité dont je ne puis rougir. C'était, je crois, la curiosité du soldat qui se risque hors de la tranchée pour voir enfin l'ennemi à découvert ou encore... Je me rappelle qu'à sept ou huit ans, accompagnant ma grand-mère chez un vieux cousin défunt et laissé seul dans la chambre, j'ai soulevé le linceul et regardé ainsi le visage du mort.

Il y a des visages purs, d'où rayonne la pureté. Tel avait été sans doute jadis celui que j'avais sous les yeux. Et maintenant il avait je ne sais quoi de fermé, d'impénétrable. La pureté n'y était plus, mais la colère, ni le mépris, ni la honte n'avaient réussi encore à effacer le signe mystérieux. Ils y grimaçaient simplement. Sa noblesse extraordinaire, presque effrayante, témoignait de la force du mal, du péché, de ce péché qui n'était pas le sien… Dieu ! sommes-nous si misérables que la révolte d'une âme fière puisse se retourner contre elle-même ! « Vous avez beau faire, lui dis-je (nous nous trouvions tout au fond du cimetière près de la petite porte qui ouvre sur l'enclos de Casimir, dans ce coin abandonné où l'herbe est si haute qu'on ne distingue plus les tombes, des tombes abandonnées depuis un siècle), un autre que moi eût refusé de vous entendre, peut-être. Je vous ai entendue, soit. Mais je ne relèverai pas votre défi. Dieu ne relève pas les défis. — Rendez-moi la lettre et je vous tiendrai quitte de tout, fit-elle. Je saurai bien me défendre seule. — Vous défendre contre qui, contre quoi ? Le mal est plus fort que vous, ma fille. Êtes-vous si orgueilleuse que de vous croire hors d'atteinte ? — Du moins de la boue, si je veux, dit-elle. — Vous êtes vous-même de la boue. — Des phrases ! Est-ce que votre bon Dieu défend maintenant d'aimer son père ? — Ne prononcez pas ce mot d'amour, ai-je dit, vous en avez perdu le droit, et sans doute le pouvoir. L'amour ! Il y a par le monde des milliers d'êtres qui le demandent à Dieu, sont prêts à souffrir mille morts pour que tombe dans leur bouche calcinée une goutte d'eau, de cette eau qui ne fut pas refusée à la Samaritaine, et qui l'implorent en vain. Moi qui vous parle… »

Je me suis arrêté à temps. Mais elle a dû comprendre, elle m'a paru bouleversée. Il est vrai que bien que j'eusse parlé à voix basse – ou pour cette raison peut-être – la contrainte que je m'imposais devait donner à ma voix un accent particulier. Je la sentais comme trembler dans ma poitrine. Sans doute cette jeune fille me croyait-elle fou ? Son regard fuyait le mien, et je croyais voir s'étendre le creux d'ombre de ses joues. « Oui, ai-je repris, gardez pour d'autres une telle excuse. Je ne suis qu'un pauvre prêtre très indigne et très malheureux. Mais je sais ce que c'est que le péché. Vous ne le savez pas. Tous les péchés se ressemblent, il n'est qu'un seul péché. Je ne vous parle pas un langage obscur ! Ces vérités sont à la portée du plus humble chrétien pourvu qu'il veuille bien les recueillir de nous. Le monde du péché fait face au monde de la grâce ainsi que l'image reflétée d'un paysage, au bord d'une eau noire et profonde. Il y a une communion des saints, il y a aussi une communion des pécheurs. Dans la haine que les pécheurs se portent les uns aux autres, dans le mépris, ils s'unissent, ils s'embrassent, ils s'agrègent, ils se confondent, ils ne seront plus un jour, aux yeux de l'Éternel, que ce lac de boue toujours gluant sur quoi passe et repasse vainement l'immense marée de l'amour divin, la mer de flammes vivantes et rugissantes qui a fécondé le chaos. Qu'êtes-vous pour juger la faute d'autrui ? Qui juge la faute ne fait qu'un avec elle, l'épouse. Et cette femme que vous haïssez, vous vous croyez bien loin d'elle, alors que votre haine et sa faute sont comme deux rejetons d'une même souche. Qu'importent vos querelles ? des gestes, des cris, rien de plus – du vent. La mort, vaille que vaille, vous rendra bientôt à l'immobilité, au silence. Qu'importe, si dès maintenant vous êtes unis dans le mal, pris tous les trois dans le piège du même péché – une même chair pécheresse – compagnons – oui, compagnons ! – compagnons pour l'éternité. »

Je dois rapporter très inexactement mes propres paroles, car il ne reste rien de précis dans ma mémoire que les mouvements du visage sur lequel je croyais les lire. « Assez ! » m'a-t-elle dit d'une voix sourde. Les yeux seuls ne demandaient pas grâce. Je n'avais jamais vu, je ne verrai jamais sans doute de visage si dur. Et pourtant je ne sais quel pressentiment m'assurait que c'était là son plus grand et dernier effort contre Dieu, que le péché sortait d'elle. Que parle-t-on de jeunesse, de vieillesse ? Cette face douloureuse était-elle donc la même que j'avais vue quelques semaines plus tôt, presque enfantine ? Je n'aurais su lui donner un âge, et peut-être n'en avait-elle pas, en effet ? L'orgueil n'a pas d'âge. La douleur non plus, après tout.

Elle est partie sans mot dire, brusquement, après un long silence… Qu'ai-je fait !

◆◆◆ Je reviens très tard d'Aubin où j'ai dû visiter des malades, après dîner. Inutile sûrement d'essayer de dormir.

Comment l'ai-je laissée aller ainsi ? Je ne lui ai même pas demandé ce qu'elle attendait de moi !

La lettre est toujours dans ma poche, mais je viens de regarder la suscription : elle est adressée à M. le comte.

Ma douleur au creux de l'estomac « en broche » ne cesse pas, le dos même est sensible. Nausées perpétuelles. Je suis presque heureux de ne pouvoir réfléchir : la féroce distraction de la souffrance est plus forte que l'angoisse. Je pense à ces chevaux rétifs que, petit enfant, j'allais voir ferrer chez le maréchal Cardinot. Dès que la cordelette poissée de sang et d'écume s'était liée autour de leurs naseaux, les pauvres bêtes restaient tranquilles, couchant les oreilles et tremblant sur leurs longues jambes. « T'as t'in compte, grand fou ! » disait le maréchal, avec un rire énorme.

J'ai mon compte, moi aussi.

La douleur a cessé tout à coup. Elle était d'ailleurs si régulière, si constante que la fatigue aidant je sommeillais presque. Lorsqu'elle a cédé je me suis levé d'un bond, les tempes battantes, le cerveau terriblement lucide, avec l'impression – la certitude – de m'être entendu appeler...

Ma lampe brûlait encore sur la table.

J'ai fait le tour du jardin, vainement. Je *savais* que je ne trouverais personne. Tout cela me semble encore un rêve, mais dont chaque détail m'appa-

raît si clairement, dans une espèce de lumière intérieure, d'illumination glacée qui ne laisse aucun
coin d'ombre où je puisse trouver quelque sécurité,
quelque repos… C'est ainsi qu'au-delà de la mort,
l'homme doit se revoir lui-même. Ah ! oui, qu'ai-je
fait !

Voilà des semaines que je ne priais plus, que je ne
pouvais plus prier. Je ne pouvais plus ? qui sait ? Cette
grâce des grâces se mérite comme une autre, et je ne
la méritais plus, sans doute. Enfin, Dieu s'était retiré
de moi, de cela, du moins, je suis sûr. Dès lors, je
n'étais plus rien, et j'ai gardé pour moi seul ce secret !
Bien plus : je me faisais une gloriole de ce silence
gardé, je le trouvais beau, héroïque. Il est vrai que
j'ai tenté de voir M. le curé de Torcy. Mais c'est aux
genoux de mon supérieur, de M. le doyen de Blangermont, que je devais aller me jeter. Je lui aurais dit :
« Je ne suis plus en état de gouverner une paroisse,
je n'ai ni prudence, ni jugement, ni bon sens, ni véritable humilité. Voilà quelques jours encore, je me
permettais de vous juger, je vous méprisais presque.
Dieu m'a puni. Renvoyez-moi dans mon séminaire, je
suis un danger pour les âmes ! »

Il eût compris, lui ! Qui ne comprendrait d'ailleurs, ne serait-ce qu'à la lecture de ces pages misérables où ma faiblesse, ma honteuse faiblesse, éclate
à chaque ligne ! Est-ce le témoignage d'un chef de
paroisse, d'un conducteur d'âmes, d'un maître ? Car
je devrais être le maître de cette paroisse, et je m'y
montre tel que je suis : un malheureux mendiant
qui va, la main tendue, de porte en porte, sans oser

seulement frapper. Ah ! bien sûr, je n'ai pas refusé la besogne, j'ai fait de mon mieux, à quoi bon ? Ce mieux n'était rien. Le chef ne sera pas seulement jugé sur les intentions : ayant assumé la charge, il reste comptable des résultats. Et par exemple, en refusant d'avouer le mauvais état de ma santé, faut-il croire que je n'obéissais qu'à un sentiment, même exalté, du devoir ? Avais-je d'ailleurs le droit de courir ce risque ? Le risque d'un chef est le risque de tous.

Avant-hier déjà je n'eusse pas dû recevoir Mlle Chantal. Sa première visite au presbytère était à peine convenable. Du moins aurais-je pu l'interrompre avant que... Mais j'ai agi seul, comme toujours. Je n'ai voulu voir que cet être, devant moi, au bord de la haine et du désespoir ainsi que d'un double gouffre, et tout chancelant... Ô visage torturé ! Certes, un tel visage ne saurait mentir, une telle détresse. Pourtant d'autres détresses ne m'ont pas ému à ce point. D'où vient que celle-ci m'a paru comme un défi intolérable ? Le souvenir de ma misérable enfance est trop proche, je le sens. Moi aussi, j'ai connu jadis ce recul épouvanté devant le malheur et la honte du monde... Dieu ! la révélation de l'impureté ne serait qu'une épreuve banale si elle ne nous révélait à nous-mêmes. Cette voix hideuse, jamais entendue, et qui, du premier coup, éveille en nous un long murmure...

Qu'importe ! Il fallait agir avec d'autant plus de réflexion, de prudence. Et j'ai porté mes coups au hasard, risqué d'atteindre, à travers la bête ravisseuse, la proie innocente, désarmée... Un prêtre digne de ce nom ne voit pas seulement le cas concret. Comme d'habitude, je sens que je n'ai tenu nul compte des nécessités familiales, sociales, des compromis, légitimes sans doute, qu'elles engendrent. Un anarchiste, un rêveur, un poète, M. le doyen de Blangermont a bien raison.

Je viens de passer une grande heure à ma fenêtre, en dépit du froid. Le clair de lune fait dans la vallée une espèce d'ouate lumineuse, si légère que le mouvement de l'air l'effile en longues traînées qui montent obliquement dans le ciel, y semblent planer à une hauteur vertigineuse. Toutes proches pourtant… Si proches que j'en vois flotter des lambeaux, à la cime des peupliers. Ô chimères !

Nous ne connaissons réellement rien de ce monde, nous ne sommes pas au monde.

À ma gauche, je voyais une grande masse sombre cernée d'un halo, et qui, par contraste, a le luisant d'un rocher de basalte, une densité minérale. C'est le point le plus élevé du parc, un bois planté d'ormes, et vers le sommet de la colline, d'immenses sapins que les tempêtes d'ouest mutilent chaque automne. Le château est sur l'autre versant, il tourne le dos au village, à nous tous.

Non ! j'ai beau faire, je ne me rappelle plus rien de cette conversation, aucune phrase précise… On dirait que mon effort pour la résumer en quelques lignes, dans ce journal, a fini de l'effacer. Ma mémoire est vide. Un fait me frappe cependant. Alors que, d'ordinaire, il m'est impossible d'aligner dix mots de suite sans broncher, il me semble que j'ai parlé avec abondance. Et pourtant j'exprimais, pour la première fois peut-être, sans précautions, sans détours, sans scrupule aussi je le crains, ce sentiment très vif (mais ce n'est pas un sentiment, c'est presque une vision, cela n'a rien d'abstrait), l'image, enfin, que je me fais du mal, de sa puissance, car je m'efforce habituellement d'écarter une telle pensée, elle m'éprouve trop, elle me force à comprendre certaines morts inexpliquées, certains suicides… Oui, beaucoup d'âmes, beaucoup plus d'âmes qu'on n'ose l'imaginer, en apparence indifférentes à toute religion, ou même à toute morale, ont dû, un jour entre les jours – un instant suffit – soupçonner quelque chose de cette possession, vouloir y échapper coûte que coûte. La solidarité dans le mal, voilà ce qui épouvante ! Car les crimes, si atroces qu'ils puissent être, ne renseignent guère mieux sur la nature du mal que les plus hautes œuvres des saints sur la splendeur de Dieu. Lorsque au grand séminaire, nous commençons l'étude de ces livres qu'un journaliste franc-maçon du dernier siècle – Léo Taxil, je crois – avait mis à la disposition du public sous le titre, d'ailleurs mensonger, de *Livres secrets des confesseurs*, ce qui nous frappe d'abord c'est l'extrême pauvreté des moyens dont l'homme dispose pour, je ne dis pas offenser, mais outrager Dieu, plagier misérablement les démons… Car Satan est un maître trop dur : ce n'est pas lui qui ordonnerait, comme l'Autre, avec sa simplicité divine : Imitez-moi ! Il ne souffre pas que ses victimes lui

172

ressemblent, il ne leur permet qu'une caricature grossière, abjecte, impuissante, dont se doit régaler, sans jamais s'en assouvir, la féroce ironie de l'abîme.

Le monde du Mal échappe tellement, en somme, à la prise de notre esprit ! D'ailleurs, je ne réussis pas toujours à l'imaginer comme un monde, un univers. Il est, il ne sera toujours qu'une ébauche, l'ébauche d'une création hideuse, avortée, à l'extrême limite de l'être. Je pense à ces poches flasques et transludices de la mer. Qu'importe au monstre un criminel de plus ou de moins ! Il dévore sur-le-champ son crime, l'incorpore à son épouvantable substance, le digère sans sortir un moment de son effrayante, de son éternelle immobilité. Mais l'historien, le moraliste, le philosophe même, ne veulent voir que le criminel, ils refont le mal à l'image et à la ressemblance de l'homme. Ils ne se forment aucune idée du mal lui-même, cette énorme aspiration du vide, du néant. Car si notre espèce doit périr, elle périra de dégoût, d'ennui. La personne humaine aura été lentement rongée, comme une poutre par ces champignons invisibles qui, en quelques semaines, font d'une pièce de chêne une matière spongieuse que le doigt crève sans effort. Et le moraliste discutera des passions, l'homme d'État multipliera les gendarmes et les fonctionnaires, l'éducateur rédigera des programmes – on gaspillera des trésors pour travailler inutilement une pâte désormais sans levain.

(Et par exemple ces guerres généralisées qui semblent témoigner d'une activité prodigieuse de l'homme, alors qu'elles dénoncent au contraire son apathie grandissante… Ils finiront par mener vers la boucherie, à époques fixes, d'immenses troupeaux résignés.)

Ils disent qu'après des milliers de siècles, la terre est encore en pleine jeunesse, comme aux premiers stades de son évolution planétaire. Le mal, lui aussi, commence.

Mon Dieu, j'ai présumé de mes forces. Vous m'avez jeté au désespoir comme on jette à l'eau une petite bête à peine née, aveugle.

. . . .

Cette nuit semble ne devoir jamais finir. Au-dehors, l'air est si calme, si pur, que j'entends distinctement, chaque quart d'heure, la grosse horloge de l'église de Morienval, à trois kilomètres… Oh ! sans doute un homme calme sourirait de mon angoisse, mais est-on maître d'un pressentiment ?

Comment l'ai-je laissée partir ? Pourquoi ne l'ai-je pas rappelée ?…

. . . .

La lettre était là, sur ma table. Je l'avais retirée par mégarde, de ma poche, avec une liasse de papiers. Détail étrange, incompréhensible : *je n'y pensais plus.* Il me faut d'ailleurs un grand effort de volonté, d'attention pour retrouver au fond de moi quelque chose de l'impulsion irrésistible qui m'a fait prononcer ces mots que je crois entendre encore : «Donnez-moi votre lettre.» Les ai-je prononcés réellement ? Je me le demande. Il est possible que trompée par la crainte, le remords, Mademoiselle se soit crue hors d'état de me cacher son secret. Elle m'aura tendu la lettre spontanément. Mon imagination a fait le reste…

Je viens de jeter cette lettre au feu sans la lire. Je l'ai regardée brûler. De l'enveloppe crevée par la flamme, un coin de papier s'est échappé, bientôt noirci. L'écriture s'y est dessinée une seconde en blanc sur noir, et je crois avoir vu distinctement : « À Dieu… »

Mes douleurs d'estomac sont revenues horribles, intolérables. Je dois résister à l'envie de m'étendre sur les pavés, de m'y rouler en gémissant, comme une bête. Dieu seul peut savoir ce que j'endure. Mais le sait-il ? (N.B. *Cette dernière phrase écrite en marge, a été raturée.*)

♦♦♦ Sous le premier prétexte venu – le règlement du service que Mme la comtesse fait célébrer chaque semestre pour les morts de sa famille – je suis allé ce matin au château. Mon agitation était si grande qu'à l'entrée du parc, je me suis arrêté longtemps pour regarder le vieux jardinier Clovis fagotant du bois mort comme à l'ordinaire. Son calme me faisait du bien.

Le domestique a tardé quelques instants, et je me suis rappelé brusquement, avec terreur, que Mme la comtesse avait réglé sa note le mois dernier. Que dire ? Par la porte entrebâillée, je voyais la table dressée pour la collation matinale, et qu'on venait de quitter sans doute. J'ai voulu compter les tasses, les chiffres se brouillaient dans ma tête. À l'entrée du salon, Mme la comtesse me regardait – depuis un moment –

de ses yeux myopes. Il me semble qu'elle a haussé les épaules mais sans méchanceté. Cela pouvait signifier : « Pauvre garçon ! toujours le même, on ne le changera pas... » ou quelque chose d'approchant.

Nous sommes entrés dans une petite pièce qui fait suite à la salle de réception. Elle m'a désigné un siège, je ne le voyais pas, elle a fini par le pousser elle-même jusqu'à moi. Ma lâcheté m'a fait honte. « Je viens vous parler de mademoiselle votre fille », ai-je dit.

Il y a eu un moment de silence. Certes, entre toutes les créatures sur qui veille jour et nuit la douce providence de Dieu, j'étais certainement l'une des plus délaissées, des plus misérables. Mais tout amour-propre était comme mort en moi. Mme la comtesse a cessé de sourire. « Je vous écoute, a-t-elle dit, par-lez sans crainte, je crois en savoir beaucoup plus long que vous sur cette pauvre enfant. — Madame, ai-je repris, le bon Dieu connaît le secret des âmes, lui seul. Les plus clairvoyants s'y laissent prendre. — Et vous ? (elle feignait de tisonner le feu avec une attention passionnée) vous rangez-vous parmi les clairvoyants ? » Peut-être voulait-elle me blesser. Mais j'étais bien incapable à cette minute de ressentir aucune offense. Ce qui l'emporte toujours en moi, d'ordinaire, c'est le sentiment de notre impuissance à tous, pauvres êtres, de notre aveuglement invincible, et ce sentiment était alors plus fort que jamais, c'était comme un étau qui me serrait le cœur. « Madame, ai-je dit, si haut que la richesse ou la naissance nous ait placé, on est toujours le serviteur de quelqu'un. Moi, je suis le serviteur de tous. Et encore, serviteur est-il un mot trop noble pour un malheureux petit prêtre tel que moi, je devrais dire la chose de tous, ou moins même, s'il plaît à Dieu. — Peut-on être moins qu'une chose ? — Il y a des choses de rebut, des choses qu'on jette, faute de pouvoir s'en servir. Et si, par exemple, j'étais reconnu par mes supérieurs incapable de remplir la modeste charge qu'ils m'ont confiée, je serais une chose de rebut. — Avec une telle opinion de vous-même, je vous trouve bien imprudent de prétendre… — Je ne prétends à rien, ai-je répondu. Ce tisonnier n'est qu'un instrument dans vos mains. Si le bon Dieu lui avait donné juste assez de connaissance pour se mettre de lui-même à votre portée, lorsque vous en avez besoin, ce serait à peu près ce que je suis pour vous tous, ce que je voudrais être. » – Elle a souri, bien que son visage exprimât certainement autre chose que la gaieté, ou l'ironie. J'étais d'ailleurs bien surpris de mon calme. Peut-être faisait-il avec l'humilité de mes paroles un contraste qui l'intriguait, la gênait… ? Elle m'a regardé plusieurs fois à la dérobée, en soupirant. « Que voulez-vous dire de ma fille ? — Je l'ai vue hier, à l'église. — À l'église ? vous m'étonnez. Les filles révoltées contre leurs parents n'ont rien à faire à l'église.— L'église est à tout le monde, madame. » Elle m'a regardé de nouveau, cette fois en face. Les yeux semblaient sourire encore, tandis que tout le bas de sa figure marquait la surprise, la méfiance, un entêtement inexprimable. « Vous êtes dupe d'une petite personne intrigante. — Ne la poussez pas au désespoir, ai-je dit, Dieu le défend. »

Je me suis recueilli un moment. Les bûches sifflaient dans l'âtre. Par la fenêtre ouverte, à travers les
rideaux de linon, on voyait l'immense pelouse fermée
par la muraille noire des pins, sous un ciel taciturne.
C'était comme un étang d'eau croupissante. Les
paroles que je venais de prononcer me frappaient de
stupeur. Elles étaient si loin de ma pensée, un quart
d'heure plus tôt ! Et je sentais bien aussi qu'elles
étaient irréparables, que je devrais aller jusqu'au
bout. L'être que j'avais devant moi ne ressemblait
guère non plus à celui que j'avais imaginé.

« Monsieur le curé, a-t-elle repris, je ne doute
pas que vos intentions soient bonnes, excellentes
même. Puisque vous reconnaissez volontiers votre
inexpérience, je n'y insisterai pas. Il est, d'ailleurs,
certaines conjonctures auxquelles – expérimenté ou
non – un homme ne comprendra jamais rien. Les
femmes seules savent les regarder en face. Vous ne
croyez qu'aux apparences, vous autres. Et il est de
ces désordres… — Tous les désordres procèdent du
même père, et c'est le père du mensonge. — Il y a
désordre et désordre. — Sans doute, lui dis-je, mais
nous savons qu'il n'est qu'un ordre, celui de la charité. » Elle s'est mise à rire, d'un rire cruel, haineux.
« Je ne m'attendais certes pas… » a-t-elle commencé.
Je crois qu'elle a lu dans mon regard la surprise, la
pitié, elle s'est dominée aussitôt. « Que savez-vous ?
que vous a-t-elle raconté ? Les jeunes personnes sont
toujours malheureuses, incomprises. Et on trouve
toujours des naïfs pour les croire… » Je l'ai regardée
bien en face. Comment ai-je eu l'audace de parler

ainsi ? « Vous n'aimez pas votre fille, ai-je dit. —
Osez-vous !... — Madame, Dieu m'est témoin que je
suis venu ici ce matin dans le dessein de vous servir
tous. Et je suis trop sot pour avoir rien préparé par
avance. C'est vous-même qui venez de me dicter ces
paroles, et je regrette qu'elles vous aient offensée. —
Vous avez le pouvoir de lire dans mon cœur, peut-
être ? — Je crois que oui, madame », ai-je répondu.
J'ai craint qu'elle ne perdît patience, m'injuriât. Ses
yeux gris, si doux d'ordinaire, semblaient noircir.
Mais elle a finalement baissé la tête, et de la pointe
du tisonnier, elle traçait des cercles dans la cendre.

« Savez-vous, dit-elle enfin d'une voix douce, que
vos supérieurs jugeraient sévèrement votre conduite ?
— Mes supérieurs peuvent me désavouer, s'il leur
plaît, ils en ont le droit. — Je vous connais, vous êtes
un brave jeune prêtre, sans vanité, sans ambition,
vous n'avez certainement pas le goût de l'intrigue,
il faut qu'on vous ait fait la leçon. Cette manière de
parler... cette assurance... ma parole, je crois rêver !
Voyons, soyez franc. Vous me prenez pour une mauvaise mère, une marâtre ? — Je ne me permets pas de
vous juger. — Alors ? — Je ne me permets pas non
plus de juger Mademoiselle. Mais j'ai l'expérience de
la souffrance, je sais ce que c'est. — À votre âge ? —
L'âge n'y fait rien. Je sais aussi que la souffrance a
son langage, qu'on ne doit pas la prendre au mot, la
condamner sur ses paroles, qu'elle blasphème tout,
société, famille, patrie, Dieu même. — Vous approu-
vez cela peut-être ? — Je n'approuve pas, j'essaie de
comprendre. Un prêtre est comme un médecin, il ne

doit pas avoir peur des plaies, du pus, de la sanie.
Toutes les plaies de l'âme suppurent, madame. » Elle
a pâli brusquement et fait le geste de se lever. « Voilà
pourquoi je n'ai pas retenu les paroles de Mademoiselle, je n'en avais d'ailleurs pas le droit. Un prêtre n'a
d'attention que pour la souffrance, si elle est vraie.
Qu'importent les mots qui l'expriment ? Et seraient-
ils autant de mensonges… — Oui, le mensonge et la
vérité sur le même plan, jolie morale ! — Je ne suis
pas un professeur de morale », ai-je dit.

Elle perdait visiblement patience, et j'attendais
qu'elle me signifiât mon congé. Elle aurait sûrement
souhaité me renvoyer, mais chaque fois qu'elle jetait
les yeux sur mon triste visage (je le voyais dans la
glace, et le reflet vert des pelouses le faisait paraître
encore plus ridicule, plus livide), elle avait un
imperceptible mouvement du menton, elle semblait
retrouver la force et la volonté de me convaincre,
d'avoir le dernier mot. « Ma fille est tout simplement
jalouse de l'institutrice, elle a dû vous raconter des
horreurs ? — Je pense qu'elle est surtout jalouse de
l'amitié de son père. — Jalouse de son père ? Et que
serais-je, moi ? — Il faudrait la rassurer, l'apaiser. —
Oui, je devrais me jeter à ses pieds, lui demander
pardon ? — Du moins ne pas la laisser s'éloigner de
vous, de sa maison, avec le désespoir dans le cœur.
— Elle partira pourtant. — Vous pouvez l'y forcer.
Dieu sera juge. »

Je me suis levé. Elle s'est levée en même temps
que moi, et j'ai lu dans son regard une espèce d'ef-
froi. Elle semblait redouter que je la quittasse et en

même temps lutter contre l'envie de tout dire, de livrer son pauvre secret. Elle ne le retenait plus. Il est sorti d'elle enfin, comme il était sorti de l'autre, de sa fille. « Vous ne savez pas ce que j'ai souffert. Vous ne connaissez rien de la vie. À cinq ans, ma fille était ce qu'elle est aujourd'hui. Tout, et tout de suite, voilà sa devise. Oh ! vous vous faites de la vie de famille, vous autres prêtres, une idée naïve, absurde. Il suffit de vous entendre – (elle rit) – aux obsèques. Famille unie, père respecté, mère incomparable, spectacle consolant, cellule sociale, notre chère France, et patati, et patata… L'étrange n'est pas que vous disiez ces choses, mais que vous imaginiez qu'elles touchent, que vous les disiez avec plaisir. La famille, monsieur… »

Elle s'est arrêtée brusquement, si brusquement qu'elle a paru ravaler ses paroles, au sens littéral du mot. Quoi ! était-ce la même dame, si réservée, si douce qu'à ma première visite au château, j'avais vue blottie au fond de sa grande bergère, son visage pensif, sous la dentelle noire ?… Sa voix même était si changée que j'avais peine à la reconnaître, elle devenait criarde, traînait sur les dernières syllabes. Je crois qu'elle s'en rendait compte et qu'elle souffrait terriblement de ne pouvoir se dominer. Je ne savais que penser d'une pareille faiblesse chez une femme d'habitude si maîtresse d'elle-même. Car mon audace s'explique encore : j'avais probablement perdu la tête, je me suis jeté en avant, à la manière d'un timide qui pour être sûr de remplir son devoir jusqu'au bout, se ferme toute retraite, s'engage à fond. Mais elle ? Il lui était si facile, je crois, de me déconcerter ! Un certain sourire aurait probablement suffi.

Mon Dieu, est-ce à cause du désordre de ma pensée, de mon cœur ? L'angoisse dont je souffre est-elle contagieuse ? J'ai, depuis quelque temps, l'impression que ma seule présence fait sortir le péché de son repaire, l'amène comme à la surface de l'être, dans les yeux, la bouche, la voix… On dirait que l'ennemi dédaigne de rester caché devant un si chétif adversaire, vient me défier en face, se rit de moi.

Nous sommes restés debout côte à côte. Je me souviens que la pluie fouettait les vitres. Je me souviens aussi du vieux Clovis qui, sa besogne faite, s'essuyait les mains à son tablier bleu. On entendait, de l'autre côté du vestibule, un bruit de verres choqués, de vaisselle remuée. Tout était calme, facile, familier.

« Singulière victime ! a-t-elle repris. Une petite bête de proie, plutôt. Voilà ce qu'elle est. » Son regard m'observait en dessous. Je n'avais rien à répondre, je me suis tu. Ce silence a paru l'exaspérer.

« Je me demande pourquoi je vous confie ces secrets de ma vie. N'importe ! Je ne vais pourtant pas vous mentir ! C'est vrai que je désirais passionnément un fils. Je l'ai eu. Il n'a vécu que dix-huit mois. Sa sœur, déjà, le haïssait… Oui, si petite qu'elle fût, elle le haïssait. Quant à son père… »

Elle a dû reprendre son souffle avant de poursuivre. Ses yeux étaient fixes, ses mains, qu'elle tenait pendantes, faisaient le geste de se raccrocher, de se soutenir à quelque chose d'invisible. Elle avait l'air de glisser sur une pente.

«Le dernier jour, ils sont sortis tous les deux, quand ils sont revenus, le petit était mort. Ils ne se quittaient plus. Et comme elle était habile ! Ce mot vous semble étrange, naturellement ? Vous vous figurez qu'une fille attend sa majorité pour être une femme, hein ? Les prêtres sont souvent naïfs. Lorsque le chaton joue avec la pelote de laine, j'ignore s'il pense aux souris, mais il fait exactement ce qu'il faut. Un homme a besoin de tendresse, dit-on, soit. Mais d'une espèce de tendresse, d'une seule, – rien qu'une – de celle qui convient à sa nature, celle pour laquelle il est né. La sincérité, qu'importe ! Est-ce que nous autres, mères, nous ne donnons pas aux garçons le goût du mensonge, des mensonges qui, dès le berceau, apaisent, rassurent, endorment, des mensonges doux et tièdes comme un sein ? Bref, j'ai bien vite compris que cette petite fille était maîtresse chez moi, que je devrais me résigner au rôle sacrifié, n'être que spectatrice, ou servante. Moi qui vivais du souvenir de mon fils, le retrouvais partout – sa chaise, ses robes, un jouet brisé, ô misère ! Que dire ? Une femme comme moi ne s'abaisse pas à certaines rivalités déshonorantes. Et d'ailleurs, ma misère était sans remède. Les pires disgrâces familiales ont toujours quelque chose de risible. Bref, j'ai vécu. J'ai vécu entre ces deux êtres, si exactement faits l'un pour l'autre, bien que parfaitement dissemblables, et dont la sollicitude à mon égard – toujours complice – m'exaspérait. Oui, blâmez-moi si vous voulez, elle me déchirait le cœur, elle y versait mille poisons, j'aurais préféré leur haine. Enfin, j'ai tenu bon, j'ai subi

183

ma peine en silence. J'étais jeune alors, je plaisais. Lorsqu'on est sûre de plaire, qu'il ne tient qu'à vous d'aimer, d'être aimée, la vertu n'est pas difficile, du moins aux femmes de ma sorte. Le seul orgueil suffirait à nous tenir debout. Je n'ai manqué à aucun de mes devoirs. Parfois même je me trouvais heureuse. Mon mari n'est pas un homme supérieur, il s'en faut. Par quel miracle Chantal, dont le jugement est très sûr, souvent féroce, n'a-t-elle pas compris que... Elle n'a rien compris. Jusqu'au jour... Notez bien, monsieur, que j'ai supporté toute ma vie des infidélités sans nombre, si grossières, si puériles, qu'elles ne me faisaient aucun mal. D'ailleurs, d'elle et de moi, ce n'était pas moi, certes, la plus trompée !... »

Elle s'est tue de nouveau. Je crois que j'ai machinalement posé ma main sur son bras. J'étais à bout d'étonnement, de pitié. « J'ai compris, madame, lui dis-je. Je ne voudrais pas que vous regrettiez un jour d'avoir tenu au pauvre homme que je suis des propos que le prêtre seul devrait entendre. » Elle m'a jeté un regard égaré. « J'irai jusqu'au bout, a-t-elle dit d'une voix sifflante. Vous l'aurez voulu ainsi. — Je ne l'ai pas voulu ! — Il ne fallait pas venir. Et d'ailleurs vous savez bien forcer les confidences, vous êtes un rusé petit prêtre. Allons ! finissons-en ! Que vous a dit Chantal ? Tâchez de répondre franchement. » Elle frappait du pied comme sa fille. Elle se tenait debout, le bras replié sur la tablette de la cheminée, mais sa main s'était crispée autour d'un vieil éventail placé là parmi d'autres bibelots, et je voyais le manche d'écaille éclater peu à peu sous ses doigts. « Elle ne peut pas souffrir l'institutrice, elle n'a jamais souffert ici personne ! » Je me suis tu. « Répondez donc ! Elle vous aura raconté que son père... Oh ! ne niez pas, je lis la vérité dans vos yeux. Et vous l'avez crue ? Une misérable petite fille qui ose... » Elle n'a pu achever. Je crois que mon silence, ou mon regard, ou ce je ne sais quoi qui sortait de moi, – quelle tristesse – l'arrêtait avant qu'elle ait pu réussir à hausser le ton et chaque fois elle devait reprendre, bien que tremblant de dépit, sa voix ordinaire, à peine plus rauque. Je crois que cette impuissance, qui l'avait d'abord irritée, finissait par l'inquiéter. Comme elle desserrait les doigts, l'éventail brisé glissa hors de sa paume, et elle en repoussa vivement les morceaux sous la pendule, en rougissant. « Je me suis emportée », commença-t-elle, mais la feinte douceur de son accent sonnait trop faux. Elle avait l'air d'un ouvrier maladroit qui essayant ses outils l'un après l'autre, sans trouver celui qu'il cherche, les jette rageusement derrière lui. « Enfin, c'est à vous de parler. Pourquoi êtes-vous venu, que demandez-vous ? — Mlle Chantal m'a parlé de son départ très prochain. — Très prochain, en effet. La chose est d'ailleurs réglée depuis longtemps. Elle vous a menti. De quel droit vous opposeriez-vous à... reprit-elle en s'efforçant de rire. — Je n'ai aucun droit, je voulais seulement connaître vos intentions, et si la décision est irrévocable... — Elle l'est. Je ne pense pas qu'une jeune fille puisse raisonnablement considérer un séjour de quelques mois en Angleterre, dans une famille amie, comme une épreuve au-dessus de ses forces ? — C'est pourquoi j'aurais souhaité m'entendre avec vous pour obtenir de mademoiselle votre fille qu'elle se résigne, obéisse. — Obéir ? Vous la tueriez plutôt ! — Je crains, en effet, qu'elle ne se porte à quelque extrémité. — À quelque extrémité… comme vous parlez bien ! Vous voulez sans doute insinuer qu'elle se tuera ? Mais c'est la dernière chose dont elle soit capable ! Elle perd la tête pour une angine, elle a horriblement peur de la mort. Sur ce point-là seulement elle ressemble à son père. — Madame, ai-je dit, ce sont ces gens-là qui se tuent. — Allons donc ! — Le vide fascine ceux qui n'osent pas le regarder en face, ils s'y jettent par crainte d'y tomber. — Il faut qu'on vous ait appris cela, vous l'aurez lu. Cela dépasse bien votre expérience. Vous avez peur de la mort, vous ? — Oui, madame. Mais permettez-moi de vous parler franchement. Elle est un passage très difficile, elle n'est pas faite pour les têtes orgueilleuses. » La patience m'a échappé. « J'ai moins peur de ma mort que de la vôtre », lui dis-je. C'est vrai que je la voyais, ou croyais la voir, en ce moment, morte. Et sans doute l'image qui se formait dans mon regard a dû passer dans le sien, car elle a poussé un cri étouffé, une sorte de gémissement farouche. Elle est allée jusqu'à la fenêtre. « Mon mari est libre de garder ici qui lui plaît. D'ailleurs l'institutrice est sans ressources, nous ne pouvons la jeter à la rue pour satisfaire aux rancunes d'une effrontée ! » Une fois encore elle n'a pu poursuivre sur le même ton, sa voix a fléchi. « Il est possible que mon mari se soit montré à son égard trop… trop attentif, trop familier. Les hommes de son âge sont volontiers sentimentaux…

ou croient l'être. » Elle s'arrêta de nouveau. « Et si cela m'est égal, après tout ! Quoi ! J'aurais souffert, depuis tant d'années, des humiliations ridicules – il m'a trompée avec toutes les bonnes, des filles impossibles, de vrais souillons – et je devrais aujourd'hui, alors que je ne suis plus qu'une vieille femme, que je me résigne à l'être, ouvrir les yeux, lutter, courir des risques, et pourquoi ? Faut-il faire plus de cas de l'orgueil de ma fille que du mien ? Ce que j'ai enduré, ne peut-elle donc l'endurer à son tour ? » Elle avait prononcé cette phrase affreuse sans élever le ton. Debout dans l'embrasure de l'immense fenêtre, un bras pendant le long du corps, l'autre dressé par-dessus sa tête, la main chiffonnant le rideau de tulle, elle me jetait ces paroles comme elle eût craché un poison brûlant. À travers les vitres trempées de pluie, je voyais le parc, si noble, si calme, les courbes majestueuses des pelouses, les vieux arbres solennels... Certes, cette femme n'eût dû m'inspirer que pitié. Mais alors que d'ordinaire il m'est si facile d'accepter la faute d'autrui, d'en partager la honte, le contraste de la maison paisible et de ses affreux secrets me révoltait. Oui, la folie des hommes m'apparaissait moins que leur entêtement, leur malice, l'aide sournoise qu'ils apportent, sous le regard de Dieu, à toutes les puissances de la confusion et de la mort. Quoi ! l'ignorance, la maladie, la misère dévorent des milliers d'innocents, et lorsque la Providence, par miracle, ménage quelque asile où puisse fleurir la paix, les passions viennent s'y tapir en rampant, et sitôt dans la place, y hurlent jour et nuit comme des

bêtes… « Madame, lui dis-je, prenez garde ! — Garde
à qui ? à quoi ? À vous, peut-être ? Ne dramatisons
rien. Ce que vous venez d'entendre, je ne l'avais
encore avoué à personne. — Pas même à votre confesseur ? — Cela ne regarde pas mon confesseur. Ce sont
là des sentiments dont je ne suis pas maîtresse. Ils
n'ont d'ailleurs jamais inspiré ma conduite. Ce foyer,
monsieur l'abbé, est un foyer chrétien. — Chrétien ! »
m'écriai-je. Le mot m'avait frappé comme en pleine
poitrine, il me brûlait. « Certes, madame, vous y
accueillez le Christ, mais qu'en faites-vous ? Il était
aussi chez Caïphe. — Caïphe ? Êtes-vous fou ? Je ne
reproche pas à mon mari, ni à ma fille de ne pas me
comprendre. Certains malentendus sont irréparables.
On s'y résigne. — Oui, madame, on se résigne à ne
pas aimer. Le démon aura tout profané, jusqu'à la
résignation des saints. — Vous raisonnez comme un
homme du peuple. Chaque famille a ses secrets.
Quand nous mettrions les nôtres à la fenêtre, en
serions-nous plus avancés ? Trompée tant de fois, j'aurais pu être une épouse infidèle. Je n'ai rien dans mon
passé dont je puisse rougir. — Bénies soient les fautes
qui laissent en nous de la honte ! Plût à Dieu que vous
vous méprisiez vous-même ! — Drôle de morale. —
Ce n'est pas la morale du monde, en effet. Qu'importe à Dieu le prestige, la dignité, la science, si tout
cela n'est qu'un suaire de soie sur un cadavre pourri.
— Peut-être préféreriez-vous le scandale ? — Croyez-
vous les pauvres aveugles et sourds ? Hélas ! la misère
n'a que trop de clairvoyance ! Il n'est crédulité pire,
madame, que celle des ventres repus. Oh ! vous pou-

vez bien cacher aux misérables les vices de vos maisons, ils les reconnaissent de loin, à l'odeur. On nous rebat les oreilles de l'abomination des païens, du moins n'exigeaient-ils des esclaves qu'une soumission pareille à celle des bêtes domestiques, et ils souriaient, une fois l'an, aux revanches des Saturnales. Au lieu que vous autres, abusant de la Parole divine qui enseigne au pauvre l'obéissance du cœur, vous prétendez dérober par ruse ce que vous devriez recevoir à genoux, ainsi qu'un don céleste. Il n'est pire désordre en ce monde que l'hypocrisie des puissants. — Des puissants ! Je pourrais vous nommer dix fermiers plus riches que nous. Mais, mon pauvre abbé, nous sommes de très petites gens. — On vous croit des maîtres, des seigneurs. Il n'y a d'autre fondement de la puissance que l'illusion des misérables. — C'est de la phraséologie. Les misérables se soucient bien de nos affaires de famille ! — Oh ! madame, lui dis-je, il n'y a réellement qu'une famille, la grande famille humaine dont Notre-Seigneur est le chef. Et vous autres, riches, auriez pu être ses fils privilégiés. Rappelez-vous l'Ancien Testament : les biens de la terre y sont très souvent le gage de la faveur céleste. Quoi donc ! N'était-ce pas un privilège assez précieux que de naître exempt de ces servitudes temporelles qui font de la vie des besogneux une monotone recherche du nécessaire, une lutte épuisante contre la faim, la soif, ce ventre insatiable qui réclame chaque jour son dû ? Vos maisons devraient être des maisons de paix, de prière. N'avez-vous donc jamais été émue de la fidélité des pauvres à l'image naïve qu'ils se forment de vous ? Hélas, vous parlez toujours de leur envie, sans comprendre qu'ils désirent moins vos biens que ce je ne sais quoi, qu'ils ne sauraient d'ailleurs nommer, qui enchante parfois leur solitude, un rêve de magnificence, de grandeur, un pauvre rêve, un rêve de pauvre, mais que Dieu bénit ? »

Elle s'est avancée vers moi, comme pour me signifier mon congé. Je sentais que mes dernières paroles lui avaient donné le temps de se reprendre, je regrettai de les avoir prononcées. À les relire, elles m'inquiètent. Oh, je ne les désavoue pas, non ! Mais elles ne sont qu'humaines, rien de plus. Elles expriment une déception très cruelle, très profonde, de mon cœur d'enfant. Certes, d'autres que moi, des millions d'êtres de ma classe, de mon espèce, la connaîtront encore. Elle est dans l'héritage du pauvre, elle est l'un des éléments essentiels de la pauvreté, elle est sans doute la pauvreté même. Dieu veut que le misérable mendie la grandeur comme le reste, alors qu'elle rayonne de lui, à son insu.

J'ai pris mon chapeau que j'avais posé sur une chaise. Lorsqu'elle m'a vu au seuil, la main sur la poignée de la porte, elle a eu un mouvement de tout l'être, une sorte d'élan, qui m'a bouleversé. Je lisais dans ses yeux une inquiétude incompréhensible.

« Vous êtes un prêtre bizarre, dit-elle d'une voix qui tremblait d'impatience, d'énervement, un prêtre tel que je n'en ai jamais connu. Quittons-nous du moins bons amis. — Comment ne serais-je pas votre ami, madame, je suis votre prêtre, votre pasteur. — Des phrases ! Que savez-vous de moi, au juste ? — Ce que vous m'en avez dit. — Vous voulez me jeter dans le trouble, vous n'y réussirez pas. J'ai trop de bon sens. » — Je me suis tu. « Enfin, dit-elle en frappant du pied, nous serons jugés sur nos actes, je suppose ? Quelle faute ai-je commise ? Il est vrai que nous sommes, ma fille et moi, comme deux étrangères. Jusqu'ici nous n'en avions rien laissé paraître. La crise est venue. J'exécute les volontés de mon mari. S'il se trompe… Oh ! il croit que sa fille lui reviendra. » Quelque chose a bougé dans son visage, elle s'est mordu les lèvres, trop tard. « Et vous, le croyez-vous, madame ? » ai-je dit. Dieu ! Elle a jeté la tête en arrière et j'ai vu – oui, j'ai vu – le temps d'un éclair, l'aveu monter malgré elle des profondeurs de son âme sans pardon. Le regard surpris en plein mensonge disait : oui, alors que l'irrésistible mouvement de l'être intérieur jetait le « non » par la bouche entrouverte.

Je crois que ce « non » l'a surprise elle-même, mais elle n'a pas tenté de le reprendre. Les haines familiales sont les plus dangereuses de toutes pour la raison qu'elles se satisfont à mesure, par un perpétuel contact, elles ressemblent à ces abcès ouverts qui empoisonnent peu à peu, sans fièvre.

« Madame, lui dis-je, vous jetez un enfant hors de sa maison, et vous savez que c'est pour toujours. — Cela dépend d'elle. — Je m'y opposerai. — Vous ne la connaissez guère. Elle a trop de fierté pour rester ici par tolérance, elle ne le souffrirait pas. » La patience m'échappait. « Dieu vous brisera ! » m'écriai-je. Elle a poussé une sorte de gémissement, oh, non pas un gémissement de vaincu qui demande grâce, c'était plutôt le soupir, le profond soupir d'un être qui recueille ses forces avant de porter un défi. « Me briser ? Il m'a déjà brisée. Que peut-il désormais contre moi ? Il m'a pris mon fils. Je ne le crains plus. — Dieu l'a éloigné de vous pour un temps, et votre dureté… — Taisez-vous ! — La dureté de votre cœur peut vous séparer de lui pour toujours. — Vous blasphémez, Dieu ne se venge pas. — Il ne se venge pas, ce sont des mots humains, ils n'ont de sens que pour vous. — Mon fils me haïrait peut-être ? Le fils que j'ai porté, que j'ai nourri ! — Vous ne vous haïrez pas, vous ne vous connaîtrez plus. — Taisez-vous ! — Non, je ne me tairai pas, madame. Les prêtres se sont tus trop souvent, et je voudrais que ce fût seulement par pitié. Mais nous sommes lâches. Le principe une fois posé, nous laissons dire. Et qu'est-ce que vous avez fait de l'enfer, vous autres ? Une espèce de prison perpétuelle, analogue aux vôtres, et vous y enfermez sournoisement par avance le gibier humain que vos polices traquent depuis le commencement du monde – les ennemis de la société. Vous voulez bien y joindre les blasphémateurs et les sacrilèges. Quel esprit sensé, quel cœur fier accepterait sans dégoût une telle image de la justice de Dieu ? Lorsque cette image vous gêne, il vous est trop facile de l'écarter. On juge l'enfer d'après les maximes de ce monde et l'enfer n'est pas de ce monde. Il n'est pas de ce monde, et moins encore du monde chrétien. Un châtiment éternel, une éternelle expiation – le miracle est que nous puissions en avoir l'idée ici-bas, alors que la

192

faute à peine sortie de nous, il suffit d'un regard, d'un signe, d'un muet appel pour que le pardon fonce dessus, du haut des cieux, comme un aigle. Ah ! c'est que le plus misérable des hommes vivants, s'il croit ne plus aimer, garde encore la puissance d'aimer. Notre haine même rayonne et le moins torturé des démons s'épanouirait dans ce que nous appelons le désespoir, ainsi que dans un lumineux, un triomphal matin. L'enfer, madame, c'est de ne plus aimer. Ne plus aimer, cela sonne à vos oreilles ainsi qu'une expression familière. Ne plus aimer signifie pour un homme vivant aimer moins, ou aimer ailleurs. Et si cette faculté qui nous paraît inséparable de notre être, notre être même – comprendre est encore une façon d'aimer – pouvait disparaître, pourtant ? Ne plus aimer, ne plus comprendre, vivre quand même, ô prodige ! L'erreur commune à tous est d'attribuer à ces créatures abandonnées quelque chose encore de nous, de notre perpétuelle mobilité alors qu'elles sont hors du temps, hors du mouvement, fixées pour toujours. Hélas ! si Dieu nous menait par la main vers une de ces choses douloureuses, eût-elle été jadis l'ami le plus cher, quel langage lui parlerions-nous ? Certes, qu'un homme vivant, notre semblable, le dernier de tous, vil entre les vils, soit jeté tel quel dans ces limbes ardentes, je voudrais partager son sort, j'irais le disputer à son bourreau. Partager son sort !… Le malheur, l'inconcevable malheur de ces pierres embrasées qui furent des hommes, c'est qu'elles n'ont plus rien à partager. »

Je crois rapporter assez fidèlement mes propos, et il se peut qu'à la lecture, ils fassent quelque impres-

sion. Mais je suis sûr de les avoir prononcés si maladroitement, si gauchement qu'ils devaient paraître
ridicules. À peine ai-je pu articuler distinctement les
derniers. J'étais brisé. Qui m'eût vu, le dos appuyé
au mur, pétrissant mon chapeau entre les doigts,
auprès de cette femme impérieuse, m'eût pris pour
un coupable, essayant vainement de se justifier. (Sans
doute étais-je cela en effet.) Elle m'observait avec
une attention extraordinaire. « Il n'y a pas de faute,
dit-elle d'une voix rauque, qui puisse légitimer... »
Il me semblait l'entendre à travers un de ces épais
brouillards qui étouffent les sons. Et en même temps
la tristesse s'emparait de moi, une tristesse indéfinissable contre laquelle j'étais totalement impuissant.
Peut-être fut-ce la plus grande tentation de ma vie. À
ce moment, Dieu m'a aidé : j'ai senti tout à coup une
larme sur ma joue. Une seule larme, comme on en
voit sur le visage des moribonds, à l'extrême limite de
leurs misères. Elle regardait cette larme couler.

   « M'avez-vous entendue ? fit-elle. M'avez-vous com-
prise ? Je vous disais qu'aucune faute au monde... »
J'avouais que non, que je ne l'avais pas entendue.
Elle ne me quittait pas des yeux. « Reposez-vous un
moment, vous n'êtes pas en état de faire dix pas, je
suis plus forte que vous. Allons ! tout cela ne ressemble guère à ce qu'on nous enseigne. Ce sont des
rêveries, des poèmes. Je ne vous prends pas pour
un méchant homme. Je suis sûre qu'à la réflexion
vous rougirez de ce chantage abominable. Rien ne
peut nous séparer, en ce monde ou dans l'autre, de
ce que nous avons aimé plus que nous-mêmes, plus

que la vie, plus que le salut. — Madame, lui dis-je, même en ce monde, il suffit d'un rien, d'une pauvre petite hémorragie cérébrale, de moins encore, et nous ne connaissons plus des personnes jadis très chères. —La mort n'est pas la folie. — Elle nous est plus inconnue en effet. — L'amour est plus fort que la mort, cela est écrit dans vos livres. — Ce n'est pas nous qui avons inventé l'amour. Il a son ordre, il a sa loi. — Dieu en est maître. — Il n'est pas le maître de l'amour, il est l'amour même. Si vous voulez aimer, ne vous mettez pas hors de l'amour. » Elle a posé ses deux mains sur mon bras, sa figure touchait presque la mienne. « C'est insensé, vous me parlez comme à une criminelle. Les infidélités de mon mari, l'indifférence de ma fille, sa révolte, tout cela n'est rien, rien, rien ! — Madame, lui dis-je, je vous parle en prêtre, et selon les lumières qui me sont données. Vous auriez tort de me prendre pour un exalté. Si jeune que je sois, je n'ignore pas qu'il est bien des foyers comme le vôtre, ou plus malheureux encore. Mais tel mal qui épargne l'un, tue l'autre, et il me semble que Dieu m'a permis de connaître le danger qui vous menace, vous, vous seule. — Autant dire que je suis la cause de tout. — Oh ! Madame, personne ne sait par avance ce qui peut sortir, à la longue, d'une mauvaise pensée. Il en est des mauvaises comme des bonnes : pour mille que le vent emporte, que les ronces étouffent, que le soleil dessèche, une seule pousse des racines. La semence du mal et du bien vole partout. Le grand malheur est que la justice des hommes intervienne toujours trop tard : elle réprime ou flétrit des actes, sans pouvoir remonter plus haut ni plus loin que celui qui les a commis. Mais nos fautes cachées empoisonnent l'air que d'autres respirent, et tel crime, dont un misérable portait le germe à son insu, n'aurait jamais mûri son fruit, sans ce principe de corruption. — Ce sont des folies, de pures folies, des rêves malsains. » (Elle était livide.) « Si on pensait à ces choses on ne pourrait pas vivre. — Je le crois, madame. Je crois que si Dieu nous donnait une idée claire de la solidarité qui nous lie les uns aux autres, dans le bien et dans le mal, nous ne pourrions plus vivre, en effet. »

À lire ces lignes, on pensera sans doute que je ne parlais pas au hasard, que je suivais un plan. Il n'en était rien, je le jure. Je me défendais, voilà tout.

« Daignerez-vous me dire quelle est cette faute cachée, fit-elle après un long silence, le ver dans le fruit ?… — Il faut vous résigner à… à la volonté de Dieu, ouvrir votre cœur. » – Je n'osais pas lui parler plus clairement du petit mort, et le mot de résignation a paru la surprendre. « Me résigner ? à quoi ?… » Puis elle a compris tout à coup.

Il m'arrive de rencontrer des pécheurs endurcis. La plupart ne se défendent contre Dieu que par une espèce de sentiment aveugle, et il est même poignant de retrouver sur les traits d'un vieillard, plaidant pour son vice, l'expression à la fois niaise et farouche d'un enfant boudeur. Mais cette fois j'ai vu la révolte, la vraie révolte, éclater sur un visage humain. Cela ne s'exprimait ni par le regard, fixe et comme voilé, ni par la bouche, et la tête même, loin de se redresser fièrement, penchait sur l'épaule, semblait plutôt plier

196

sous un invisible fardeau… Ah ! les fanfaronnades du blasphème n'ont rien qui approche de cette simplicité tragique ! On aurait dit que le brusque emportement de la volonté, son embrasement, laissait le corps inerte, impassible, épuisé par une trop grande dépense de l'être.

« Me résigner ? a-t-elle dit d'une voix douce qui glaçait le cœur, qu'entendez-vous par là ? Ne le suis-je point ? Si je ne m'étais résignée, je serais morte. Résignée ! Je ne le suis que trop, résignée ! j'en ai honte (sa voix, sans s'élever de ton, avait une sonorité bizarre, et comme un éclat métallique). Oh, j'ai plus d'une fois, jadis, envié ces femmes débiles qui ne remontent pas de telles pentes. Mais nous sommes bâties à chaux et à sable, nous autres. Pour empêcher ce misérable corps d'oublier, j'aurais dû le tuer. Ne se tue pas qui veut. — Je ne parle pas de cette résignation-là, lui dis-je, vous le savez bien. — Quoi donc ? Je vais à la messe, je fais mes pâques, j'aurais pu abandonner toute pratique, j'y ai pensé. Cela m'a paru indigne de moi. — Madame, n'importe quel blasphème vaudrait mieux qu'un tel propos. Il a, dans votre bouche, toute la dureté de l'enfer. » Elle s'est tue, le regard fixé sur le mur. – « Comment osez-vous ainsi traiter Dieu ? Vous lui fermez votre cœur, et vous… — Je vivais en paix, du moins. J'y serais morte. — Cela n'est plus possible. » Elle s'est redressée comme une vipère. « Dieu m'était devenu indifférent. Lorsque vous m'aurez forcée à convenir que je le hais, en serez-vous plus avancé, imbécile ? — Vous ne le haïssez plus, lui dis-je. La haine est indifférence et mépris. Et maintenant, vous voilà enfin face à face, Lui et vous. » Elle regardait toujours le même point de l'espace, sans répondre.

À ce moment, je ne sais quelle terreur m'a pris. Tout ce que je venais de dire, tout ce qu'elle m'avait dit, ce dialogue interminable m'est apparu dénué de sens. Quel homme raisonnable en eût jugé autrement ? Sans doute m'étais-je laissé berner par une jeune fille enragée de jalousie et d'orgueil, j'avais cru lire le suicide dans ses yeux, la volonté du suicide, aussi clairement, aussi distinctement qu'un mot écrit sur le mur. Ce n'était qu'une de ces impulsions irréfléchies dont la violence même est suspecte. Et sans doute la femme qui se tenait devant moi, comme devant un juge, avait réellement vécu bien des années dans cette paix terrible des âmes refusées, qui est la forme la plus atroce, la plus incurable, la moins humaine, du désespoir. Mais une telle misère est justement de celles qu'un prêtre ne devrait aborder qu'en tremblant. J'avais voulu réchauffer d'un coup ce cœur glacé, porter la lumière au dernier recès d'une conscience que la pitié de Dieu voulait peut-être laisser encore dans de miséricordieuses ténèbres. Que dire ? Que faire ? J'étais comme un homme qui, ayant grimpé d'un trait une pente vertigineuse, ouvre les yeux, s'arrête ébloui, hors d'état de monter ou de descendre.

C'est alors – non ! cela ne peut s'exprimer – tandis que je luttais de toutes mes forces contre le doute, la peur, que l'esprit de prière rentra en moi. Qu'on m'entende bien : depuis le début de cet entretien extraordinaire, je n'avais cessé de prier, au sens que les chrétiens frivoles donnent à ce mot. Une malheureuse bête, sous la cloche pneumatique, peut faire tous les mouvements de la respiration, qu'importe ! Et voilà que soudain, l'air siffle de nouveau dans ses bronches, déplie un à un les délicats tissus pulmonaires déjà flétris, les artères tremblent au premier coup de bélier du sang rouge – l'être entier est comme un navire à la détonation des voiles qui se gonflent.

Elle s'est laissée tomber dans son fauteuil, la tête entre ses mains. Sa mantille déchirée traînait sur son épaule, elle l'arracha doucement, la jeta doucement à ses pieds. Je ne perdais aucun de ses mouvements, et cependant j'avais l'impression étrange que nous n'étions ni l'un ni l'autre dans ce triste petit salon, que la pièce était vide.

Je l'ai vue tirer de son corsage un médaillon, au bout d'une simple chaîne d'argent. Et toujours avec cette même douceur, plus effrayante qu'aucune violence, elle a fait sauter de l'ongle le couvercle dont le verre a roulé sur le tapis, sans qu'elle parût y prendre garde. Il lui restait une mèche blonde au bout des doigts, on aurait dit un copeau d'or.

« Vous me jurez… » a-t-elle commencé. Mais elle a vu tout de suite dans mon regard que j'avais compris, que je ne jurerais rien. « Ma fille, lui ai-je dit (le mot est venu de lui-même à mes lèvres), on ne marchande pas avec le bon Dieu, il faut se rendre à lui, sans condition. Donnez-lui tout, il vous rendra plus encore. Je ne suis ni un prophète, ni un devin, et de ce lieu où nous allons tous, Lui seul est revenu. » Elle n'a pas protesté, elle s'est penchée seulement un peu plus vers la terre, et à chaque parole, je voyais trembler ses épaules. « Ce que je puis vous affirmer néanmoins, c'est qu'il n'y a pas un royaume des vivants et un royaume des morts, il n'y a que le royaume de Dieu, vivants ou morts, et nous sommes dedans. » J'ai prononcé ces paroles, j'aurais pu en prononcer d'autres, cela avait à ce moment si peu d'importance ! Il me semblait qu'une main mystérieuse venait d'ouvrir une brèche dans on ne sait quelle muraille invisible, et la paix rentrait de toutes parts, prenait majestueusement son niveau, une paix inconnue de la terre, la douce paix des morts, ainsi qu'une eau profonde.

« Cela me paraît clair, fit-elle d'une voix prodigieusement altérée, mais calme. Savez-vous ce que je me demandais tout à l'heure, il y a un instant ? Je ne devrais pas vous l'avouer peut-être ? Hé bien, je me disais : S'il existait quelque part, en ce monde ou dans l'autre, un lieu où Dieu ne soit pas – dussé-je y souffrir mille morts, à chaque seconde, éternellement – j'y emporterais mon… (elle n'osa pas prononcer le nom du petit mort) et je dirais à Dieu : Satisfais-toi ! écrase-nous ! Cela vous paraît sans doute horrible ? — Non, madame. — Comment, non ? — Parce que moi aussi, madame… il m'arrive parfois… » Je n'ai pu achever. L'image du docteur Delbende était devant moi, – sur le mien son vieux regard usé, inflexible, un regard où je craignais de lire. Et j'entendais aussi, je croyais entendre, à cette minute même, le gémissement arraché à tant de poitrines d'hommes, les soupirs, les sanglots, les râles – notre misérable humanité sous le pressoir, cet effrayant murmure… «Allons donc! m'a-t-elle dit lentement. Est-ce qu'on peut?… Les enfants mêmes, les bons petits enfants au cœur fidèle… En avez-vous vu mourir seulement? — Non, madame. — Il a croisé sagement ses petites mains, il a pris un air grave et… et… j'avais essayé de le faire boire, un moment auparavant, et il y avait encore, sur sa bouche gercée, une goutte de lait…» Elle s'est mise à trembler comme une feuille. Il me semblait que j'étais seul, seul debout, entre Dieu et cette créature torturée. C'était comme de grands coups qui sonnaient dans ma poitrine. Notre-Seigneur a permis néanmoins que je fisse face. «Madame, lui dis-je, si notre Dieu était celui des païens ou des philosophes (pour moi, c'est la même chose) il pourrait bien se réfugier au plus haut des cieux, notre misère l'en précipiterait. Mais vous savez que le nôtre est venu au-devant. Vous pourriez lui montrer le poing, lui cracher au visage, le fouetter de verges et finalement le clouer sur une croix, qu'importe? *Cela est déjà fait, ma fille…*» Elle n'osait pas regarder le médaillon qu'elle tenait toujours dans sa main. J'étais si loin de m'attendre à ce qu'elle allait faire! Elle m'a dit: «Répétez cette phrase… cette phrase sur… l'enfer, c'est de ne plus aimer. — Oui, madame. — Répétez! — L'enfer, c'est de ne plus aimer. Tant que nous sommes en vie, nous pouvons nous faire illusion, croire que nous aimons par nos propres forces, que nous aimons hors de Dieu. Mais nous ressemblons à des fous qui tendent les bras vers le reflet de la lune

201

dans l'eau. Je vous demande pardon, j'exprime très mal ce que je pense. » Elle a eu un sourire singulier qui n'a pas réussi à détendre son visage contracté, un sourire funèbre. Elle avait refermé le poing sur le médaillon, et de l'autre main, elle serrait ce poing sur sa poitrine. « Que voulez-vous que je dise ? — Dites : que votre règne arrive. — Que votre règne arrive ! — Que votre volonté soit faite. » Elle s'est levée brusquement, la main toujours serrée contre sa poitrine. « Voyons, m'écriai-je, c'est une parole que vous avez répétée bien des fois, il faut maintenant la prononcer du fond du cœur. — Je n'ai jamais récité le *Pater* depuis… depuis que… D'ailleurs, vous le savez, vous savez les choses avant qu'on ne vous les dise », a-t-elle repris en haussant les épaules, et cette fois avec colère. Puis elle a fait un geste dont je n'ai compris le sens que plus tard. Son front était luisant de sueur. « Je ne peux pas, gémit-elle, il me semble que je le perds deux fois. — Le règne dont vous venez de souhaiter l'avènement est aussi le vôtre et le sien. — Alors, que ce règne arrive ! » Son regard s'est levé sur le mien, et nous sommes restés ainsi quelques secondes, puis elle m'a dit : « C'est à vous que je me rends. — À moi ! — Oui, à vous. J'ai offensé Dieu, j'ai dû le haïr. Oui, je crois maintenant que je serais morte avec cette haine dans le cœur. Mais je ne me rends qu'à vous. — Je suis un trop pauvre homme. C'est comme si vous déposiez une pièce d'or dans une main percée. — Il y a une heure, ma vie me paraissait bien en ordre, chaque chose à sa place, et vous n'y avez rien laissé debout, rien. — Donnez-la telle quelle à Dieu. — Je veux donner tout ou rien, nous sommes des filles ainsi faites. — Donnez tout. — Oh ! vous ne pouvez comprendre, vous me croyez déjà docile. Ce qui me reste d'orgueil suffirait bien à vous damner ! — Donnez votre orgueil avec le reste, donnez tout. » Le mot à peine prononcé, j'ai vu monter dans son regard je ne sais quelle lueur, mais il était trop tard pour que je puisse empêcher quoi que ce soit. Elle a lancé le médaillon au milieu des bûches en flammes. Je me suis jeté à genoux, j'ai enfoncé mon bras dans le feu, je ne sentais pas la brûlure. Un instant, j'ai cru saisir entre mes doigts la petite mèche blonde, mais elle m'a échappé, elle est tombée dans la braise rouge. Il s'est fait derrière moi un si terrible silence que je n'osai pas me retourner. Le drap de ma manche était brûlé jusqu'au coude.

« Comment avez-vous osé ! ai-je balbutié. Quelle folie ! » Elle avait reculé vers le mur, elle y appuyait son dos, ses mains. « Je vous demande pardon, a-t-elle dit d'une voix humble. — Prenez-vous Dieu pour un bourreau ? Il veut que nous ayons pitié de nous-mêmes. Et d'ailleurs, nos peines ne nous appartiennent pas, il les assume, elles sont dans son cœur. Nous n'avons pas le droit d'aller les y chercher pour les défier, les outrager. Comprenez-vous ? — Ce qui est fait est fait, je n'y peux rien. — Soyez donc en paix, ma fille », lui dis-je. Et je l'ai bénie.

Mes doigts saignaient un peu, la peau se soulevait par plaques. Elle a déchiré un mouchoir et m'a pansé. Nous n'échangions aucune parole. La paix que j'avais appelée sur elle, était descendue sur moi.

Et si simple, si familière qu'aucune présence n'aurait pu réussir à la troubler. Oui, nous étions rentrés si doucement dans la vie de chaque jour que le témoin le plus attentif n'eût rien surpris de ce secret, qui déjà ne nous appartenait plus.

Elle m'a demandé de l'entendre demain en confession. Je lui ai fait promettre de ne rapporter à personne ce qui s'était passé entre nous, m'engageant à observer moi-même un silence absolu. «Quoi qu'il arrive», ai-je dit. En prononçant ces derniers mots, j'ai senti mon cœur se serrer, la tristesse m'a envahi de nouveau. Que la volonté de Dieu soit faite.

J'ai quitté le château à 11 heures et il m'a fallu partir immédiatement pour Dombasle. Au retour je me suis arrêté à la corne du bois, d'où l'on découvre le plat pays, les longues pentes à peine sensibles qui dévalent lentement vers la mer. J'avais acheté au village un peu de pain et de beurre, que j'ai mangé de bon appétit. Comme après chaque décisive épreuve de ma vie, j'éprouvais une sorte de torpeur, un engourdissement de la pensée, qui n'est pas désagréable, me donne une curieuse illusion de légèreté, de bonheur. Quel bonheur ? Je ne saurais le dire. C'est une joie sans visage. Ce qui devait être, a été, n'est déjà plus, voilà tout. Je suis rentré chez moi très tard, et j'ai croisé sur la route le vieux Clovis qui m'a remis un petit paquet de la part de Mme la comtesse. Je ne me décidais pas à l'ouvrir, et pourtant *je savais* ce qu'il contenait. C'était le petit médaillon, maintenant vide, au bout de sa chaîne brisée.

Il y avait aussi une lettre. La voici. Elle est étrange.

Monsieur le curé, je ne vous crois pas capable d'imaginer l'état dans lequel vous m'avez laissée, ces questions de psychologie doivent vous laisser parfaitement indifférent. Que vous dire ? Le souvenir désespéré d'un petit enfant me tenait éloignée de tout, dans une solitude effrayante, et il me semble qu'un autre enfant m'a tirée de cette solitude. J'espère ne pas vous froisser en vous traitant ainsi d'enfant ? Vous l'êtes. Que le bon Dieu vous garde tel, à jamais !

Je me demande ce que vous avez fait, comment vous l'avez fait. Ou plutôt, je ne me le demande plus. Tout est bien. Je ne croyais pas la résignation possible. Et ce n'est pas la résignation qui est venue, en effet. Elle n'est pas dans ma nature, et mon pressentiment là-dessus ne me trompait pas. Je ne suis pas résignée, je suis heureuse. Je ne désire rien.

Ne m'attendez pas demain. J'irai me confesser à l'abbé X…, comme d'habitude. Je tâcherai de le faire avec le plus de sincérité, mais aussi avec le plus de discrétion possible, n'est-ce pas ? Tout cela est tellement simple ! Quand j'aurai dit : «J'ai péché volontairement contre l'espérance, à chaque heure du jour, depuis onze ans», j'aurai tout dit. L'espérance ! Je l'avais tenue morte entre mes bras, par l'affreux soir d'un mars venteux, désolé… j'avais senti son dernier souffle sur ma joue, à une place que je sais. Voilà qu'elle m'est rendue. Non pas prêtée cette fois, mais donnée. Une espérance bien à moi, rien qu'à moi, qui ne ressemble pas plus à ce que les philosophes nomment ainsi, que le mot amour ne ressemble à l'être aimé. Une espérance qui est comme la chair de ma chair. Cela est inexprimable. Il faudrait des mots de petit enfant.

Je voulais vous dire ces choses dès ce soir. Il le fallait. Et puis, nous n'en parlerons plus, n'est-ce pas ? plus jamais ! Ce mot est doux. Jamais. En l'écrivant, je le prononce tout bas, et il me semble qu'il exprime d'une manière merveilleuse, ineffable, la paix que j'ai reçue de vous.

J'ai glissé cette lettre dans mon *Imitation*, un vieux livre qui appartenait à maman, et qui sent encore la lavande, la lavande qu'elle mettait en sachet dans son linge, à l'ancienne mode. Elle ne l'a pas lue souvent, car les caractères sont petits et les pages d'un papier si fin que ses pauvres doigts, gercés par les lessives, n'arrivaient pas à les tourner.

Jamais… plus jamais… Pourquoi cela ?… C'est vrai que ce mot est doux.

J'ai envie de dormir. Pour achever mon bréviaire, il m'a fallu marcher de long en large, mes yeux se fermaient malgré moi. Suis-je heureux ou non, je ne sais.

6 heures et demie.
Mme la comtesse est morte cette nuit.
. . . .

– J'ai passé les premières heures de cette affreuse journée dans un état voisin de la révolte. La révolte c'est de ne pas comprendre, et je ne comprends pas. On peut bien supporter des épreuves qui semblent d'abord au-dessus de nos forces – qui de nous connaît sa force ? Mais je me sentais ridicule dans le malheur, incapable de rien faire d'utile, un embarras pour tous. Cette détresse honteuse était si grande, que je ne pouvais pas m'empêcher de grimacer. Je voyais dans les glaces, les vitres, un visage qui semblait défiguré moins par le chagrin que par la peur, avec ce rictus navrant qui demande pitié, ressemble à un hideux sourire. Dieu !

Tandis que je m'agitais en vain, chacun s'employait de son mieux, et on a fini par me laisser seul. M. le comte ne s'est guère occupé de moi, et Mlle Chantal affectait de ne pas me voir. La chose s'est passée vers 2 heures du matin. Mme la comtesse a glissé de son lit et dans sa chute, elle a brisé un réveille-matin posé sur la table. Mais on n'a découvert le cadavre que beaucoup plus tard, naturellement. Son bras gauche, déjà raidi, est resté un peu plié. Elle souffrait depuis plusieurs mois de malaises auxquels le médecin n'avait pas attaché d'importance. L'angine de poitrine, sans doute.

Je suis arrivé au château tout courant, ruisselant de sueur. J'espérais je ne sais quoi. Au seuil de la chambre j'ai fait, pour entrer, un grand effort, un effort absurde, mes dents claquaient. Suis-je donc si lâche ! Son visage était recouvert d'une mousseline et je reconnaissais à peine ses traits, mais je voyais très distinctement ses lèvres, qui touchaient l'étoffe. J'aurais tant désiré qu'elle sourît, de ce sourire impénétrable des morts, et qui s'accorde si bien avec leur merveilleux silence !... Elle ne souriait pas. La bouche, tirée vers la droite, avait un air d'indifférence, de dédain, presque de mépris. En levant la main pour la bénir, mon bras était de plomb.

Par un hasard étrange, deux sœurs quêteuses étaient venues la veille, au château, et M. le comte avait proposé, leur tournée faite, de les reconduire aujourd'hui en voiture, à la gare. Elles avaient donc couché ici. Je les ai trouvées là, toutes menues dans leurs robes trop larges, avec leurs gros petits souliers crottés. Je crains que mon attitude ne les ait surprises. Elles m'observaient tour à tour à la dérobée, je ne pouvais me recueillir. Je me sentais de glace, sauf ce creux dans ma poitrine, tout brûlant. J'ai cru tomber.

Enfin, Dieu aidant, il m'a été possible de prier. J'ai beau m'interroger maintenant, je ne regrette rien. Que regretterais-je ? Si, pourtant ! Je pense que j'aurais pu veiller cette nuit, garder intact quelques heures de plus le souvenir de cet entretien qui devait être le dernier. Le premier aussi, d'ailleurs. Le premier et le dernier. Suis-je heureux ou non, écrivais-je... Sot que j'étais ! Je sais à présent que je n'avais jamais connu, que je ne retrouverai plus jamais des heures aussi pleines, si douces, toutes remplies d'une présence, d'un regard, d'une vie humaine ; tandis qu'hier soir, accoudé à ma table, je tenais serré entre mes paumes le vieux livre auquel j'avais confié ma lettre, ainsi qu'à un ami sûr et discret. Et ce que j'allais perdre si vite, je l'ai volontairement enseveli dans le sommeil, un sommeil noir, sans rêves...

C'est fini maintenant. Déjà le souvenir de la vivante s'efface et la mémoire ne gardera, je le sais, que l'image de la morte, sur laquelle Dieu a posé sa main. Que voudrait-on qui me restât dans l'esprit de circonstances si fortuites, à travers lesquelles je me suis dirigé comme à tâtons, en aveugle ? Notre-Seigneur avait besoin d'un témoin, et j'ai été choisi, faute de mieux sans doute, ainsi qu'on appelle un passant. Il faudrait que je fusse bien fou pour m'imaginer avoir tenu un rôle, un vrai rôle. C'est déjà trop que Dieu m'ait fait la grâce d'assister à cette réconciliation d'une âme avec l'espérance, à ces noces solennelles.

J'ai dû quitter le château vers 2 heures, et la séance du catéchisme s'est prolongée beaucoup plus tard que je n'avais pensé, car nous sommes en plein examen trimestriel. J'aurais bien désiré passer la nuit auprès de Mme la comtesse, mais les religieuses sont toujours là, et M. le chanoine de la Motte-Beuvron, un oncle de M. le comte, a décidé de veiller avec elles. Je n'ai pas osé insister. M. le comte, d'ailleurs, continue à me montrer une froideur incompréhensible, c'est presque de l'hostilité. Que croire ?

M. le chanoine de la Motte-Beuvron, que j'énerve visiblement aussi, m'a pris un moment à part pour me demander si au cours de notre entretien d'hier, Mme la comtesse avait fait quelque allusion à sa santé. J'ai très bien compris qu'il m'invitait ainsi discrètement à parler. L'aurais-je dû ? Je ne le pense pas. Il faudrait tout dire. Et le secret de Mme la comtesse, qui ne m'a jamais appartenu tout entier, m'appartient moins que jamais, ou plus exactement, vient de m'être dérobé pour toujours. Puis-je prévoir quel parti en tireraient l'ignorance, la jalousie, la haine peut-être ? Maintenant que ces atroces rivalités n'ont plus de sens, vais-je risquer d'en réveiller le souvenir ? Et ce n'est pas seulement d'un souvenir qu'il s'agit, je crains qu'elles ne restent encore longtemps vivantes, elles sont de celles que la mort ne désarme pas toujours. Et puis, les aveux que j'ai reçus, si je les rapporte, ne paraîtront-ils pas justifier d'anciennes rancunes ? Mademoiselle est jeune, et je sais, par expérience, combien sont tenaces, ineffaçables peut-être, les impressions de jeunesse… Bref, j'ai répondu à M. le chanoine que Mme la comtesse avait manifesté le désir de voir se rétablir l'entente parmi les membres de sa famille. « Vraiment ? a-t-il dit sèchement. Étiez-vous son confesseur, monsieur le curé ? — Non. » Je dois avouer que son ton m'agaçait un peu. « Je crois qu'elle était prête à paraître devant Dieu », ai-je ajouté. Il m'a regardé d'un air étrange.

Je suis rentré dans la chambre une dernière fois. Les religieuses achevaient leur chapelet. On avait entassé le long du mur des gerbes de fleurs apportées par des amies, des parents qui n'ont cessé de défiler tout au long du jour et dont la rumeur presque joyeuse remplissait la maison. À chaque instant, le phare d'une automobile éclatait dans les vitres, j'entendais grincer le sable des allées, monter les appels des chauffeurs, le son des trompes. Rien de tout cela n'arrêtait le monotone ronronnement des bonnes sœurs, on aurait dit deux fileuses.

Mieux que celle du jour, la lumière des cires découvrait le visage à travers la mousseline.

Quelques heures avaient suffi pour l'apaiser, le détendre, et le cerne agrandi des paupières closes faisait comme une sorte de regard pensif. C'était encore un visage fier, certes, et même impérieux. Mais il semblait se détourner d'un adversaire longtemps bravé face à face, pour s'enfoncer peu à peu dans une méditation infinie, insondable. Comme il était déjà loin de nous, hors de notre pouvoir ! Et soudain j'ai vu ses pauvres mains, croisées, ses mains très fines, très longues, plus vraiment mortes que le visage, et j'ai reconnu un petit signe, une simple égratignure que j'avais aperçue la veille, tandis qu'elle serrait le médaillon contre sa poitrine. La mince feuille de collodion y tenait encore. Je ne sais pourquoi mon cœur alors s'est brisé. Le souvenir de la lutte qu'elle avait soutenue devant moi, sous mes yeux, ce grand combat pour la vie éternelle dont elle était sortie épuisée, invaincue, m'est revenu si fort à la mémoire que j'ai pensé défaillir. Comment n'ai-je pas deviné qu'un tel jour serait sans lendemain, que nous nous étions affrontés tous les deux à l'extrême limite de ce monde visible, au bord du gouffre de lumière ? Que n'y sommes-nous tombés ensemble ! « Soyez en paix », lui avais-je dit. Et elle avait reçu cette paix à genoux. Qu'elle la garde à jamais ! C'est moi qui la lui ai donnée. Ô merveille, qu'on puisse ainsi faire présent de ce qu'on ne possède pas soi-même, ô doux miracle de nos mains vides ! L'espérance qui se mourait dans mon cœur a refleuri dans le sien, l'esprit de prière que j'avais cru perdu sans retour, Dieu le lui a rendu et qui sait ? en mon nom, peut-être…

Qu'elle garde cela aussi, qu'elle garde tout ! Me voilà dépouillé, Seigneur, comme vous seul savez dépouiller, car rien n'échappe à votre sollicitude effrayante, à votre effrayant amour.

J'ai écarté le voile de mousseline, effleuré des doigts le front haut et pur, plein de silence. Et pauvre petit prêtre que je suis, devant cette femme si supérieure à moi hier encore par l'âge, la naissance, la fortune, l'esprit, j'ai compris – oui, j'ai compris ce que c'était que la paternité.

En sortant du château, j'ai dû traverser la galerie. La porte du salon était grande ouverte, et aussi celle de la salle à manger où des gens s'affairaient autour de la table et grignotaient des sandwiches en hâte, avant de rentrer chez eux. Telle est la coutume de ce pays. Il y en avait qui au passage d'un membre de la famille, surpris la bouche pleine, les joues gonflées, se donnaient beaucoup de mal pour prendre un air de tristesse et de compassion. Les vieilles dames surtout m'ont paru — j'ose à peine écrire le mot — affamées, hideuses. Mlle Chantal m'a tourné le dos, et j'ai entendu, sur mon passage, comme un murmure. Il me semble qu'on parlait de moi.

Je viens de m'accouder à la fenêtre. Le défilé des automobiles continue là-bas, ce sourd grondement de fête… On l'enterre samedi.

♦♦♦ Je suis allé ce matin, dès la première heure, au château. M. le comte m'a fait répondre qu'il était tout à son chagrin, qu'il ne pouvait me recevoir, et que M. le chanoine de la Motte-Beuvron serait au presbytère cet après-midi, vers 2 heures, afin de s'entendre avec moi au sujet des obsèques. Que se passe-t-il ?

Les deux bonnes sœurs m'ont trouvé si mauvaise mine, qu'elles ont réclamé au valet de chambre, à mon insu, un verre de porto que j'ai bu avec plaisir. Ce garçon, le neveu du vieux Clovis, ordinairement poli et même empressé, a répondu très froidement à mes avances. (Il est vrai que les domestiques de grande maison n'aiment guère la familiarité, d'ailleurs probablement maladroite, de gens tels que moi.) Mais il servait à table, hier soir, et je pense qu'il a dû surprendre certains propos. Lesquels ?

Je ne dispose que d'une demi-heure pour déjeuner, changer de douillette (il recommence à pleuvoir) et ranger un peu la maison qui est depuis quelques jours dans un désordre abominable. Je ne voudrais pas scandaliser M. le chanoine de la Motte-Beuvron, déjà si mal disposé à mon égard. Il semble donc que j'aurais mieux à faire que d'écrire ces lignes. Et cependant j'ai plus que jamais besoin de ce journal. Le peu de temps que j'y consacre est le seul où je me sente quelque volonté de voir clair en moi. La réflexion m'est devenue si pénible, ma mémoire est si mauvaise — je parle de la mémoire des faits récents, car l'autre ! — mon imagination si lente que je dois me tuer de travail pour m'arracher à on ne sait quelle rêverie vague, informe, dont la prière, hélas ! ne me délivre pas toujours. Dès que je m'arrête, je me sens sombrer dans un demi-sommeil qui trouble toutes les perspectives du souvenir, fait de chacune

213

de mes journées écoulées un paysage de brumes, sans repères, sans routes. À condition de le tenir scrupuleusement, matin et soir, mon journal jalonne ces solitudes, et il m'arrive de glisser les dernières feuilles dans ma poche pour les relire lorsque au cours de mes promenades monotones, si fatigantes, d'annexe en annexe, je crains de céder à mon espèce de vertige.

Tel quel, ce journal tient-il trop de place dans ma vie... je l'ignore. Dieu le sait.

◆◆◆ M. le chanoine de la Motte-Beuvron sort d'ici. C'est un prêtre bien différent de ce que j'imaginais. Pourquoi ne m'a-t-il pas parlé plus nettement, plus franchement ? Il l'eût souhaité, sans doute, mais ces hommes du monde, si corrects, redoutent visiblement de s'attendrir.

Nous avons d'abord réglé le détail des obsèques, que M. le comte veut correctes, sans plus, selon – assure-t-il – le désir maintes fois exprimé de son épouse. La chose faite, nous sommes restés silencieux l'un et l'autre assez longtemps, j'étais très gêné. M. le chanoine, le regard au plafond, ouvrait et fermait machinalement le boîtier de sa grosse montre d'or. « Je dois vous prévenir, dit-il enfin, que mon neveu Omer (M. le comte s'appelle Omer, je l'ignorais) désire vous rencontrer ce soir en particulier. » J'ai répondu que j'avais donné rendez-vous à 4 heures au sacristain pour déplier les tentures, et que je me rendrais aussitôt après au château. « Allons donc, mon enfant, vous le recevrez au presbytère. Vous n'êtes pas le chapelain du château, que diable ! Et je vous conseillerais même de vous tenir sur une grande réserve, ne vous laissez pas entraîner à discuter avec lui les actes de votre ministère. — Quels actes ? » Il a réfléchi avant de répondre. « Vous avez vu ma petite-nièce ici ? — Mlle Chantal est venue m'y trouver, monsieur le chanoine. — C'est une nature dangereuse, indomptable. Elle a su vous émouvoir, sans doute ? — Je l'ai traitée durement. Je crois plutôt l'avoir humiliée. — Elle vous hait. — Je ne le pense pas, monsieur le chanoine, elle s'imagine peut-être me haïr, ce n'est pas la même chose. — Vous croyez avoir quelque influence sur elle ? — Non certes, pour le moment. Mais elle n'oubliera pas, peut-être, qu'un pauvre homme tel que moi lui a tenu tête un jour, et qu'on ne trompe pas le bon Dieu. — Elle a donné de votre entrevue une version bien différente. — À son aise, Mademoiselle est trop orgueilleuse pour ne pas rougir tôt ou tard de son mensonge, et elle aura honte de celui-ci. Elle a bien besoin d'avoir honte. — Et vous ? — Oh ! moi, lui dis-je, regardez ma figure. Si le bon Dieu l'a faite pour quelque chose, c'est bien pour les soufflets, et je n'en ai encore jamais reçu. » À ce moment, son regard est tombé sur la porte de la cuisine laissée entrouverte, et il a vu ma table encore recouverte de la toile cirée, avec le reste de mon repas : du pain, des pommes (on m'en avait apporté une manne hier) et la bouteille de vin aux trois quarts vide. « Vous ne prenez pas grand soin de votre santé ? — J'ai l'estomac très capricieux, lui répondis-je, je digère très peu de chose, du pain, des fruits, du vin. — Dans l'état où je vous vois, je crains que le vin ne vous soit plus nuisible qu'utile. L'illusion de la santé n'est pas la santé. » J'ai tâché de lui expliquer que ce vin était un vieux bordeaux fourni par le garde-chasse. Il a souri.

« Monsieur le curé, a-t-il repris sur un ton d'égal à égal, presque de déférence, il est probable que nous n'avons pas deux idées communes en ce qui touche le gouvernement des paroisses, mais vous êtes le maître dans celle-ci, vous en avez le droit, il suffit de vous entendre. J'ai trop souvent obéi dans ma vie pour ne pas me faire quelque idée de la véritable autorité, n'importe où je la trouve. N'usez de la vôtre qu'avec prudence. Elle doit être grande sur certaines âmes. Je suis un vieux prêtre, je sais combien la formation du séminaire nivelle les caractères, et souvent, hélas ! jusqu'à les confondre dans une commune médiocrité. Elle n'a rien pu contre vous. Et la raison de votre force est justement d'ignorer, ou de n'oser vous rendre compte, à quel point vous différez des autres. — Vous vous moquez de moi », lui dis-je. Un étrange malaise m'avait saisi, je me sentais trembler de frayeur devant ce regard indéfinissable dont l'impassibilité me glaçait. « Il ne s'agit pas de connaître son pouvoir, monsieur le curé, mais la manière dont on s'en sert, car c'est cela justement qui fait l'homme. Qu'importe un pouvoir dont on n'use jamais, ou dont on n'use qu'à demi ? Dans les grandes conjonctures comme dans les petites, vous engagez le vôtre à fond, et sans doute à votre insu. Cela explique bien des choses. »

Il avait pris sur mon bureau, tout en parlant, une

feuille de papier, tiré à lui le porte-plume, l'encrier. Puis il poussa le tout devant moi. « Je n'ai pas besoin de savoir ce qui s'est passé entre vous et… et la défunte, dit-il. Mais je voudrais couper court à des propos imbéciles, et sans doute dangereux. Mon neveu remue ciel et terre, Monseigneur est si simple qu'il le prend pour un personnage. Résumez en quelques lignes votre conversation d'avant-hier. Il n'est pas question d'être inexact, encore moins – il appuya sur ces mots – de rien découvrir de ce qui a été confié non seulement à votre honneur sacerdotal, cela va sans dire, mais à votre simple discrétion. D'ailleurs ce papier ne quittera ma poche que pour être mis sous les yeux de Son Excellence. Mais je me méfie des ragots. » – Comme je ne répondais pas, il m'a fixé encore une fois, très longuement, de ses yeux volontairement éteints, de ses yeux morts. Pas un muscle de son visage ne bougeait. « Vous vous défiez de moi », a-t-il repris d'une voix tranquille, assurée, sans réplique. J'ai répondu que je ne comprenais pas qu'une telle conversation pût faire l'objet d'un rapport, qu'elle n'avait pas eu de témoins, et que par conséquent Mme la comtesse aurait été seule capable d'en autoriser la divulgation. Il a haussé les épaules. « Vous ne connaissez pas l'esprit des bureaux. Présenté par moi, on acceptera votre témoignage avec reconnaissance, on le classera, et personne n'y pensera plus. Sinon, vous vous perdrez dans des explications verbales, d'ailleurs inutiles, car vous ne saurez jamais parler leur langage. Quand vous leur affirmeriez que deux et deux font quatre, ils vous prendront encore pour un exalté, pour un fou. » Je me taisais. Il m'a posé la main sur l'épaule. « Allons, laissons cela. Je vous reverrai demain, si vous le permettez. Je ne vous cache pas que j'étais venu dans l'intention de vous préparer à la visite de mon neveu, mais à quoi bon ? Vous n'êtes pas de ces gens qui peuvent parler pour ne rien dire, et c'est malheureusement ce qu'il faudrait. — Enfin, m'écriai-je, qu'ai-je fait de mal, que me reproche-t-on ? — D'être ce que vous êtes, il n'y a pas de remède à cela. Que voulez-vous, mon enfant, ces gens ne haïssent pas votre simplicité, ils s'en défendent, elle est comme une espèce de feu qui les brûle. Vous vous promenez dans le monde avec votre pauvre humble sourire qui demande grâce, et une torche au poing, que vous semblez prendre pour une houlette. Neuf fois sur dix, ils vous l'arracheront des mains, mettront le pied dessus. Mais il suffit d'un moment d'inattention, vous comprenez ? D'ailleurs, à parler franc, je n'avais pas une opinion bien favorable de ma défunte nièce, ces filles de Tréville-Sommerange ont toujours été une drôle d'espèce, et je crois que le diable lui-même ne tirerait pas aisément un soupir de leurs lèvres, et une larme de leurs yeux. Voyez mon neveu, parlez-lui comme vous l'entendrez. Souvenez-vous seulement qu'il est un sot. Et n'ayez aucun égard pour le nom, le titre et autres fariboles dont je crains que votre générosité ne fasse trop de cas. Il n'y a plus de nobles, mon cher ami, mettez-vous cela dans la tête. J'en ai connu deux ou trois, au temps de ma jeunesse. C'étaient des personnages ridicules, mais extraordinairement caractérisés.

Ils me faisaient penser à ces chênes de vingt centi-
mètres que les Japonais cultivent dans de petits pots.
Les petits pots sont nos usages, nos mœurs. Il n'est
pas de famille qui puisse résister à la lente usure de
l'avarice lorsque la loi est égale pour tous, et l'opinion
juge et maîtresse. Les nobles d'aujourd'hui sont des
bourgeois honteux. »

Je l'ai accompagné jusqu'à la porte, et même j'ai
fait quelques pas avec lui sur la route. J'imagine
qu'il attendait de moi un mouvement de franchise,
de confiance, mais j'ai préféré me taire. Je me sentais trop incapable de surmonter à ce moment une
impression pénible, que je n'aurais d'ailleurs su
déguiser à son regard étrange, qui se posait sur moi
par instants, avec une curiosité tranquille. Comment
lui dire que je ne me faisais pas la moindre idée des
griefs de M. le comte, et que nous venions de jouer,
sans qu'il s'en doutât, aux propos interrompus ?

Il est si tard que je juge inutile d'aller jusqu'à
l'église, le sacristain a dû faire le nécessaire.

La visite de M. le comte ne m'a rien appris. J'avais
débarrassé la table, remis tout en ordre, mais laissé –
naturellement – la porte du placard ouverte. Comme
celui du chanoine, son regard est tombé du premier coup sur la bouteille de vin. C'est une espèce
de gageure. Quand je pense à mon menu de chaque
jour, dont bien des pauvres ne se contenteraient pas,
je trouve un peu irritante cette surprise de chacun à
constater que je ne bois pas que de l'eau. Je me suis
levé sans hâte, et j'ai été fermer la porte.

♦♦♦ M. le comte s'est montré très froid, mais poli. Je crois qu'il ignorait la démarche de son oncle, et il m'a fallu régler de nouveau la question des obsèques. Il connaît les tarifs mieux que moi, discute le prix des cires, et a désigné lui-même d'un trait de plume, sur le plan de l'église, la place exacte où il désire que soit dressé le catafalque. Son visage est pourtant marqué par le chagrin, la fatigue, sa voix même a changé, elle est moins désagréablement nasale que d'habitude, et dans son complet noir très modeste, avec ses fortes chaussures, il ressemble à un riche paysan quelconque. Ce vieil homme endimanché, pensais-je, est-ce donc là le compagnon de l'une, le père de l'autre... Hélas ! nous disons : la Famille, les familles, comme nous disons aussi la Patrie. On devrait beaucoup prier pour les familles, les familles me font peur. Que Dieu les reçoive à merci !

Je suis sûr pourtant que le chanoine de la Motte-Beuvron ne m'a pas trompé. En dépit de ses efforts, M. le comte s'est montré de plus en plus nerveux. Vers la fin, j'ai cru même qu'il allait parler, mais il s'est passé à ce moment une chose horrible. En fouillant dans mon bureau pour y trouver une formule imprimée dont nous avions besoin, j'avais éparpillé des papiers un peu partout. Tandis que je les reclassais en hâte, je croyais entendre derrière mon dos son souffle plus précipité, plus court, j'attendais d'une seconde à l'autre qu'il rompît le silence, je prolongeais exprès ma besogne, l'impression est devenue si forte que je me suis retourné brusquement, et il s'en est fallu de peu que je le heurtasse. Il était debout tout près de moi, très rouge et il me tendait un papier plié en quatre qui avait glissé sous la table. C'était la lettre de Mme la comtesse, j'ai failli pousser un cri, et tandis que je la lui prenais des mains, il a dû s'apercevoir que je tremblais car nos doigts se sont croisés. Je crois même qu'il a eu peur. Après quelques phrases insignifiantes, nous nous sommes quittés sur un salut cérémonieux. J'irai au château demain matin.

J'ai veillé toute la nuit, le jour commence à poindre. Ma fenêtre est restée ouverte et je grelotte. À peine puis-je tenir ma plume entre les doigts mais il me semble que je respire mieux, je suis plus calme. Certes, je ne pourrais pas dormir, et pourtant ce froid qui me pénètre me tient lieu de sommeil. Il y a une heure ou deux tandis que je priais, assis sur mes talons, la joue posée contre le bois de ma table, je me suis senti tout à coup si creux, si vide, que j'ai cru mourir. Cela était doux.

Heureusement, il restait un peu de vin au fond de la bouteille. Je l'ai bu très chaud et très sucré. Il faut avouer qu'un homme de mon âge ne peut guère espérer entretenir ses forces avec quelques verres de vin, des légumes, et parfois un morceau de lard. Je commets certainement une faute grave en retardant de jour en jour ma visite au médecin de Lille.

Je ne crois pourtant pas que je sois lâche. J'ai seulement beaucoup de mal à lutter contre cette espèce de torpeur qui n'est pas l'indifférence, qui n'est pas non plus la résignation, et où je recherche presque malgré moi un remède à mes maux. S'abandonner à la volonté de Dieu est si facile lorsque l'expérience vous prouve chaque jour que vous ne pouvez rien de bon ! Mais on finirait par recevoir amoureusement comme des grâces, les humiliations et les revers qui ne sont simplement que les fatales conséquences de notre bêtise. L'immense service que me rend ce journal est de me forcer à dégager la part qui me revient de tant d'amertumes. Et cette fois encore, il a suffi que je posasse la plume sur le papier pour réveiller en moi le sentiment de ma profonde, de mon inexplicable impuissance à bien faire, de ma maladresse surnaturelle.

(Il y a un quart d'heure, qui eût pu me croire capable d'écrire ces lignes, si sages en somme ? Je les écris pourtant.)

♦♦♦ Je me suis rendu hier matin au château comme je l'avais promis. C'est Mlle Chantal qui est venue m'ouvrir. Cela m'a mis en garde. J'espérais qu'elle me recevrait dans la salle, mais elle m'a presque poussé dans le petit salon, dont les persiennes étaient closes. L'éventail brisé se trouvait encore sur la cheminée, derrière la pendule. Je crois que Mademoiselle a surpris mon regard. Son visage était plus dur que jamais. Elle a fait le geste de s'asseoir dans le fauteuil où deux jours plus tôt... À ce moment, j'ai cru saisir dans ses yeux comme un éclair, je lui ai dit : «Mademoiselle, je ne dispose que d'un peu de temps, je vous parlerai debout.» Elle a rougi, sa bouche tremblait de colère. «Pourquoi ? — Parce que ma place n'est pas ici, ni la vôtre.» Elle a eu une parole horrible, tellement au-dessus de son âge que je ne puis croire qu'elle ne lui ait pas été soufflée par un démon. Elle m'a dit : « Je ne crains pas les morts. » Je lui ai tourné le dos. Elle s'est jetée entre moi et la porte, elle me barrait le seuil de ses deux bras étendus. « Ferais-je mieux de jouer la comédie ? Si je pouvais prier, je prierais. J'ai même essayé. On ne prie pas avec cela ici… » Elle montrait sa poitrine. « Quoi ? — Appelez ça comme vous voudrez, je crois que c'est de la joie. Je devine ce que vous pensez, que je suis un monstre ? — Il n'y a pas de monstre. — Si l'autre monde ressemble à ce qu'on raconte, ma mère doit comprendre. Elle ne m'a jamais aimée. Depuis la mort de mon frère, elle me détestait. N'ai-je pas raison de vous parler franchement ? — Mon opinion ne vous importe guère… — Vous savez que si, mais vous ne daignez pas l'avouer. Au fond, votre orgueil vaut le mien. — Vous parlez comme un enfant, lui dis-je. Vous blasphémez aussi comme un enfant. » Et je m'avançais d'un pas vers la porte, mais elle tenait la poignée entre ses mains. « L'institutrice fait ses malles. Elle part jeudi. Vous voyez que ce que je veux, je l'obtiens. — Qu'importe, lui dis-je, cela ne vous avancera guère. Si vous restez telle que vous êtes, vous trouverez toujours à haïr. Et si vous étiez capable de m'entendre, j'ajouterais même… — Quoi ? — Eh bien, c'est vous que vous haïssez, vous seule ! » Elle a réfléchi un moment. « Bah ! fit-elle, je me haïrai si je n'obtiens pas ce que je désire. Il faut que je sois heureuse, sinon !… D'ailleurs c'est leur faute. Pourquoi m'ont-ils tenue enfermée dans cette sale bicoque ? Il y a des filles, je suppose, qui même ici trouveraient le moyen d'être insupportables. Cela soulage. Moi, j'ai horreur des scènes, je les trouve ignobles, je suis capable de souffrir n'importe quoi sans broncher. Quand tout votre sang bout dans les veines, ne pas élever la voix, rester tranquillement penchée sur son ouvrage les yeux mi-clos, en mordant sa langue, quel plaisir ! Ma mère était ainsi, vous savez. Nous pouvions rester des heures, travailler côte à côte, chacune dans son rêve, dans sa colère, et papa, bien entendu, ne s'apercevait de rien. À ces moments-là, on croit sentir je ne sais quoi, une force extraordinaire qui s'accumule au fond de vous, et la vie tout entière ne sera pas assez longue pour la dépenser... Naturellement, vous me traitez de menteuse, d'hypocrite ? — Le nom que je vous donne, Dieu le connaît, lui dis-je. — C'est ce qui m'enrage. On ne sait pas ce que vous pensez. Mais vous me connaîtrez telle que je suis, je le veux ! Est-il vrai que des gens lisent dans les âmes, est-ce que vous croyez à ces histoires ? Comment cela peut-il se faire ? — N'avez-vous pas honte de ces bavardages ? Pensez-vous que je n'ai pas deviné depuis longtemps que vous m'avez fait quelque tort, j'ignore lequel, et que vous brûlez de m'en jeter l'aveu à la face ? — Oui, j'entends bien. Vous allez me parler de pardon, jouer au martyr ? — Détrompez-vous, lui dis-je, je suis le serviteur d'un maître puissant, et comme prêtre je ne puis absoudre qu'en son nom. La charité n'est pas ce que le monde imagine, et si vous voulez bien réfléchir à ce que vous avez appris jadis vous conviendrez avec moi qu'il est un temps pour la miséricorde, un temps pour la justice et que le seul irréparable malheur est de se trouver un jour sans repentir devant la Face qui pardonne. — Eh bien, dit-elle, vous ne saurez rien ! » Elle s'est écartée de la porte, me laissant le passage libre. Au moment de franchir le seuil, je l'ai vue une dernière fois debout contre le mur, les bras pendants, la tête penchée sur la poitrine.

M. le comte n'est rentré qu'un quart d'heure plus tard. Il revenait des champs, tout crotté, la pipe à la bouche, l'air heureux. Je crois qu'il sentait l'alcool. Il a paru étonné de me trouver là. « Ma fille vous a donné les papiers, c'est le détail de la cérémonie funèbre célébrée pour ma belle-mère par votre prédécesseur. Je désire qu'on fasse de même pour les obsèques, à quelques détails près. — Les tarifs ont malheureusement changé depuis. — Voyez ma fille. — Mais Mademoiselle ne m'a rien transmis. — Comment ! vous ne l'avez pas vue ? — Je viens de la voir. — Par exemple ! Prévenez Mademoiselle », a-t-il dit à la femme de chambre. Mademoiselle n'avait pas quitté le petit salon, je pense même qu'elle se trouvait derrière la porte, elle est apparue sur-le-champ. Le visage de M. le comte a changé si vite que je n'en croyais pas mes yeux. Il semblait horriblement gêné. Elle le regardait d'un air triste, avec un sourire, comme on regarde un enfant irresponsable. Elle m'a fait même un signe de la tête. Comment croire à un pareil sang-froid chez un être si jeune ! « Nous avons parlé d'autre chose, M. le curé et moi, dit-elle d'une voix douce. Je trouve que vous devriez lui donner carte blanche, ces chinoiseries sont absurdes.

Il faudrait que vous signiez aussi le chèque pour Mlle Ferrand. Souvenez-vous qu'elle part ce soir. — Comment, ce soir ! Elle n'assistera pas aux obsèques ? Cela va paraître extraordinaire à tout le monde. — Tout le monde ! Je me demande au contraire qui s'apercevra de son absence. Et puis, que voulez-vous ? elle préfère partir. » Ma présence embarrassait visiblement M. le comte, il avait rougi jusqu'aux oreilles, mais la voix de Mademoiselle était toujours si parfaitement posée, si calme, qu'il était impossible de ne pas lui répondre sur le même ton. « Six mois de gages, reprit-il, je trouve ça exagéré, ridicule… — C'est pourtant la somme que vous aviez fixée, maman et vous, lorsque vous parliez de la congédier. D'ailleurs ces trois mille francs – pauvre Mademoiselle ! – suffiront à peine au voyage, la croisière coûte deux mille cinq. — Quoi, une croisière ? Je croyais qu'elle allait se reposer à Lille, chez sa tante Premaugis ? — Pas du tout. Voilà dix ans qu'elle rêve d'un voyage circulaire en Méditerranée. Je trouve qu'elle a rudement raison de prendre un peu de bon temps. La vie n'était pas si gaie ici, après tout. » M. le comte a pris le parti de se fâcher. « Bon, bon, tâchez de garder pour vous ces sortes de réflexion. Et qu'est-ce que vous attendez encore ? — Le chèque. Votre carnet est dans le secrétaire du salon. — Fichez-moi la paix ! — À votre aise, papa. Je voulais seulement vous épargner de discuter ces questions avec Mademoiselle, qui est bouleversée. » Il a regardé sa fille en face pour la première fois, mais elle a soutenu ce regard avec un air de surprise et d'innocence. Et bien que je ne pusse douter à ce moment qu'elle jouât une affreuse comédie, il y avait dans son attitude je ne sais quoi de noble, une sorte de dignité encore enfantine, d'amertume précoce qui serrait le cœur. Certes, elle jugeait son père, ce jugement était sans appel, et probablement sans pardon, mais non sans tristesse. Et ce n'était pas le mépris, c'était cette tristesse qui mettait le vieil homme à sa merci, car il n'était rien en lui, hélas ! qui pût s'accorder avec une telle tristesse, il ne la comprenait point. «Je vais le signer, ton chèque, fit-il. Reviens dans dix minutes.» Elle le remercia d'un sourire.

«C'est une enfant très délicate, très sensible, on doit la ménager beaucoup, me dit-il d'un ton rogue. L'institutrice ne la ménageait pas assez. Aussi longtemps que sa mère a vécu, la pauvre femme a pu éviter les heurts et maintenant...»

Il m'a précédé dans la salle à manger, mais sans m'offrir un siège. «Monsieur le curé, a-t-il repris, autant vous parler franc. Je respecte le clergé, les miens ont toujours entretenu d'excellents rapports avec vos prédécesseurs, mais c'étaient des rapports de déférence, d'estime, ou plus exceptionnellement d'amitié. Je ne veux pas qu'un prêtre se mêle de mes affaires de famille. — Il nous arrive d'y être mêlés malgré nous, lui dis-je. — Vous êtes la cause involontaire... du moins inconsciente... de... d'un grand malheur. J'entends que la conversation que vous venez d'avoir avec ma fille soit la dernière. Tout le monde, et vos supérieurs eux-mêmes, conviendraient qu'un prêtre aussi jeune que vous ne saurait prétendre diriger la conscience d'une jeune fille de cet âge. Chantal n'est déjà que trop impressionnable. La religion a du bon, certes, et du meilleur. Mais la principale mission de l'Église est de protéger la famille, la société, elle réprouve tous les excès, elle est une puissance d'ordre, de mesure. — Comment, lui dis-je, ai-je été la cause d'un malheur ? — Mon oncle La Motte-Beuvron vous éclairera là-dessus. Qu'il vous suffise de savoir que je n'approuve pas vos imprudences, et que votre caractère, – il attendit un moment, – votre caractère autant que vos habitudes me paraissent un danger pour la paroisse. Je vous présente mes respects. »

Il m'a tourné le dos. Je n'ai pas osé monter jusqu'à la chambre. Il me semble que nous ne devons approcher des morts qu'avec une grande sérénité. Je me sentais trop bouleversé par les paroles que je venais d'entendre et auxquelles je ne pouvais trouver aucun sens. Mon caractère, soit. Mais les habitudes ? Quelles habitudes ?

Je suis rentré au presbytère par le chemin qu'on appelle, j'ignore pourquoi, chemin de Paradis – un sentier boueux, entre deux haies. Il m'a fallu presque aussitôt courir jusqu'à l'église où le sacristain m'attendait depuis longtemps. Mon matériel est dans un état déplorable, et je dois reconnaître qu'un sérieux inventaire, fait à temps, m'eût épargné bien des soucis.

Le sacristain est un vieil homme assez grognon et qui sous des façons revêches et même grossières cache une sensibilité capricieuse, fantasque. On rencontre beaucoup plus souvent qu'on ne croit, chez des paysans, cette sorte d'humeur presque féminine qui semble le privilège des riches oisifs. Dieu sait même combien peuvent être fragiles, à leur insu, des êtres murés depuis des générations, parfois depuis des siècles, dans un silence dont ils ne sauraient mesurer la profondeur, car ils ne disposent d'aucun moyen pour le rompre, et d'ailleurs n'y songent pas, associant naïvement au monotone labeur quotidien, le lent déroulement de leurs rêves… jusqu'au jour où parfois… Ô solitude des pauvres !

Après avoir battu les tentures, nous nous sommes reposés un instant sur le banc de pierre de la sacristie. Je le voyais dans l'ombre, ses deux mains énormes croisées sagement autour de ses maigres genoux, le corps penché en avant, la courte mèche de cheveux gris plaqués contre le front tout luisant de sueur. « Que pense-t-on de moi dans la paroisse ? » ai-je demandé brusquement. N'ayant jamais échangé avec lui que des propos insignifiants, ma question pouvait paraître absurde et je n'attendais guère qu'il y répondît. La vérité est qu'il m'a fait attendre longtemps. « Ils racontent que vous ne vous nourrissez point, a-t-il fini par articuler d'une voix caverneuse, et que vous tournez la tête des gamines, au catéchisme, avec des histoires de l'autre monde. — Et vous ? qu'est-ce que vous pensez de moi, vous, Arsène ? » – Il a réfléchi plus longtemps encore que la première fois, au point que j'avais repris mon travail, je lui tournais le dos. « À mon idée, vous n'êtes pas d'âge… » J'ai essayé de rire, je n'en avais pas envie. « Que voulez-vous, Arsène, l'âge viendra ! » Mais il poursuivait sans m'entendre sa méditation patiente, obstinée. « Un curé est comme un notaire. Il est là en cas de besoin. Faudrait pas tracasser personne. — Mais voyons, Arsène, le notaire travaille pour lui, moi je travaille pour le bon Dieu. Les gens se convertissent rarement tout seuls. » Il avait ramassé sa canne, et appuyait le menton sur la poignée. On aurait pu croire qu'il dormait. « Convertir... a-t-il repris enfin, convertir... J'ai septante et trois ans, j'ai jamais vu ça de mes yeux. Chacun naît tel ou tel, meurt de même. Nous autres dans la famille, nous sommes d'Église. Mon grand-père était sonneur à Lyon, défunte ma mère servante chez M. le curé de Wilman, et il n'y a pas d'exemple qu'un des nôtres soit mort sans sacrements. C'est le sang qui le veut comme ça, rien à faire. — Vous les retrouverez tous là-haut », lui dis-je. Cette fois il a réfléchi longtemps, longtemps. Je l'observais de biais tout en vaquant à ma besogne et j'avais perdu l'espoir de l'entendre de nouveau, lorsqu'il a proféré son dernier oracle d'une voix usée, inoubliable, d'une voix qui semblait venir du fond des âges. « Quand on est mort, tout est mort », a-t-il dit.

J'ai feint de ne pas comprendre. Je ne me sentais pas capable de répondre, et d'ailleurs à quoi bon ? Il ne croyait certes pas offenser Dieu par ce blasphème qui n'était que l'aveu de son impuissance à imaginer cette vie éternelle dont son expérience des choses ne lui fournissait aucune preuve valable, mais que l'humble sagesse de sa race lui révélait pourtant certaine et à laquelle il croyait, sans rien pouvoir exprimer de sa croyance, héritier légitime, bien que murmurant, d'innombrables ancêtres baptisés… N'importe, j'étais glacé, le cœur m'a manqué tout à coup, j'ai prétexté une migraine, et je suis parti seul, dans le vent, sous la pluie.

. . . .

À présent que ces lignes sont écrites, je regarde avec stupeur ma fenêtre ouverte sur la nuit, le désordre de ma table, les mille petits signes visibles à mes yeux seuls où s'inscrit comme en un mystérieux langage la grande angoisse de ces dernières heures. Suis-je plus lucide ? Ou la force du pressentiment qui me permettait de réunir en un seul faisceau des événements par eux-mêmes sans importance s'est-elle émoussée par la fatigue, l'insomnie, le dégoût ? Je l'ignore. Tout cela me semble absurde. Pourquoi n'ai-je pas exigé de M. le comte une explication que le chanoine de la Motte-Beuvron jugeait lui-même nécessaire ? D'abord parce que je soupçonne quelque affreux artifice de Mlle Chantal et que je redoute de le connaître. Et puis, aussi longtemps que la morte sera sous son toit, jusqu'à demain, qu'on se taise ! Plus tard peut-être… Mais il n'y aura pas de plus tard. Ma situation est devenue si difficile dans la paroisse que l'intervention de M. le comte auprès de Son Excellence aura certainement plein succès.

N'importe ! J'ai beau relire ces pages auxquelles mon jugement ne trouve rien à reprendre, elles me paraissent vaines. C'est qu'aucun raisonnement au monde ne saurait provoquer la véritable tristesse – celle de l'âme – ou la vaincre, lorsqu'elle est entrée en nous, Dieu sait par quelle brèche de l'être... Que dire ? Elle n'est pas entrée, elle était en nous. Je crois de plus en plus que ce que nous appelons tristesse, angoisse, désespoir, comme pour nous persuader qu'il s'agit de certains mouvements de l'âme, est cette âme même, que depuis la chute, la condition de l'homme est telle qu'il ne saurait plus rien percevoir en lui et hors de lui que sous la forme de l'angoisse. Le plus indifférent au surnaturel garde jusque dans le plaisir la conscience obscure de l'effrayant miracle qu'est l'épanouissement d'une seule joie chez un être capable de concevoir son propre anéantissement et forcé de justifier à grand-peine par ses raisonnements toujours précaires, la furieuse révolte de sa chair contre cette hypothèse absurde, hideuse. N'était la vigilante pitié de Dieu, il me semble qu'à la première conscience qu'il aurait de lui-même, l'homme retomberait en poussière.

Je viens de fermer ma fenêtre, j'ai allumé un peu de feu. En raison de l'extrême éloignement d'une de mes annexes, je suis dispensé du jeûne sacramentel le jour où je dois y célébrer la Sainte Messe. Jusqu'ici je n'ai pas usé de cette tolérance. Je vais me faire chauffer un bol de vin sucré.

En relisant la lettre de Mme la comtesse, je croyais la voir elle-même, l'entendre... «Je ne désire rien.» Sa longue épreuve était achevée, accomplie. La mienne commence. Peut-être est-ce la même ? Peut-être Dieu a-t-il voulu mettre sur mes épaules le fardeau dont il venait de délivrer sa créature épuisée. Dans le moment que je l'ai bénie, d'où me venait

cette joie mêlée de crainte, cette menaçante douceur ?
La femme que je venais d'absoudre et que la mort
allait accueillir quelques heures plus tard au seuil de
la chambre familière faite pour la sécurité, le repos
(je me rappelle que le lendemain sa montre se trouvait encore pendue au mur, à la place où elle l'avait
mise en se couchant), appartenait déjà au monde invisible, j'ai contemplé sans le savoir, sur son front, le
reflet de la paix des Morts.

Il faut payer cela, sûrement.

*(N.B. — Plusieurs pages ici ont été arrachées, en
hâte semble-t-il. Ce qui reste d'écriture dans les marges
est illisible, chaque mot haché de traits de plume mar-
qués si violemment qu'ils ont troué le papier en maints
endroits.*

*Une feuille blanche a été laissée intacte. Elle porte
seulement ces lignes :*

« Résolu que je suis à ne pas détruire ce journal,
mais ayant cru devoir faire disparaître ces pages
écrites dans un véritable délire, je veux néanmoins
porter contre moi ce témoignage que ma dure
épreuve – la plus grande déception de ma pauvre vie,
car je ne saurais rien imaginer de pis – m'a trouvé un
moment sans résignation, sans courage, et que la tentation m'est venue de...

*La phrase reste inachevée. Il manque quelques lignes
au début de la page suivante.)*

....

... qu'il faut savoir rompre à tout prix. — Comment,

ai-je dit, à tout prix ? Je ne vous comprends pas. Je ne comprends rien à toutes ces finesses. Je suis un malheureux petit prêtre qui ne demande qu'à passer inaperçu. Si je fais des sottises, elles sont à ma mesure, elles me rendent ridicule, elles devraient faire rire. Est-ce qu'on ne pourrait pas aussi me laisser le temps de voir clair ? Mais quoi ! on manque de prêtres. À qui la faute ? Les sujets d'élite, comme ils disent, s'en vont chez les moines, et c'est à de pauvres paysans comme moi que revient la charge de trois paroisses ! D'ailleurs, je ne suis même pas un paysan, vous le savez bien. Les vrais paysans méprisent des gens comme nous, des valets, des servantes, qui changent de pays au hasard des maîtres, quand ils ne sont pas contrebandiers, braconniers, des pas grand-chose, des hors-la-loi. Oh ! je ne me prends pas pour un imbécile. Mieux vaudrait que je fusse un sot. Ni héros, ni saint, et même… — Tais-toi, m'a dit le curé de Torcy, ne fais pas l'enfant. »

Le vent soufflait dur, et j'ai vu tout à coup son cher vieux visage bleu par le froid. « Entre là, je suis gelé. » C'était la petite cabane où Clovis met à l'abri ses fagots. « Je ne peux pas t'accompagner chez toi maintenant, de quoi aurions-nous l'air ? Et puis le garagiste, M. Bigre, doit me reconduire en voiture jusqu'à Torcy. Au fond, vois-tu, j'aurais dû rester quelques jours de plus à Lille, ce temps-là ne me vaut rien. — Vous êtes venu pour moi ! » lui dis-je. Il a d'abord haussé les épaules avec colère. « Et l'enterrement ? D'ailleurs ça ne te regarde pas, mon garçon, je fais ce qui me plaît, viens me voir demain. — Ni demain, ni après-demain, ni probablement cette semaine, à moins que... — Assez d'à moins que. Viens ou ne viens pas. Tu calcules trop. Tu es en train de te perdre dans les adverbes. Il faut construire sa vie, bien clairement, comme une phrase à la française. Chacun sert le bon Dieu à sa manière, dans sa langue, quoi ! Et même ta tenue, ton air, cette pèlerine, par exemple... — Cette pèlerine, mais c'est un cadeau de ma tante ! — Tu ressembles à un romantique allemand. Et puis cette mine ! » Il avait une expression que je ne lui avais jamais vue, presque haineuse. Je crois qu'il s'était d'abord forcé pour me parler sévèrement, mais les mots les plus durs venaient seuls maintenant à sa bouche et peut-être s'irritait-il de ne pouvoir les retenir. « Je ne fais pas ma mine ! lui dis-je. — Si ! d'abord tu te nourris d'une manière absurde. Il faudra même que je te parle à ce sujet, très sérieusement. Je me demande si tu te rends compte que... » Il s'est tu. « Non, plus tard, a-t-il repris d'une voix radoucie, nous n'allons pas parler de ça dans cette cahute. Bref, tu te nourris en dépit du bon sens, et tu t'étonnes de souffrir... À ta place, moi aussi, j'aurais des crampes d'estomac ! Et pour ce qui regarde la vie intérieure, mon ami, je crains que ce ne soit la même chose. Tu ne pries pas assez. Tu souffres trop pour ce que tu pries, voilà mon idée. Il faut se nourrir à proportion de ses fatigues, et la prière doit être à la mesure de nos peines. — C'est que... je ne... Je ne peux pas ! » m'écriai-je. Et j'ai tout de suite regretté l'aveu, car son regard est devenu dur. « Si tu ne peux pas prier, rabâche ! Écoute, j'ai eu mes traverses, moi

235

aussi ! Le diable m'inspirait une telle horreur de la prière que je suais à grosses gouttes pour dire mon chapelet, hein ? tâche de comprendre ! — Oh ! je comprends ! » répondis-je, et avec un tel élan qu'il m'a examiné longuement, des pieds à la tête, mais sans malveillance, au contraire… « Écoute, dit-il, je ne crois pas m'être trompé sur ton compte. Tâche de répondre à la question que je vais te poser. Oh ! je te donne ma petite épreuve pour ce qu'elle vaut, ce n'est qu'une idée à moi, un moyen de m'y reconnaître, et il m'a mis dedans plus d'un coup, naturellement. Bref, j'ai beaucoup réfléchi à la vocation. Nous sommes tous appelés, soit, seulement pas de la même manière. Et pour simplifier les choses, je commence par essayer de replacer chacun de nous à sa vraie place, dans l'Évangile. Oh ! bien sûr, ça nous rajeunit de deux mille ans, et après ! Le temps n'est rien pour le bon Dieu, son regard passe au travers. Je me dis que bien avant notre naissance – pour parler le langage humain – Notre-Seigneur nous a rencontrés quelque part, à Bethléem, à Nazareth, sur les routes de Galilée, que sais-je ? Un jour entre les jours ses yeux se sont fixés sur nous, et selon le lieu, l'heure, la conjoncture, notre vocation a pris son caractère particulier. Oh ! je ne te donne pas ça pour de la théologie ! Enfin je pense, j'imagine, je rêve, quoi ! que si notre âme qui n'a pas oublié, qui se souvient toujours, pouvait traîner notre pauvre corps de siècle en siècle, lui faire remonter cette énorme pente de deux mille ans, elle le conduirait tout droit à cette même place où… Quoi ? qu'est-ce que tu as ? qu'est-ce qui te prend ? »

236

Je ne m'étais pas aperçu que je pleurais, je n'y songeais pas. «Pourquoi pleures-tu ?» La vérité est que depuis toujours c'est au jardin des Oliviers que je me retrouve, et à ce moment – oui, c'est étrange, à ce moment précis où posant la main sur l'épaule de Pierre, il fait cette demande – bien inutile en somme, presque naïve – mais si courtoise, si tendre : Dormez-vous ? C'était un mouvement de l'âme très familier, très naturel, je ne m'en étais pas avisé jusqu'alors, et tout à coup… «Qu'est-ce qui te prend ? répétait M. le curé de Torcy avec impatience. Mais tu ne m'écoutes même pas, tu rêves. Mon ami, qui veut prier ne doit pas rêver. Ta prière s'écoule en rêve. Rien de plus grave pour l'âme que cette hémorragie-là !» J'ai ouvert la bouche, j'allais répondre, je n'ai pas pu. Tant pis ! N'est-ce pas assez que Notre-Seigneur m'ait fait cette grâce de me révéler aujourd'hui, par la bouche de mon vieux maître, que rien ne m'arracherait à la place choisie pour moi de toute éternité, que j'étais prisonnier de la Sainte Agonie ? Qui oserait se prévaloir d'une telle grâce ? J'ai essuyé mes yeux, et je me suis mouché si gauchement que M. le curé a souri. «Je ne te croyais pas si enfant, tu es à bout de nerfs, mon petit.» (Mais en même temps il m'observait de nouveau, avec une telle vivacité d'attention que j'avais toutes les peines du monde à me taire, je voyais bouger son regard, et il était comme au bord de mon secret. Oh ! c'est un vrai maître des âmes, un seigneur !) Enfin, il a haussé les épaules, de l'air d'un homme qui renonce. «Assez comme ça, nous ne pouvons pas rester jusqu'à ce soir dans cette cahute. Après tout, il est possible que le bon Dieu te tienne dans la tristesse. Mais j'ai toujours remarqué que ces épreuves-là, si grand que soit l'ennui où elles nous jettent, ne faussent jamais notre jugement dès que le bien des âmes l'exige. On m'avait déjà répété sur ton compte des choses ennuyeuses, embêtantes, n'importe ! Je connais la malice des gens. Mais c'est vrai que tu n'as fait que des bêtises avec la pauvre comtesse, c'est du théâtre ! — Je ne comprends pas. — As-tu lu *L'Otage* de M. Paul Claudel ? » J'ai répondu que je ne savais même pas de qui ni de quoi il parlait. « Allons ! tant mieux. Il s'agit là-dedans d'une sainte fille qui, sur les conseils d'un curé dans ton genre, renie sa parole, épouse un vieux renégat, se livre au désespoir, le tout sous le prétexte d'empêcher le pape d'aller en prison, comme si depuis saint Pierre la place d'un pape n'était pas plutôt à la Mamertine que dans un palais décoré de haut en bas par ces mauvais sujets de la Renaissance qui pour peindre la Sainte Vierge faisaient poser leurs gitons ! Remarque que ce M. Claudel est un génie, je ne dis pas non, mais ces gens de lettres sont tous pareils : dès qu'ils veulent toucher à la sainteté, ils se barbouillent de sublime, ils se mettent du sublime partout ! La sainteté n'est pas sublime, et si j'avais confessé l'héroïne, je lui aurais d'abord imposé de changer contre un vrai nom de chrétienne son nom d'oiseau – elle s'appelle Sygne – et puis de tenir sa parole, car enfin on n'en a qu'une, et notre Saint-Père le pape lui-même n'y peut rien. — Mais en quoi moi-même… lui dis-je. — Cette histoire de médaillon ? — De médaillon ? » Je ne pouvais comprendre. « Allons, nigaud, on vous a entendus, on vous a vus, il n'y a pas de miracle là-dedans, rassure-toi. — Qui nous a vus ? — Sa fille. Mais La Motte-Beuvron t'a déjà renseigné, ne fais pas la bête. — Non. — Comment, non ? Par exemple ! Hé bien, je suis pris, je pense que je dois maintenant aller jusqu'au bout, hein ? » Je n'ai pas bronché, j'avais eu le temps de reprendre un peu de calme. Au cas où Mlle Chantal eût altéré la vérité, elle l'avait fait avec adresse, j'allais me débattre dans un inexplicable réseau de demi-mensonges dont je ne m'arracherais pas sans risquer de trahir la morte à mon tour. M. le curé semblait étonné de mon silence, déconcerté. « Je me demande ce que tu entends par résignation… Forcer une mère à jeter au feu le seul souvenir qu'elle garde d'un enfant mort, cela ressemble à une histoire juive, c'est de l'Ancien Testament. Et de quel droit as-tu parlé d'une éternelle séparation ? On ne fait pas chanter les âmes, mon petit. — Vous présentez les choses ainsi, lui dis-je, je pourrais les présenter autrement. À quoi bon ! L'essentiel est vrai. — Voilà tout ce que tu trouves à répondre ? — Oui. » J'ai cru qu'il allait m'accabler. Il est devenu au contraire très pâle, presque livide, j'ai compris alors combien il m'aimait. « Ne restons pas ici plus longtemps, balbutia-t-il, et surtout refuse de recevoir la fille, c'est une diablesse. — Je ne lui fermerai pas ma porte, je ne fermerai ma porte à personne, aussi longtemps que je serai curé de cette paroisse. — Elle prétend que sa mère t'a résisté jusqu'au bout, que tu l'as laissée dans une agitation, un désordre d'esprit incroyable. Est-ce vrai ?

— Non ! — Tu l'as laissée... — Je l'ai laissée avec Dieu, en paix. — Ah ! (Il a poussé un profond soupir.) Songe qu'elle a pu garder en mourant le souvenir de tes exigences, de ta dureté ?... — Elle est morte en paix. — Qu'en sais-tu ? » Je n'ai même pas été tenté de parler de la lettre. Si l'expression ne devait paraître ridicule, je dirais que de la tête aux pieds, je n'étais plus que silence. Silence et nuit. « Bref, elle est morte. Qu'est-ce que tu veux qu'on pense ! Des scènes pareilles ne valent rien pour une cardiaque. » Je me suis tu. Nous nous sommes quittés sur ces mots.

J'ai regagné lentement le presbytère. Je ne souffrais pas. Je me sentais même soulagé d'un grand poids. Cette entrevue avec M. le curé de Torcy, elle était comme la répétition générale de l'entretien que j'aurais incessamment avec mes supérieurs, et je découvrais presque avec joie que je n'avais rien à dire. Depuis deux jours, et sans que j'en eusse très clairement conscience, ma crainte était qu'on ne m'accusât d'une faute que je n'avais pas commise. L'honnêteté, en ce cas, m'eût défendu de garder le silence. Au lieu que j'étais désormais libre de laisser chacun juger à sa guise des actes de mon ministère, d'ailleurs susceptibles d'appréciations fort diverses. Et ce m'était aussi un grand soulagement de penser que Mlle Chantal avait pu se tromper de bonne foi sur le véritable caractère d'une conversation qu'elle n'avait probablement entendue que fort mal. Je suppose qu'elle était dans le jardin, sous la fenêtre, dont l'entablement est très élevé au-dessus du sol.

Arrivé au presbytère, j'ai été bien étonné d'avoir faim. Ma provision de pommes n'est pas épuisée, j'en fais cuire assez souvent sur les braises, et je les arrose de beurre frais. J'ai aussi des œufs. Le vin est vraiment médiocre, mais chaud et sucré, il devient passable. Je me sentais si frileux que j'ai rempli cette fois ma petite casserole. Cela fait la valeur d'un verre à eau, pas davantage, je le jure. Comme je terminais mon repas, M. le curé de Torcy est entré. La surprise – mais non pas la surprise seule – m'a cloué sur place. Je me suis mis debout, tout chancelant, je devais avoir l'air égaré. En me levant, ma main gauche avait maladroitement effleuré la bouteille, elle s'est brisée avec un bruit épouvantable. Une rigole de vin noir, bourbeux, s'est mise à couler sur les dalles.

« Mon pauvre enfant ! » a-t-il dit. Et il répétait : « C'est ainsi… c'est donc ainsi… » d'une voix douce. Je ne comprenais pas encore, je ne comprenais rien, sinon que l'étrange paix dont je venais de jouir n'était, comme toujours, que l'annonce d'un nouveau malheur. « Ce n'est pas du vin, c'est une affreuse teinture. Tu t'empoisonnes, nigaud ! — Je n'en ai pas d'autre. — Il fallait m'en demander. — Je vous jure que… — Tais-toi ! » Il a poussé du pied les débris de la bouteille, on aurait dit qu'il écrasait un animal immonde. J'attendais qu'il eût fini, incapable d'articuler un seul mot. « Quelle mine veux-tu avoir, mon pauvre garçon, avec un jus pareil dans l'estomac, tu devrais être mort. » Il s'était placé devant moi, les deux mains dans les poches de sa douillette, et quand j'ai vu remuer ses épaules, j'ai senti qu'il allait tout dire, qu'il ne me ferait pas grâce d'un mot. « Tiens, j'ai raté la voiture de M. Bigre, mais je suis content d'être venu. Assieds-toi, d'abord ! — Non ! » fis-je. Et je sentais ma voix trembler dans ma poitrine, ainsi qu'il arrive chaque fois qu'un certain mouvement de l'âme, je ne sais quoi, m'avertit que le moment est venu, que je dois faire face. Faire face n'est pas toujours résister. Je crois même qu'à ce moment, j'aurais avoué n'importe quoi pour qu'on me laissât tranquille, avec Dieu. Mais nulle force au monde ne m'aurait empêché de rester debout. « Écoute, reprit M. le curé de Torcy, je ne t'en veux pas. Et ne va pas croire que je te prenne pour un ivrogne. Notre ami Delbende avait mis le doigt sur la plaie du premier coup. Nous autres, dans nos campagnes, nous sommes tous, plus ou moins, fils d'alcooliques. Tes parents n'ont pas bu plus que les autres, moins peut-être, seulement ils mangeaient mal, ou ils ne mangeaient pas du tout. Ajoute que faute de mieux, ils s'imprégnaient de mixtures dans le genre de celle-ci, des remèdes à tuer un cheval. Que veux-tu ? Tôt ou tard, tu l'aurais sentie, cette soif, une soif qui n'est pas tienne, après tout, et ça dure, va, ça peut durer des siècles, une soif de pauvres gens, c'est un héritage solide ! Cinq générations de millionnaires n'arrivent pas toujours à l'étancher, elle est dans les os, dans la moelle. Inutile de me répondre que tu ne t'es rendu compte de rien, j'en suis sûr. Et quand tu ne boirais par jour que la ration d'une demoiselle, n'importe. Tu es né saturé, mon pauvre bonhomme. Tu glissais tout doucement à demander au vin – et à quel vin ! – les

242

forces et le courage que tu trouverais dans un bon rôti, un vrai. Humainement parlant, le pis qui puisse nous arriver, c'est de mourir, et tu étais en train de te tuer. Ça ne serait pas une consolation de se dire que tu t'es mis en terre avec une dose qui ne suffirait seulement pas à garder en joie et santé un vigneron d'Anjou ? Et remarque que tu n'offensais pas le bon Dieu. Mais te voilà prévenu, mon petit. Tu l'offenserais maintenant. »

Il s'est tu. Je l'ai regardé, sans y penser, comme j'ai regardé Mitonnet, ou Mademoiselle, ou… Oh ! oui, je sentais déborder de moi cette tristesse… Mais lui, c'est un homme fort et tranquille, un vrai serviteur de Dieu, un homme. Lui aussi, il a fait face. Nous avions l'air de nous dire adieu de loin, d'un bord à l'autre d'une route invisible.

« Et maintenant, a-t-il conclu d'une voix un peu plus rauque que de coutume, ne te monte pas l'imagination. Je n'ai qu'une parole, et je te la donne. Tu es un fameux petit prêtre quand même ! Sans vouloir médire de la pauvre morte, il faut avouer que… — Laissons cela ! dis-je. — À ton aise ! »

J'aurais bien voulu m'en aller, comme j'avais fait une heure plus tôt, dans la cabane du jardinier. Mais il était chez moi, je devais attendre son bon plaisir. Dieu soit loué ! Il a permis que le vieux maître ne me manquât pas, remplît encore une fois sa tâche. Son regard inquiet s'est brusquement raffermi, et j'ai entendu de nouveau la voix que je connais bien, forte, hardie, pleine d'une mystérieuse allégresse.

« Travaille, a-t-il dit, fais des petites choses, en

attendant, au jour le jour. Applique-toi bien. Rappelle-toi l'écolier penché sur sa page d'écriture, et qui tire la langue. Voilà comment le bon Dieu souhaite nous voir, lorsqu'il nous abandonne à nos propres forces. Les petites choses n'ont l'air de rien, mais elles donnent la paix. C'est comme les fleurs des champs, vois-tu. On les croit sans parfum, et toutes ensemble, elles embaument. La prière des petites choses est innocente. Dans chaque petite chose, il y a un Ange. Est-ce que tu pries les Anges ? — Mon Dieu, oui… bien sûr. — On ne prie pas assez les Anges. Ils font un peu peur aux théologiens, rapport à ces vieilles hérésies des Églises d'Orient, une peur nerveuse, quoi ! Le monde est plein d'Anges. Et la Sainte Vierge, est-ce que tu pries la Sainte Vierge ? — Par exemple ! — On dit ça… Seulement la pries-tu comme il faut, la pries-tu bien ? Elle est notre mère, c'est entendu. Elle est la mère du genre humain, la nouvelle Ève. Mais elle est aussi sa fille. L'ancien monde, le douloureux monde, le monde d'avant la grâce l'a bercée longtemps sur son cœur désolé – des siècles et des siècles – dans l'attente obscure, incompréhensible, d'une *virgo genitrix…* Des siècles et des siècles, il a protégé de ses vieilles mains chargées de crimes, ses lourdes mains, la petite fille merveilleuse dont il ne savait même pas le nom. Une petite fille, cette reine des Anges ! Et elle l'est restée, ne l'oublie pas ! Le Moyen Âge avait bien compris ça, le Moyen Âge a compris tout. Mais va donc empêcher les imbéciles de refaire à leur manière le "drame de l'Incarnation", comme ils disent ! Alors qu'ils croient devoir, pour le prestige, habiller en guignols de modestes juges de paix, ou coudre des galons sur la manche des contrôleurs de chemin de fer, ça leur ferait trop honte d'avouer aux incroyants que le seul, l'unique drame, le drame des drames, – car il n'y en a pas d'autre – s'est joué sans décors et sans passementeries. Pense donc ! Le Verbe s'est fait chair, et les journalistes de ce temps-là n'en ont rien su ! Alors que l'expérience de chaque jour leur apprend que les vraies grandeurs, même humaines, le génie, l'héroïsme, l'amour même – leur pauvre amour – pour les reconnaître, c'est le diable ! Tellement que quatre-vingt-dix-neuf fois sur cent, ils vont porter leurs fleurs de rhétorique au cimetière, ils ne se rendent qu'aux morts. La sainteté de Dieu ! La simplicité de Dieu, l'effrayante simplicité de Dieu qui a damné l'orgueil des Anges ! Oui, le démon a dû essayer de la regarder en face et l'immense torche flamboyante à la cime de la création s'est abîmée d'un seul coup dans la nuit. Le peuple juif avait la tête dure, sans quoi il aurait compris qu'un Dieu fait homme, réalisant la perfection de l'homme, risquait de passer inaperçu, qu'il fallait ouvrir l'œil. Et tiens, justement, cet épisode de l'entrée triomphale à Jérusalem, je le trouve si beau ! Notre-Seigneur a daigné goûter au triomphe comme au reste, comme à la mort, il n'a rien refusé de nos joies, il n'a refusé que le péché. Mais sa mort, dame ! il l'a soignée, rien n'y manque. Au lieu que son triomphe, c'est un triomphe pour enfants, tu ne trouves pas ? Une image d'Épinal, avec le petit de l'ânesse, les rameaux verts, et les gens de la campagne qui battent des mains. Une gentille parodie, un peu ironique, des magnificences impériales. Notre-Seigneur a l'air de sourire. – Notre-Seigneur sourit souvent – il nous dit : "Ne prenez pas ces sortes de choses trop au sérieux, mais enfin il y a des triomphes légitimes, ça n'est pas défendu de triompher, quand Jeanne d'Arc rentrera dans Orléans sous les fleurs et les oriflammes, avec sa belle huque de drap d'or, je ne veux pas qu'elle puisse croire mal faire. Puisque vous y tenez tant, mes pauvres enfants, je l'ai sanctifié, votre triomphe, je l'ai béni, comme j'ai béni le vin de vos vignes." Et pour les miracles, note bien, c'est la même chose. Il n'en fait pas plus qu'il ne faut. Les miracles, ce sont les images du livre, les belles images ! Mais remarque bien maintenant, petit : la Sainte Vierge n'a eu ni triomphe, ni miracles. Son fils n'a pas permis que la gloire humaine l'effleurât, même du plus fin bout de sa grande aile sauvage. Personne n'a vécu, n'a souffert, n'est mort aussi simplement et dans une ignorance aussi profonde de sa propre dignité, d'une dignité qui la met pourtant au-dessus des Anges. Car enfin, elle était née sans péché, quelle solitude étonnante ! Une source si pure, si limpide, si limpide et si pure, qu'elle ne pouvait même pas y voir refléter sa propre image, faite pour la seule joie du Père – ô solitude sacrée ! Les antiques démons familiers de l'homme, maîtres et serviteurs tout ensemble, les terribles patriarches qui ont guidé les premiers pas d'Adam au seuil du monde maudit, la Ruse et l'Orgueil, tu les vois qui regardent de loin cette créature miraculeuse placée hors de leur atteinte, invulnérable et désarmée. Certes, notre pauvre espèce ne vaut pas cher, mais l'enfance émeut toujours ses entrailles, l'ignorance des petits lui fait baisser les yeux – ses yeux qui savent le bien et le mal, ses yeux qui ont vu tant de choses ! Mais ce n'est que l'ignorance après tout. La Vierge était l'Innocence. Rends-toi compte de ce que nous sommes pour elle, nous autres, la race humaine ? Oh ! naturellement, elle déteste le péché, mais, enfin, elle n'a de lui nulle expérience, cette expérience qui n'a pas manqué aux plus grands saints, au saint d'Assise lui-même, tout séraphique qu'il est. Le regard de la Vierge est le seul regard vraiment enfantin, le seul vrai regard d'enfant qui se soit jamais levé sur notre honte et notre malheur. Oui, mon petit, pour la bien prier, il faut sentir sur soi ce regard qui n'est pas tout à fait celui de l'indulgence – car l'indulgence ne va pas sans quelque expérience amère – mais de la tendre compassion, de la surprise douloureuse, d'on ne sait quel sentiment encore, inconcevable, inexprimable, qui la fait plus jeune que le péché, plus jeune que la race dont elle est issue, et bien que Mère par la grâce, Mère des grâces, la cadette du genre humain. »

« Je vous remercie », lui dis-je. Je n'ai trouvé que ce mot-là. Et même je l'ai prononcé si froidement ! « Je vous prie de me bénir », ai-je repris sur le même ton. La vérité est que je luttais depuis dix minutes contre mon mal, mon affreux mal, qui n'avait jamais été plus pressant. Mon Dieu, la douleur serait encore supportable mais l'espèce de nausée qui l'accompagne maintenant abat tout à fait mon courage. Nous étions sur le seuil de la porte. « Tu es dans la peine, m'a-t-il répondu. C'est à toi de me bénir. » Et il a pris ma main dans la sienne, il l'a levée rapidement jusqu'à son front, et il est parti. C'est vrai qu'il commençait à venter dur, mais pour la première fois, je ne l'ai pas vu redresser sa haute taille, il marchait tout courbé.

Après le départ de M. le curé, je me suis assis un moment dans ma cuisine, je ne voulais pas trop réfléchir. Si ce qui m'arrive, songeais-je, prend tant d'importance à mes yeux, c'est parce que je me crois innocent. Il y a certainement beaucoup de prêtres capables de grandes imprudences, et on ne m'accuse pas d'autre chose. Il est très possible que l'émotion ait hâté la mort de Mme la comtesse, l'erreur de M. le curé de Torcy ne porte que sur le vrai caractère de notre entretien. Si extraordinaire que cela paraisse, une telle pensée m'a été un soulagement. Alors que je déplore sans cesse mon insuffisance, vais-je tant hésiter à me ranger parmi les prêtres médiocres ? Mes premiers succès d'écolier ont été trop doux sans doute au cœur du petit malheureux que j'étais alors, et le souvenir m'en est resté, malgré tout. Je ne supporte pas bien l'idée qu'après avoir été un élève « brillant » – trop brillant ! – je doive aujourd'hui m'asseoir au haut des gradins, avec les cancres. Je me dis aussi que le dernier reproche de M. le curé n'est pas aussi injuste que je l'avais pensé d'abord. Il est vrai que ma conscience ne me fait là-dessus aucun reproche : je n'ai pas choisi volontiers ce régime qu'il trouve extravagant. Mon estomac n'en supportait pas d'autres, voilà tout. D'ailleurs, pensais-je encore, cette erreur, du moins, n'aura scandalisé personne. C'est le docteur Delbende qui avait mis en garde mon vieux maître, et le ridicule incident de la bouteille brisée l'aura simplement confirmé dans une opinion toute gratuite.

J'ai fini par sourire de mes craintes. Sans doute, Mme Pégriot, Mitonnet, M. le comte, quelques autres, n'ignorent pas que je bois du vin. Et après ? Il serait trop absurde qu'on dût m'imputer à crime une faute qui ne serait tout au plus qu'un péché de gourmandise, familier à beaucoup de mes confrères. Et Dieu sait que je ne passe pas ici pour gourmand.

(J'ai interrompu ce journal depuis deux jours, j'avais beaucoup de répugnance à poursuivre. Réflexion faite, je crains d'obéir moins à un scrupule légitime qu'à un sentiment de honte. Je tâcherai d'aller jusqu'au bout.)

Après le départ de M. le curé de Torcy, je suis sorti. Je devais aller d'abord prendre des nouvelles d'un malade, M. Duplouy. Je l'ai trouvé râlant. Il ne souffrait pourtant que d'une pneumonie assez bénigne, au dire du médecin, mais c'est un gros homme, son cœur trop gras a cédé tout à coup. Sa femme, accroupie devant l'âtre, faisait tranquillement chauffer une tasse de café. Elle ne se rendait compte de rien. Elle a dit simplement : « Vous avez peut-être raison, il va passer. » Quelque temps après, ayant soulevé le drap, elle a dit encore : « Le voilà qui se lâche, c'est la fin. » Lorsque je suis arrivé avec les Saintes Huiles, il était mort.

J'avais couru. J'ai eu tort d'accepter une grande tasse de café, mêlé de genièvre. Le genièvre m'écœure. Ce qu'affirme le docteur Delbende est vrai, sans doute. Mon écœurement ressemble à celui de la satiété, d'une horrible satiété. L'odeur suffit. J'ai l'impression que ma langue se gonfle dans ma bouche, comme une éponge.

J'aurais dû rentrer au presbytère. Chez moi, dans ma chambre, l'expérience m'a enseigné peu à peu certaines pratiques dont on rirait mais qui me permettent de lutter contre mon mal, de l'assoupir. Quiconque a l'habitude de souffrir finit très bien par comprendre que la douleur doit être ménagée, qu'on en vient souvent à bout par la ruse. Chacune a d'ailleurs sa personnalité, ses préférences, mais elles sont toutes méchantes et stupides, et le procédé qui s'est révélé bon une fois peut servir indéfiniment. Bref je sentais que l'assaut serait dur, j'ai commis la sottise de vouloir lui résister de front. Dieu l'a permis. Cela m'a perdu, je le crains.

La nuit est tombée très vite. Pour comble de malheur, j'avais des visites à faire aux environs du fonds Galbat, les chemins y sont mauvais. Il ne pleuvait pas, mais la terre est d'argile, elle collait à mes semelles, elle ne sèche qu'en août. Chaque fois, les gens me faisaient place au foyer, près du poêle bourré d'un gros charbon de Bruays, mes tempes battaient au point qu'il m'était difficile d'entendre, je répondais un peu au hasard, je devais avoir l'air bien étrange !

Néanmoins j'ai tenu bon : un voyage au fonds Galbat est toujours pénible en raison de l'éloignement des maisons, disséminées à travers les prairies, et je ne voulais pas risquer d'y perdre une autre soirée. De temps en temps, je consultais furtivement mon petit carnet, je barrais les noms à mesure, la liste me paraissait interminable. Lorsque je me suis retrouvé dehors, ma tâche achevée, je me sentais si mal que le cœur m'a manqué de rejoindre la grande route, j'ai suivi la lisière du bois. Ce chemin me faisait passer très près de la maison des Dumouchel où je désirais me rendre. Depuis deux semaines en effet, Séraphita ne paraît plus au catéchisme, je m'étais promis d'interroger son père. J'ai d'abord marché avec assez de courage, ma douleur d'estomac semblait moins violente, je ne souffrais plus guère que de vertiges et de nausées. Je me rappelle très bien avoir dépassé la corne du bois d'Auchy. Une première défaillance a dû me prendre un peu au-delà. Je croyais encore lutter pour me tenir debout, et je sentais cependant, contre ma joue, l'argile glacée. Je me suis levé enfin. J'ai même cherché mon chapelet dans les ronces. Ma pauvre tête n'en pouvait plus. L'image de la Vierge-Enfant, telle que me l'avait suggérée M. le curé, s'y présentait sans cesse et, quelque effort que je fisse pour reprendre pleinement conscience, la prière commencée s'achevait en rêveries dont je discernais par instants l'absurdité. Combien de temps ai-je ainsi marché, je ne saurais le dire. Agréables ou non, les fantômes n'apaisaient pas la douleur intolérable qui me ployait en deux. Je crois qu'elle seule m'empêchait de sombrer dans la folie, elle était comme un point fixe dans le vain déroulement de mes songes. Ils me poursuivent encore au moment où j'écris, et grâce au Ciel, ne me laissent aucun remords, car ma volonté ne les acceptait point, elle en réprouvait la témérité. Qu'elle est puissante, la parole d'un homme de Dieu ! Certes, je l'affirme ici solennellement, je n'ai jamais cru à une vision, au sens que l'on donne à ce mot, car le souvenir de mon indignité, de mon malheur, ne m'a, pour ainsi dire, pas quitté. Il n'en est pas moins vrai que l'image qui se formait en moi n'était pas de celles que l'esprit accueille ou repousse à son gré. Oserais-je en faire l'aveu ?...

(Ici dix lignes raturées.)

....

... La créature sublime dont les petites mains ont détendu la foudre, ses mains pleines de grâces... Je regardais ses mains. Tantôt je les voyais, tantôt je ne les voyais plus, et comme ma douleur devenait excessive, que je me sentais glisser de nouveau, j'ai pris l'une d'elles dans la mienne. C'était une main d'enfant, d'enfant pauvre, déjà usée par le travail, les lessives. Comment exprimer cela ? Je ne voulais pas que ce fût un rêve, et pourtant je me souviens d'avoir fermé les yeux. Je craignais, en levant les paupières, d'apercevoir le visage devant lequel tout genou fléchit. Je l'ai vu. C'était aussi un visage d'enfant, ou de très jeune fille, sans aucun éclat. C'était le visage même de la tristesse, mais d'une tristesse que je ne connaissais pas, à laquelle je ne pouvais avoir nulle part, si proche de mon cœur, de mon misérable cœur d'homme, et néanmoins inaccessible. Il n'est pas de tristesse humaine sans amertume, et celle-là n'était que suavité, sans révolte, et celle-là n'était qu'acceptation. Elle faisait penser à je ne sais quelle grande nuit douce, infinie. Notre tristesse, enfin, naît de l'expérience de nos misères, expérience toujours impure, et celle-là était innocente. Elle était l'innocence. J'ai compris alors la signification de certaines paroles de M. le curé qui m'avaient paru obscures. Il a fallu jadis que Dieu voilât, par quelque prodige, cette tristesse virginale, car si aveugles et durs que soient les hommes, ils eussent reconnu à ce signe leur fille précieuse, la dernière-née de leur race antique, l'otage céleste autour duquel rugissaient les démons, et ils se fussent levés tous ensemble, ils lui eussent fait un rempart de leurs corps mortels.

Je pense avoir marché quelque temps encore, mais je m'étais écarté du chemin, je trébuchais dans l'herbe épaisse, trempée de pluie, qui s'enfonçait sous mes semelles. Lorsque je me suis aperçu de mon erreur, j'étais devant une haie qui m'a paru trop haute et trop fournie pour que j'espérasse la franchir. Je l'ai longée. L'eau ruisselait des branches, et m'inondait le cou, les bras. Ma douleur s'apaisait peu à peu, mais je crachais sans cesse une eau tiède qui me paraissait avoir le goût des larmes. L'effort de prendre mon mouchoir dans ma poche me paraissait absolument irréalisable. Je n'avais d'ailleurs nullement perdu connaissance, je me sentais simplement l'esclave d'une souffrance trop vive, ou plutôt du souvenir de cette souffrance – car la certitude de son retour était plus angoissante que la souffrance même – et je la suivais comme un chien suit son maître. Je me disais aussi que j'allais tomber dans un moment, qu'on me trouverait là, demi-mort, que ce serait un scandale de plus. Il me semble que j'ai appelé. Tout à coup mon bras qui s'appuyait à la haie s'est trouvé dans le vide, tandis que le sol me manquait. J'étais parvenu, sans m'en douter, au bord du talus, et j'ai heurté violemment des deux genoux et du front la surface pierreuse de la route. Une minute encore, j'ai cru que je m'étais remis sur pied, que je marchais. Puis je me suis aperçu que ce n'était qu'en rêve. La nuit m'a paru soudain plus noire, plus compacte, j'ai pensé que je tombais de nouveau, mais cette fois c'était dans le silence. J'y ai glissé d'un seul coup. Il s'est refermé sur moi.

En rouvrant les yeux, la mémoire m'est revenue aussitôt. Il m'a semblé que le jour se levait. C'était le reflet d'une lanterne sur le talus, en face de moi. Je voyais aussi une autre clarté, sur la gauche, dans les arbres, et j'ai reconnu, du premier coup d'œil, la maison des Dumouchel, à sa véranda ridicule. Ma soutane trempée collait à mon dos, j'étais seul.

On avait posé la lanterne tout près de ma tête – une de ces lanternes d'écurie, au pétrole, qui donnent plus de fumée que de lumière. Un gros insecte tournait autour. J'ai essayé de me lever, sans y réussir, mais je me sentais quelques forces, je ne souffrais plus. Enfin, je me suis trouvé assis. De l'autre côté de la haie j'entendais geindre et souffler les bestiaux. Je me rendais parfaitement compte que même au cas ou je parviendrais à me mettre debout, il était trop tard pour fuir, qu'il ne me restait plus qu'à supporter patiemment la curiosité de celui qui m'avait découvert, qui reviendrait bientôt chercher sa lanterne. Hélas, pensais-je, la maison des Dumouchel est bien la dernière auprès de laquelle j'aurais souhaité qu'on me ramassât. J'ai pu me relever sur les genoux, et nous nous sommes trouvés brusquement face à face. Debout elle n'était pas plus haute que moi. Sa maigre petite figure n'était guère moins rusée que d'habitude, mais ce que j'y remarquai d'abord était un air de gravité douce, un peu solennelle, presque comique. J'avais reconnu Séraphita. Je lui ai souri. Elle a probablement cru que je me moquais d'elle, la mauvaise lueur s'est allumée dans son regard gris – si peu enfantin – et qui m'a fait plus d'une fois baisser les yeux. Je me suis aperçu alors qu'elle tenait à la main une jatte de terre remplie d'eau, où nageait une espèce de chiffon, pas trop propre. Elle a pris la jatte entre les genoux. « J'ai été la remplir à la mare, fit-elle, c'était plus sûr. Ils sont tous là-bas dans la maison, à cause de la noce du cousin Victor. Moi, je suis sortie pour rentrer les bêtes. — Ne risque pas d'être punie. — Punie ? On ne m'a jamais punie. Un jour le père a levé la main sur moi. Ne t'avise pas de me toucher, que je lui ai dit, ou je mène la Rousse à la mauvaise herbe, elle crèvera d'enflure ! La Rousse est notre plus belle vache. — Tu n'aurais pas dû parler ainsi, c'est mal. — Le mal, a-t-elle répliqué en haussant les épaules avec malice, c'est de se mettre dans un état comme vous voilà. » Je me suis senti pâlir, elle m'a regardé curieusement. «Une chance que je vous ai trouvé. En poursuivant les bêtes, mon sabot a roulé dans le chemin, je suis descendue, je vous croyais mort. — Je vais mieux, je vais me lever. — N'allez pas rentrer fait comme vous êtes, au moins! — Qu'est-ce que j'ai? — Vous avez vomi, vous avez la figure barbouillée comme si vous aviez mangé des mûres.» J'ai essayé de prendre la jatte, elle a failli m'échapper des mains. «Vous tremblez trop, m'a-t-elle dit, laissez-moi, j'ai l'habitude, oh là là! C'était bien autre chose à la noce de mon frère Narcisse. Hein, qu'est-ce que vous dites?» Je claquais des dents, elle a fini par comprendre que je lui demandais de venir le lendemain au presbytère, que je lui expliquerais. «Ma foi non, j'ai raconté du mal de vous, des horreurs. Vous devriez me battre. Je suis jalouse, horriblement jalouse, jalouse comme une bête. Et méfiez-vous des autres. Ce sont des cafardes, des hypocrites.» Tout en parlant, elle me passait son chiffon sur le front, les joues. L'eau fraîche me faisait du bien, je me suis levé, mais je tremblais toujours aussi fort. Enfin ce frisson a cessé. Ma petite Samaritaine levait sa lanterne à la hauteur de mon menton, pour mieux juger de son travail, je suppose. «Si vous voulez, je vous accompagnerai jusqu'au bout du chemin. Prenez garde aux trous. Une fois hors des pâtures, ça ira tout seul.» Elle est partie devant moi, puis le sentier s'élargissant, elle s'est rangée à mon côté, et quelques pas plus loin a mis sa main dans la mienne, sagement. Nous ne parlions ni l'un ni l'autre. Les vaches appelaient lugubrement. Nous avons entendu le claquement d'une porte au loin. «Faut que je rentre», a-t-elle dit. Mais elle s'est plantée devant moi, dressée sur ses petites jambes. «N'oubliez pas de vous coucher en rentrant, c'est ce qu'il y a de mieux. Seulement vous n'avez personne pour vous faire chauffer du café. Un homme sans femme, je trouve ça bien malheureux, bien emprunté.» Je ne pouvais détacher les yeux de son visage. Tout y est flétri, presque vieillot, sauf le front, resté si pur. Je n'aurais pas cru ce front si pur! «Écoutez, ce que j'ai dit, n'allez pas le croire! Je sais bien que vous ne l'avez pas fait exprès. Ils vous auront mis une poudre dans votre verre, c'est une chose qui les amuse, une farce. Mais grâce à moi, ils ne s'apercevront de rien, ils seront bien attrapés…» «Où que t'es, petite garce!» J'ai reconnu la voix du père. Elle a sauté le talus, sans plus de bruit qu'un chat, ses deux sabots d'une main, sa lanterne de l'autre. «Chut! rentrez vite! Cette nuit même, j'ai rêvé de vous. Vous aviez l'air triste, comme maintenant, je me suis réveillée tout pleurant.»

Chez moi, il m'a fallu laver ma soutane. L'étoffe était raide, l'eau est devenue rouge. J'ai compris que j'avais rendu beaucoup de sang.

En me couchant j'étais presque décidé à prendre dès l'aube un train pour Lille. Ma surprise était telle – la crainte de la mort est venue plus tard – que si le vieux docteur Delbende eût vécu, j'aurais sans doute couru jusqu'à Desvres, en pleine nuit. Et ce que je n'attendais pas s'est justement réalisé, comme toujours. J'ai dormi d'un trait, je me suis réveillé très dispos, avec les coqs. Même un fou rire m'a pris en regardant de près mon triste visage, tandis que je passais et repassais le rasoir sur une barbe dont aucun racloir n'aura jamais raison, une vraie barbe de chemineau, de roulier… Après tout, le sang qui tache ma soutane pourrait provenir d'un saignement de nez ? Comment une hypothèse si plausible ne s'est-elle pas présentée d'abord ? Mais l'hémorragie aura eu lieu pendant ma courte syncope, et j'étais resté, avant de perdre connaissance, sous l'impression d'une horrible nausée.

J'irai néanmoins consulter à Lille cette semaine, sans faute.

Après la messe, visite à mon confrère d'Haucolte, pour le prier de me remplacer en cas d'absence. C'est un prêtre que je connais peu, mais presque du même âge que moi, il m'inspire confiance. Malgré tous les lavages, le plastron de ma soutane est horrible à voir. J'ai raconté qu'un flacon d'encre rouge s'était renversé dans l'armoire, et il m'a prêté obligeamment une vieille douillette. Que pensait-il de moi ? Je n'ai pu lire dans son regard.

M. le curé de Torcy a été transporté hier dans une clinique d'Amiens. Il souffre d'une crise cardiaque peu grave, dit-on, mais qui exige des soins, l'assistance d'une infirmière. Il a laissé pour moi un billet griffonné au crayon, alors qu'il prenait place dans l'ambulance : « Mon petit Gribouille, prie bien le bon Dieu, et viens me voir à Amiens, la semaine prochaine. »

Au moment de quitter l'église, je me suis trouvé en

face de Mlle Louise. Je la croyais très loin d'ici. Elle était venue d'Arches à pied, ses souliers étaient pleins de boue, son visage m'a paru sale et défait, un de ses gants de laine, tout troué, découvrait ses doigts. Elle jadis si soignée, si correcte ! Cela m'a fait une peine horrible. Et pourtant, dès le premier mot, j'ai compris que sa souffrance était de celles qu'on ne peut avouer.

Elle m'a dit que ses gages n'étaient plus payés depuis six mois, que le notaire de M. le comte lui proposait une transaction inacceptable, qu'elle n'osait s'éloigner d'Arches, vivait à l'hôtel. « Monsieur va se trouver très seul, c'est un homme faible, égoïste, attaché à ses habitudes, sa fille n'en fera qu'une bou-chée. » J'ai compris qu'elle espérait encore, je n'ose dire quoi. Elle s'efforçait d'arrondir ses phrases, comme jadis, et par moments sa voix ressemblait à celle de Mme la comtesse dont elle a pris aussi le plis-sement des paupières, sur le regard myope... L'hu-miliation volontaire est royale, mais ce n'est pas très beau à voir, une vanité décomposée !...

« Même Madame, a-t-elle dit, me traitait en per-sonne de condition. D'ailleurs mon grand-oncle, le commandant Heudebert, avait épousé une de Noisel, les Noisel sont de leurs parents. L'épreuve que Dieu m'envoie... » Je n'ai pu m'empêcher de l'interrompre : « N'invoquez pas Dieu si légèrement. — Oh ! il vous est facile de me condamner, me mépriser. Vous ne savez pas ce que c'est que la solitude ! — On ne sait jamais, dis-je. On ne va jamais jusqu'au fond de sa solitude. — Enfin, vous avez vos occupations, les jours passent vite. » Cela m'a fait sourire malgré moi.

« Vous devez maintenant vous éloigner, lui dis-je, quitter le pays. Je vous promets d'obtenir ce qui vous est dû. Je vous le ferai tenir à l'endroit que vous m'indiquerez. — Grâce à Mademoiselle, sans doute ? Je ne pense aucun mal de cette enfant, je lui pardonne. C'est une nature violente, mais généreuse. J'imagine parfois qu'une explication franche… » Elle avait ôté un de ses gants et le pétrissait nerveusement contre sa paume. Elle me faisait pitié, certes – et aussi un peu horreur. – « Mademoiselle, lui dis-je, à défaut d'autre chose, la fierté devrait vous interdire certaines démarches, d'ailleurs inutiles. Et l'extraordinaire, c'est que vous prétendiez m'y associer. — La fierté ? Quitter ce pays où j'ai vécu heureuse, considérée, presque l'égale des maîtres, pour m'en aller comme une mendiante, est-ce là ce que vous appelez fierté ? Hier, déjà, au marché, des paysans qui m'auraient jadis saluée jusqu'à terre faisaient semblant de ne pas me reconnaître. — Ne les reconnaissez pas non plus. Soyez fière ! — La fierté, toujours la fierté ! Qu'est-ce que la fierté, d'abord ? Je n'avais jamais pensé que la fierté fût une des vertus théologales… Je m'étonne même de trouver ce mot dans votre bouche. — Pardon, lui dis-je, si vous voulez parler au prêtre, il vous demandera l'aveu de vos fautes pour avoir le droit de vous en absoudre. — Je ne veux rien de pareil. — Permettez-moi donc alors de m'adresser à vous dans un langage que vous puissiez comprendre. — Un langage humain ? — Pourquoi pas ? Il est beau de s'élever au-dessus de la fierté. Encore faut-il l'atteindre. Je n'ai pas le droit de parler librement de l'honneur selon le monde, ce n'est pas un sujet de conversation pour un pauvre prêtre tel que moi, mais je trouve parfois qu'on fait trop bon marché de l'honneur. Hélas ! nous sommes tous capables de nous coucher dans la boue, la boue paraît fraîche aux cœurs épuisés. Et la honte, voyez-vous, c'est un sommeil comme un autre, un lourd sommeil, une ivresse sans rêves. Si un dernier reste d'orgueil doit remettre debout un malheureux, pourquoi y regarderait-on de si près ? — Je suis cette malheureuse ? — Oui, lui dis-je. Et je ne me permets de vous humilier que dans l'espoir de vous épargner une humiliation plus douloureuse, irréparable, qui vous dégraderait à vos yeux pour toujours. Abandonnez ce projet de revoir Mlle Chantal, vous vous aviliriez en vain, vous seriez écrasée, piétinée… » Je me suis tu. Je voyais qu'elle se forçait à la révolte, à la colère. J'aurais voulu trouver une parole de pitié, mais celles qui se présentaient à mon esprit n'eussent servi, je le sentais, qu'à l'attendrir sur elle-même, ouvrir la source d'ignobles larmes. Jamais je n'avais mieux compris mon impuissance en face de certaines infortunes auxquelles je ne saurais avoir part, quoi que je fasse. « Oui, dit-elle, entre Chantal et moi, vous n'hésitez pas. C'est moi qui ne suis pas de force. Elle m'a brisée. » Ce mot m'a rappelé une phrase de mon dernier entretien avec Mme la comtesse. « Dieu vous brisera ! » m'étais-je écrié. Un pareil souvenir, en cet instant, m'a fait mal. « Il n'y a rien à briser en vous ! » ai-je dit. J'ai regretté cette parole, je ne la regrette plus, elle est sortie de mon cœur. « C'est vous qui êtes sa dupe ! » a répliqué

Mademoiselle, avec une triste grimace. Elle n'élevait pas la voix, elle parlait seulement plus vite, très vite, je ne puis d'ailleurs tout rapporter, cela coulait intarissablement de ses lèvres gercées. « Elle vous hait. Elle vous hait depuis le premier jour. Elle a une espèce de clairvoyance diabolique. Et quelle ruse ! Rien ne lui échappe. Dès qu'elle met le nez dehors les enfants lui courent après, elle les bourre de sucre, ils l'adorent. Elle leur parle de vous, ils lui racontent je ne sais quelles histoires de catéchisme, elle imite votre démarche, votre voix. Vous l'obsédez, c'est clair. Et quiconque l'obsède, elle en fait son souffre-douleur, elle le poursuit jusqu'à la mort, elle est d'ailleurs sans pitié. Avant-hier encore… » J'ai senti comme un coup dans la poitrine. « Taisez-vous ! ai-je dit. — Il faut pourtant que vous sachiez ce qu'elle est. — Je le sais, m'écriai-je, vous ne pouvez pas la comprendre. » Elle a tendu vers moi son pauvre visage humilié. Sur sa joue livide, presque grise, le vent avait dû sécher des larmes, cela faisait une traînée luisante qui se perdait dans le creux d'ombre des pommettes. « J'ai causé avec Famechon, l'aide-jardinier qui sert à table, en l'absence de François. Chantal a tout raconté à son père, ils se tordaient de rire. Elle avait trouvé un petit livre, près de la maison Dumouchel, elle a lu votre nom à la première page. Alors l'idée lui est venue d'interroger Séraphita, et la petite, comme toujours, s'est laissé tirer les vers du nez… » Je la regardais, stupide, sans pouvoir articuler un mot. Même en ce moment, où elle eût dû savourer sa vengeance, la colère n'arrivait pas à donner une autre expression à ses tristes yeux que celle d'une résignation de bête domestique, son visage était seulement un peu moins pâle. «Il paraît que la petite vous a trouvé ronflant dans le chemin de…» Je lui ai tourné le dos. Elle a couru derrière moi, et en voyant sa main sur ma manche, je n'ai pu réprimer un mouvement de dégoût, il m'a fallu un grand effort pour la prendre dans la mienne et l'écarter doucement. «Allez-vous-en! lui dis-je. Je prierai pour vous.» Elle m'a fait enfin pitié. «Tout s'arrangera, je vous le promets. J'irai voir M. le comte.» Elle s'est éloignée rapidement, tête basse et légèrement de biais, ainsi qu'un animal blessé.

M. le chanoine de la Motte-Beuvron vient de quitter Ambricourt. Je ne l'ai pas revu.

Aperçu aujourd'hui Séraphita. Elle gardait sa vache, assise au haut du talus. Je me suis approché, pas de beaucoup. Elle s'est enfuie.

♦♦♦ Évidemment, ma timidité a pris, depuis quelque temps, le caractère d'une véritable obsession. On ne vient pas facilement à bout de cette peur irraisonnée, enfantine, qui me fait me retourner brusquement lorsque je sens sur moi le regard d'un passant. Mon cœur saute dans ma poitrine, et je ne recommence à respirer qu'après avoir entendu le bonjour qui répond au mien. Quand il arrive, je ne l'espérais déjà plus.

La curiosité se détourne de moi, pourtant. On

m'a jugé, que demander de plus ? Ils ont désormais de ma conduite une explication plausible, familière, rassurante, qui leur permet de se détourner de moi, de revenir aux choses sérieuses. On sait que « je bois » – tout seul, en cachette – les jeunes gens disent « en suisse ». Cela devrait suffire. Reste, hélas ! cette mauvaise mine, cette mine funèbre dont je ne puis naturellement me défaire, et qui s'accorde si mal avec l'intempérance. Ils ne me la pardonneront pas.

♦♦♦ Je craignais beaucoup la leçon de catéchisme du jeudi. Oh ! je ne m'attendais pas à ce que l'argot des lycées appelle un chahut (les petits paysans ne chahutent guère) mais à des chuchotements, des sourires. Il ne s'est rien passé.

Séraphita est arrivée en retard, essoufflée, très rouge. Il m'a semblé qu'elle boitait un peu. À la fin de la leçon, tandis que je récitais le *Sub tuum*, je l'ai vue se glisser derrière ses compagnes et l'*amen* n'était pas prononcé que j'entendais déjà sur les dalles le clic-clac impatient de ses galoches.

L'église vide, j'ai trouvé sous la chaire le grand mouchoir bleu rayé de blanc, trop large pour la poche de son tablier, et qu'elle oublie souvent. Je me suis dit qu'elle n'oserait rentrer chez elle sans ce précieux objet, car Mme Dumouchel est connue pour tenir à son bien.

Elle est revenue, en effet. Elle a couru d'un trait jusqu'à son banc, sans bruit (elle avait retiré ses galoches). Elle boitait beaucoup plus fort qu'avant, mais lorsque je l'ai appelée, du fond de l'église, elle a de nouveau marché presque droit. «Voilà ton mouchoir. Ne l'oublie plus!» Elle était très pâle (je l'ai rarement vue ainsi, la moindre émotion la fait devenir écarlate). Elle m'a pris le mouchoir des mains, farouchement, sans un merci. Puis elle est restée immobile, sa jambe malade repliée. «Va-t'en», lui ai-je dit doucement. Elle a fait un pas vers la porte, puis elle est revenue droit sur moi, avec un admirable mouvement de ses petites épaules. «Mlle Chantal m'a d'abord forcée (elle se levait sur la pointe des pieds, pour me regarder bien en face), et puis après… après… — Après, tu as parlé volontiers? Que veux-tu, les filles sont bavardes. — Je ne suis pas bavarde, je suis méchante. — Sûr? — Sûr comme Dieu me voit! (De son pouce noirci d'encre, elle s'est signé le front, les lèvres.) Je me souviens de ce que vous avez dit aux autres, – des bonnes paroles, des compliments, tenez, vous appelez Zélida mon petit. Mon petit, cette grosse jument borgne! Faut bien que ce soit vous pour penser à ça! — Tu es jalouse.» Elle a poussé un grand soupir, en clignant des yeux, comme si elle cherchait à voir au fond de sa pensée, tout au fond. «Et pourtant, vous n'êtes pas beau, a-t-elle dit entre ses dents, avec une gravité inimaginable. C'est seulement parce que vous êtes triste. Même quand vous souriez, vous êtes triste. Il me semble que si je comprenais pourquoi vous êtes triste, je ne serais plus jamais mauvaise. — Je suis triste, lui dis-je, parce que Dieu n'est pas aimé.» Elle a secoué la tête. Le ruban bleu tout crasseux qui tient sur le haut du crâne ses pauvres cheveux s'était dénoué, flottait drôlement à la hauteur de son menton. Évidemment, ma phrase lui paraissait obscure, très obscure. Mais elle n'a pas cherché longtemps. «Moi aussi, je suis triste. C'est bon, d'être triste. Cela rachète les péchés, que je me dis, des fois… — Tu fais donc beaucoup de péchés ? — Dame ! (elle m'a jeté un regard de reproche, d'humble complicité) vous le savez bien. C'est pas que ça m'amuse tant, les garçons ! Ils ne valent pas grand-chose. Si bêtes qu'ils sont ! Des vrais chiens fous. — Tu n'as pas honte ? — Si, j'ai honte. Avec Isabelle et Noémie, nous les retrouvons souvent là-haut, par-devers la grande butte des Malicorne, la carrière de sable. On s'amuse d'abord à la glissade. C'est moi la plus vaurienne, sûr ! Mais quand ils sont tous partis, je joue à la morte… — À la morte ? — Oui, à la morte. J'ai fait un trou dans le sable, je m'étends là, sur le dos, bien couchée, les mains croisées, en fermant les yeux. Quand je bouge, si peu que ce soit, le sable me coule dans le cou, les oreilles, la bouche même. Je voudrais que ce ne fût pas un jeu, que je sois morte. Après avoir parlé à Mlle Chantal, je suis restée là-bas des heures. En rentrant, papa m'a claquée. J'ai même pleuré, c'est plutôt rare… — Tu ne pleures donc jamais ? — Non. Je trouve ça dégoûtant, sale. Quand on pleure, la tristesse sort de vous, le cœur fond comme du beurre, pouah ! Ou alors… (elle a cligné de nouveau les paupières) il faudrait trouver une autre… une autre façon de pleurer, quoi ! Vous trouvez ça bête ?… — Non», lui dis-je. J'hésitais à lui répondre, il me semblait que la moindre imprudence allait éloigner de moi, à jamais, cette petite bête farouche. «Un jour, tu comprendras que la prière est justement cette manière de pleurer, les seules larmes qui ne soient pas lâches. » Le mot de prière lui a fait froncer les sourcils, son visage s'est retroussé comme celui d'un chat. Elle m'a tourné le dos, et s'est éloignée en boitant très fort. « Pourquoi boites-tu ? » Elle s'est arrêtée net, tout son corps prêt à la fuite, la tête seule tournée vers moi. Puis elle a eu ce même mouvement des épaules, je me suis approché doucement, elle tirait désespérément vers ses genoux sa jupe de laine grise. À travers un accroc de son bas, j'ai vu sa jambe violette. « Voilà pourquoi tu boites, lui ai-je dit, qu'est-ce que c'est ? » Elle a sauté en arrière, je lui ai pris la main comme au vol. En se débattant, elle a découvert un peu au-dessus du mollet une grosse ficelle liée si fort que la chair faisait deux gros bourrelets, couleur d'aubergine. Elle s'est dégagée d'un bond, sautant à cloche-pied à travers les bancs, je ne l'ai rattrapée qu'à deux pas de la porte. Son air grave m'a imposé silence d'abord. « C'est pour me punir d'avoir parlé à Mlle Chantal, j'ai promis de garder la ficelle jusqu'à ce soir. — Coupe cela ! » lui ai-je dit. Je lui ai tendu mon couteau, elle a obéi sans dire mot. Mais le soudain afflux du sang a dû être terriblement douloureux, car elle a fait une affreuse grimace. Si je ne l'avais pas retenue, elle serait sûrement tombée. « Promets-moi de ne pas recommencer. » Elle a incliné la tête, toujours gravement, et elle est partie, en s'appuyant de la main au mur. Que Dieu la garde !

♦♦♦ J'ai dû avoir cette nuit une hémorragie insignifiante, certes, mais qu'il ne m'est guère possible de confondre avec un saignement de nez.

Comme il n'est pas raisonnable de remettre sans cesse mon voyage à Lille, j'ai écrit au docteur en lui proposant la date du 15. Dans six jours…

J'ai tenu la promesse faite à Mlle Louise. Cette visite au château me coûtait beaucoup. Heureusement, j'ai rencontré M. le comte dans l'avenue. Il n'a paru nullement étonné de ma demande, on aurait dit qu'il l'attendait. Je m'y suis pris moi-même beaucoup plus adroitement que je ne l'espérais.

◆◆◆ La réponse du docteur m'est arrivée par retour du courrier. Il accepte la date fixée. Je puis être de retour dès le lendemain matin.

J'ai remplacé le vin par du café noir, très fort. Je m'en trouve bien. Mais ce régime me vaut des insomnies qui ne seraient pas trop pénibles, agréables même parfois, n'étaient ces palpitations de cœur, assez angoissantes, en somme. La délivrance de l'aube m'est toujours aussi douce. C'est comme une grâce de Dieu, un sourire. Que les matins soient bénis !

Les forces me reviennent, avec une espèce d'appétit. Le temps est d'ailleurs beau, sec et froid. Les prés sont couverts de gelée blanche. Le village m'apparaît bien différent de ce qu'il était en automne, on dirait que la limpidité de l'air lui enlève peu à peu toute pesanteur, et lorsque le soleil commence à décliner, on pourrait le croire suspendu dans le vide, il ne touche plus à la terre, il m'échappe, il s'envole. C'est moi qui me sens lourd, qui pèse d'un grand poids sur le sol. Parfois, l'illusion est telle que je regarde avec une sorte de terreur, une répulsion inexplicable, mes gros souliers. Que font-ils là, dans cette lumière ? Il me semble que je les vois s'enfoncer.

Évidemment, je prie mieux. Mais je ne reconnais pas ma prière. Elle avait jadis un caractère d'imploration têtue, et même lorsque la leçon du bréviaire, par exemple, retenait mon attention, je sentais se poursuivre en moi ce colloque avec Dieu, tantôt suppliant, tantôt pressant, impérieux — oui, j'aurais voulu lui arracher ses grâces, faire violence à sa tendresse. Maintenant j'arrive difficilement à désirer quoi que ce soit. Comme le village, ma prière n'a plus de poids, s'envole… Est-ce un bien ? Est-ce un mal ? Je ne sais.

♦♦♦ Encore une petite hémorragie, un crachement de sang, plutôt. La peur de la mort m'a effleuré. Oh ! sans doute, sa pensée me revient souvent, et parfois elle m'inspire de la crainte. Mais la crainte n'est pas la peur. Cela n'a duré qu'un instant. Je ne saurais à quoi comparer cette impression fulgurante. Le cinglement d'une mèche de fouet à travers le cœur, peut-être ?… Ô Sainte Agonie !

Que mes poumons soient en mauvais état, rien de plus sûr. Pourtant le docteur Delbende m'avait soigneusement ausculté. En quelques semaines, la tuberculose n'a pu faire de très grands progrès. On triomphe d'ailleurs souvent de cette maladie par l'énergie, la volonté de guérir. J'ai l'une et l'autre.

Fini aujourd'hui ces visites que M. le curé de Torcy appelait ironiquement domiciliaires. Si je ne détestais tant le vocabulaire habituel à beaucoup de mes confrères, je dirais qu'elles ont été très « consolantes ». Et cependant j'avais gardé pour la fin celles dont l'issue favorable me paraissait des plus douteuses… À quoi tient cette facilité soudaine des êtres et des choses ? Est-elle imaginaire ? Suis-je devenu insensible à certaines menues disgrâces ? Ou mon insignifiance, reconnue de tous, a-t-elle désarmé les soupçons, l'antipathie ? Tout cela me semble un rêve.

(Peur de la mort. La seconde crise a été moins violente que la première, je crois. Mais c'est bien étrange ce tressaillement, cette contraction de tout l'être autour de je ne sais quel point de la poitrine…)

♦♦♦ Je viens de faire une rencontre. Oh ! une rencontre bien peu surprenante, en somme ! Dans l'état où je me trouve, le moindre événement perd ses proportions exactes, ainsi qu'un paysage dans la brume. Bref, j'ai rencontré, je crois, un ami, j'ai eu la révélation de l'amitié.

Cet aveu surprendrait beaucoup de mes anciens camarades, car je passe pour très fidèle à certaines sympathies de jeunesse. Ma mémoire du calendrier, mon exactitude à souhaiter les anniversaires d'ordination, par exemple, est célèbre. On en rit. Mais ce ne sont que des sympathies. Je comprends maintenant que l'amitié peut éclater entre deux êtres avec ce caractère de brusquerie, de violence, que les gens du monde ne reconnaissent volontiers qu'à la révélation de l'amour.

J'allais donc vers Mézargues lorsque j'ai entendu, très loin derrière moi, ce bruit de sirène, ce grondement qui s'enfle et décroît tour à tour selon les caprices du vent, ou les sinuosités de la route. Depuis quelques jours il est devenu familier, ne fait plus lever la tête à personne. On dit simplement : « C'est la motocyclette de M. Olivier. » – Une machine allemande, extraordinaire, qui ressemble à une petite locomotive étincelante. M. Olivier s'appelle réellement Tréville-Sommerange, il est le neveu de Mme la comtesse. Les vieux qui l'ont connu ici enfant ne tarissent pas sur son compte, il a fallu l'engager à dix-huit ans, c'était un garçon très difficile.

Je me suis arrêté au haut de la côte pour souffler. Le bruit du moteur a cessé quelques secondes (à cause, sans doute, du grand tournant de Dillonne) puis il a repris tout à coup. C'était comme un cri sauvage, impérieux, menaçant, désespéré. Presque aussitôt la crête, en face de moi, s'est couronnée d'une espèce de gerbe de flammes – le soleil frappant en plein sur les aciers polis – et déjà la machine plongeait au bas de la descente avec un puissant râle, remontait si vite qu'on eût pu croire qu'elle s'était élevée d'un bond. Comme je me jetais de côté pour lui faire place, j'ai cru sentir mon cœur se décrocher dans ma poitrine. Il m'a fallu un instant pour comprendre que le bruit avait cessé. Je n'entendais plus que la plainte aiguë des freins, le grincement des roues sur le sol. Puis ce bruit a cessé, lui aussi. Le silence m'a paru plus énorme que le cri.

M. Olivier était là devant moi, son chandail gris montant jusqu'aux oreilles, tête nue. Je ne l'avais jamais vu de si près. Il a un visage calme, attentif, et des yeux si pâles qu'on n'en saurait dire la couleur exacte. Ils souriaient en me regardant.

« Ça vous tente, monsieur le curé ? » m'a-t-il demandé d'une voix – mon Dieu, d'une voix que j'ai reconnue tout de suite, douce et inflexible à la fois – celle de Mme la comtesse. (Je ne suis pas bon physionomiste, comme on dit, mais j'ai la mémoire des voix, je ne les oublie jamais, je les aime. Un aveugle, que rien ne distrait, doit apprendre beaucoup de choses des voix.) « Pourquoi pas, monsieur ? » ai-je répondu.

Nous nous sommes considérés en silence. Je lisais l'étonnement dans son regard, un peu d'ironie aussi. À côté de cette machine flamboyante, ma soutane faisait une tache noire et triste. Par quel miracle me suis-je senti à ce moment-là jeune, si jeune – ah, oui, si jeune – aussi jeune que ce triomphal matin ? En un éclair, j'ai vu ma triste adolescence – non pas ainsi que les noyés repassent leur vie, dit-on, avant de couler à pic, car ce n'était sûrement pas une suite de tableaux presque instantanément déroulés – non. Cela était devant moi comme une personne, un être (vivant ou mort, Dieu le sait !). Mais je n'étais pas sûr de la reconnaître, je ne pouvais pas la reconnaître parce que... oh ! cela va paraître bien étrange – parce que je la voyais pour la première fois, je ne l'avais jamais vue. Elle était passée jadis – ainsi que passent près de nous tant d'étrangers dont nous eussions fait des frères, et qui s'éloignent sans retour. Je n'avais jamais été jeune, parce que je n'avais pas osé. Autour de moi, probablement, la vie poursuivait son cours, mes camarades connaissaient, savouraient cet acide printemps, alors que je m'efforçais de n'y pas penser, que je m'hébétais de travail. Les sympathies ne me manquaient pas, certes ! Mais les meilleurs de mes amis devaient redouter, à leur insu, le signe dont m'avait marqué ma première enfance, mon expérience enfantine de la misère, de son opprobre. Il eût fallu que je leur ouvrisse mon cœur, et ce que j'aurais souhaité dire était cela justement que je voulais à tout prix tenir caché… Mon Dieu, cela me paraît si simple maintenant ! Je n'ai jamais été jeune parce que personne n'a voulu l'être avec moi.

Oui, les choses m'ont paru simples tout à coup. Le souvenir n'en sortira plus de moi. Ce ciel clair, la fauve brume criblée d'or, les pentes encore blanches de gel, et cette machine éblouissante qui haletait doucement dans le soleil… J'ai compris que la jeunesse est bénie – qu'elle est un risque à courir – mais que ce risque même est béni. Et par un pressentiment que je n'explique pas, je comprenais aussi, *je savais* que Dieu ne voulait pas que je mourusse sans connaître quelque chose de ce risque – juste assez, peut-être, pour que mon sacrifice fût total, le moment venu… J'ai connu cette pauvre petite minute de gloire.

Parler ainsi, à propos d'une rencontre aussi banale, cela doit paraître bien sot, je le sens. Que m'importe ! Pour n'être pas ridicule dans le bonheur, il faut l'avoir appris dès le premier âge, lorsqu'on n'en pouvait même pas balbutier le nom. Je n'aurai jamais, fût-ce une seconde, cette sûreté, cette élégance. Le bonheur ! Une sorte de fierté, d'allégresse, une espérance absurde, purement charnelle, la forme charnelle de l'espérance, je crois que c'est ce qu'ils appellent le bonheur. Enfin, je me sentais jeune, réellement jeune, devant ce compagnon aussi jeune que moi. Nous étions jeunes tous les deux.

« Où allez-vous, monsieur le curé ? — À Mézargues. — Vous n'êtes jamais monté là-dessus ? » J'ai éclaté de rire. Je me disais que vingt ans plus tôt, rien qu'à caresser de la main, comme je le faisais, le long réservoir tout frémissant des lentes pulsations du moteur, je me serais évanoui de plaisir. Et pourtant, je ne me souvenais pas d'avoir, enfant, jamais osé seulement désirer posséder un de ces jouets, fabuleux pour les petits pauvres, un jouet mécanique, un jouet qui marche. Mais ce rêve était sûrement au fond de moi, intact. Et il remontait du passé, il éclatait tout à coup dans ma pauvre poitrine malade, déjà touchée par la mort, peut-être ? Il était là-dedans, comme un soleil.

« Par exemple, a-t-il repris, vous pouvez vous vanter de m'épater. Ça ne vous fait pas peur ? — Oh ! non, pourquoi voulez-vous que ça me fasse peur ? — Pour rien. — Écoutez, lui dis-je, d'ici à Mézargues, je crois que nous ne rencontrerons personne. Je ne voudrais pas qu'on se moquât de vous. — C'est moi qui suis un imbécile », a-t-il répondu, après un silence.

J'ai grimpé tant bien que mal sur un petit siège assez mal commode et presque aussitôt la longue descente à laquelle nous faisions face a paru bondir derrière nous tandis que la haute voix du moteur s'élevait sans cesse jusqu'à ne plus donner qu'une seule note, d'une extraordinaire pureté. Elle était comme le chant de la lumière, elle était la lumière même, et je croyais la suivre des yeux dans sa courbe immense, sa prodigieuse ascension. Le paysage ne venait pas à nous, il s'ouvrait de toutes parts, et un peu au-delà du glissement hagard de la route, tournait majestueusement sur lui-même, ainsi que la porte d'un autre monde.

J'étais bien incapable de mesurer le chemin parcouru, ni le temps. Je sais seulement que nous allions vite, très vite, de plus en plus vite. Le vent de la course n'était plus, comme au début, l'obstacle auquel je m'appuyais de tout mon poids, il était devenu un couloir vertigineux, un vide entre deux colonnes d'air brassées à une vitesse foudroyante. Je les sentais rouler à ma droite et à ma gauche, pareilles à deux murailles liquides, et lorsque j'essayais d'écarter le bras, il était plaqué à mon flanc par une force irrésistible. Nous sommes arrivés ainsi au virage de Mézargues. Mon conducteur s'est retourné une seconde. Perché sur mon siège, je le dépassais des épaules, il devait me regarder de bas en haut. « Attention ! » m'a-t-il dit. Les yeux riaient dans son visage tendu, l'air dressait ses longs cheveux blonds tout droits sur sa tête. J'ai vu le talus de la route foncer vers nous, puis fuir brusquement d'une fuite oblique, éperdue. L'immense horizon a vacillé deux fois, et déjà nous plongions dans la descente de Gesvres.

Mon compagnon m'a crié je ne sais quoi, j'ai répondu par un rire, je me sentais heureux, délivré, si loin de tout. Enfin j'ai compris que ma mine le surprenait un peu, qu'il avait cru probablement me faire peur. Mézargues était derrière nous. Je n'ai pas eu le courage de protester. Après tout, pensais-je, il ne me faut pas moins d'une heure pour faire la route à pied, j'y gagne encore...

Nous sommes revenus au presbytère plus sagement. Le ciel s'était couvert, il soufflait une petite bise aigre. J'ai bien senti que je m'éveillais d'un rêve.

Par chance, le chemin était désert, nous n'avons rencontré que la vieille Madeleine, qui liait des fagots. Elle ne s'est pas retournée. Je croyais que M. Olivier allait pousser jusqu'au château, mais il m'a demandé gentiment la permission d'entrer. Je ne savais que lui dire. J'aurais donné Dieu sait quoi pour pouvoir le régaler un peu, car rien n'ôtera de la tête d'un paysan comme moi que le militaire a toujours faim et soif. Naturellement, je n'ai pas osé lui offrir de mon vin qui n'est plus qu'une tisane boueuse peu présentable. Mais nous avons allumé un grand feu de fagots, et il a bourré sa pipe. « Dommage que je parte demain, nous aurions pu recommencer... — L'expérience me suffit, ai-je répondu. Les gens n'aimeraient pas trop voir leur curé courir sur les routes, à la vitesse d'un train express. D'ailleurs, je pourrais me tuer. — Vous avez peur de ça ? — Oh ! non... Enfin, guère... Mais que penserait Monseigneur ? — Vous me plaisez beaucoup, m'a-t-il dit. Nous aurions été amis. — Votre ami, moi ? — Sûr ! Et ce n'est pourtant pas faute d'en savoir long sur votre compte. Là-bas, on ne parle que de vous. — Mal ? — Plutôt... Ma cousine est enragée. Une vraie Sommerange celle-là. — Que voulez-vous dire ? — Hé bien, moi aussi, je suis Sommerange. Avides et durs, jamais satisfaits de rien, avec on ne sait quoi d'intraitable, qui doit être chez nous la part du diable, qui nous fait terriblement ennemis de nous-mêmes, au point que nos vertus ressemblent à nos vices, et que le bon Dieu lui-même aura du mal à distinguer des mauvais garçons les saints de la famille – si par hasard il en existe. La seule qualité qui nous soit commune est de craindre le sentiment comme la peste. Détestant de partager avec autrui nos plaisirs, nous avons du moins la loyauté de ne pas l'embarrasser de nos peines. C'est une qualité précieuse à l'heure de la mort, et la vérité m'oblige à dire que nous mourons assez bien. Voilà. Vous en savez désormais autant que moi. Tout ça ensemble fait des soldats passables. Malheureusement, le métier n'est pas encore ouvert aux femmes, en sorte que les femmes de chez nous, bigre !... Ma pauvre tante leur avait trouvé une devise : Tout ou rien. Je lui disais un jour que cette devise ne signifiait pas grand-chose, à moins qu'on ne lui donnât le caractère d'un pari. Et ce pari-là, on ne peut le faire sérieusement qu'à l'heure de la mort, pas vrai ? Personne des nôtres n'est revenu pour nous apprendre s'il a été tenu ou non, et par qui. — Je suis sûr que vous croyez en Dieu. — Chez nous, m'a-t-il répondu, c'est une question qu'on ne pose pas. Nous croyons tous en Dieu, tous, jusqu'aux pires – les pires plus que les autres, peut-être. Je pense que nous sommes trop orgueilleux pour accepter de faire le mal sans aucun risque : il y a toujours ainsi un témoin à affronter : Dieu. » Ces paroles auraient dû me déchirer le cœur, car il était facile de les interpréter comme autant de blasphèmes, et pourtant elles ne me causaient aucun trouble. « Il n'est pas si mauvais d'affronter Dieu, lui dis-je. Cela force un homme à s'engager à fond – à engager à fond l'espérance, toute l'espérance dont il est capable. Seulement Dieu se détourne parfois… » Il me fixait de ses yeux pâles. « Mon oncle vous tient pour un sale petit curé de rien, et il prétend même que vous… » Le sang m'a sauté au visage. « Je pense que son opinion vous est indifférente, c'est le dernier des imbéciles. Quant à ma cousine… — N'achevez pas, je vous en prie ! » ai-je dit. Je sentais mes yeux se remplir de larmes, je ne pouvais pas grand-chose contre cette soudaine faiblesse, et ma terreur d'y céder malgré moi était telle qu'un frisson m'a pris, j'ai été m'accroupir au coin de la cheminée, dans les cendres. « C'est la première fois que je vois ma cousine exprimer un sentiment avec cette… D'ordinaire elle oppose à toute indiscrétion, même frivole, un front d'airain. — Parlez plutôt de moi… — Oh ! vous ! N'était ce fourreau noir, vous ressemblez à n'importe lequel d'entre nous autres. J'ai vu ça au premier coup d'œil. » Je ne comprenais pas (je ne comprends d'ailleurs pas encore). « Vous ne voulez pas dire que… — Ma foi si, je veux le dire. Mais vous ignorez peut-être que je sers au régiment étranger ? — Au régiment ?… — À la Légion, quoi !

Le mot me dégoûte depuis que les romanciers l'ont mis à la mode. — Voyons, un prêtre !... ai-je balbutié. — Des prêtres ? Ça n'est pas les prêtres qui manquent là-bas. Tenez, l'ordonnance de mon commandant était un ancien curé du Poitou. Nous ne l'avons su qu'après... — Après ?... — Après sa mort, parbleu ! — Et comment est-il... — Comment il est mort ? Dame, sur un mulet de bât, ficelé comme un saucisson. Il avait une balle dans le ventre. — Ce n'est pas ce que je vous demande. — Écoutez, je ne veux pas vous mentir. Les garçons aiment à crâner, dans ce moment-là. Ils ont deux ou trois formules qui ressemblent assez à ce que vous appelez des blasphèmes, soyons francs ! — Quelle horreur ! » Il se passait en moi quelque chose d'inexplicable. Dieu sait que je n'avais jamais beaucoup songé à ces hommes durs, à leur vocation terrible, mystérieuse, car pour tous ceux de ma génération le nom de soldat n'évoque que l'image banale d'un civil mobilisé. Je me souviens de ces permissionnaires qui nous arrivaient chargés de musettes et que nous revoyions le même soir déjà vêtus de velours – des paysans comme les autres. Et voilà que les paroles d'un inconnu éveillaient tout à coup en moi une curiosité inexprimable. « Il y a blasphème et blasphème », poursuivait mon compagnon de sa voix tranquille, presque dure. « Dans l'esprit des bonshommes (il prononçait bonommes) c'est une manière de couper les ponts derrière eux, ils en ont l'habitude. Je trouve ça idiot, mais pas sale. Hors la loi en ce monde, ils se mettent eux-mêmes hors la loi dans l'autre. Si le bon Dieu ne sauve pas les soldats, tous les soldats, parce que soldats, inutile d'insister. Un blasphème de plus pour faire bonne mesure, courir la même chance que les camarades, éviter l'acquittement à la minorité de faveur, quoi – et puis couac !… C'est toujours la même devise en somme : Tout ou rien, vous ne trouvez pas ? Parions que vous-même… — Moi ! — Oh ! bien sûr, il y a une nuance. Cependant, si vous vouliez seulement vous regarder… — Me regarder ! » Il n'a pu s'empêcher de rire. Nous avons ri ensemble comme nous avions ri un moment plus tôt, là-bas, sur la route, dans le soleil. « Je veux dire que si votre visage n'exprimait pas… » Il s'est arrêté. Mais ses yeux pâles ne me déconcertaient plus, j'y lisais très bien sa pensée. « L'habitude de la prière, je suppose, a-t-il repris. Dame ! ce langage ne m'est pas trop familier… — La prière ! L'habitude de la prière ! hélas, si vous saviez… je prie très mal. » Il a trouvé une réponse étrange, qui m'a fait beaucoup réfléchir depuis. « L'habitude de la prière, cela signifie plutôt pour moi la préoccupation perpétuelle de la prière, une lutte, un effort. C'est la crainte incessante de la peur, la peur de la peur, qui modèle le visage de l'homme brave. Le vôtre – permettez-moi – semble usé par la prière, cela fait penser à un très vieux missel, ou encore à ces figures effacées, tracées au burin sur les dalles des gisants. N'importe ! je crois qu'il ne faudrait pas grand-chose pour que ce visage fût celui d'un hors-la-loi, dans notre genre. D'ailleurs mon oncle dit que vous manquez du sens de la vie sociale. Avouez-le : notre ordre n'est pas le leur. — Je ne refuse pas leur ordre, ai-je répondu. Je lui reproche d'être sans amour. — Nos garçons n'en savent pas si long que vous. Ils croient Dieu solidaire d'une espèce de justice qu'ils méprisent, parce que c'est une justice sans honneur. — L'honneur lui-même, commençai-je… — Oh ! sans doute, un honneur à leur mesure… Si fruste qu'elle paraisse à vos casuistes, leur loi a du moins le mérite de coûter cher, très cher. Elle ressemble à la pierre du sacrifice – rien qu'un caillou, à peine plus gros qu'un autre caillou – mais toute ruisselante du sang lustral. Bien entendu, notre cas n'est pas clair et nous donnerions aux théologiens du fil à retordre si ces docteurs avaient le temps de s'occuper de nous. Reste qu'aucun d'eux n'oserait soutenir que vivants ou morts nous appartenions à ce monde sur lequel tombe à plein, depuis vingt siècles, la seule malédiction de l'Évangile. Car la loi du monde est le refus – et nous ne refusons rien, pas même notre peau, – le plaisir, et nous ne demandons à la débauche que le repos et l'oubli, ainsi qu'à un autre sommeil – la soif de l'or, et la plupart d'entre nous ne possèdent même pas la défroque immatriculée dans laquelle on les met en terre. Convenez que cette pauvreté-là peut soutenir la comparaison avec celle de certains moines à la mode spécialisés dans la prospection des âmes rares !… — Écoutez, lui dis-je, il y a le soldat chrétien… » Ma voix tremblait comme elle tremble chaque fois qu'un signe indéfinissable m'avertit que quoi que je fasse mes paroles apporteront, selon que Dieu voudra, la consolation ou le scandale. « Le chevalier ? a-t-il répondu avec un sourire. Au collège, les bons pères ne juraient encore que par son heaume et sa targe, on nous donnait la *Chanson de Roland* pour l'*Iliade* française. Évidemment ces fameux prud'hommes n'étaient pas ce que pensent les demoiselles, mais quoi ! il faut les voir tels qu'ils se présentaient à l'ennemi, écu contre écu, coude à coude. Ils valaient ce que valait la haute image à laquelle ils s'efforçaient de ressembler. Et cette image-là, ils ne l'ont empruntée à personne. Nos races avaient la chevalerie dans le sang, l'Église n'a eu qu'à bénir. Soldats, rien que soldats, voilà ce qu'ils furent, le monde n'en a pas connu d'autres. Protecteurs de la Cité, ils n'en étaient pas les serviteurs, ils traitaient d'égal à égal avec elle. La plus haute incarnation militaire du passé, celle du soldat-laboureur de l'ancienne Rome, ils l'ont comme effacée de l'histoire. Oh ! sans doute, ils n'étaient tous ni justes ni purs. Ils n'en représentaient pas moins une justice, une sorte de justice qui depuis les siècles des siècles hante la tristesse des misérables, ou parfois remplit leur rêve. Car enfin la justice entre les mains des puissants n'est qu'un instrument de gouvernement comme les autres. Pourquoi l'appelle-t-on justice ? Disons plutôt l'injustice, mais calculée, efficace, basée tout entière sur l'expérience effroyable de la résistance du faible, de sa capacité de souffrance, d'humiliation et de malheur. L'injustice maintenue à l'exact degré de tension qu'il faut pour que tournent les rouages de l'immense machine à fabriquer les riches, sans que la chaudière n'éclate. Et voilà que le bruit a couru un jour par toute la terre chrétienne qu'allait surgir une sorte de gendarmerie du Seigneur

Jésus… Un bruit qui court, ce n'est pas grand-chose, soit ! Mais tenez ! lorsqu'on réfléchit au succès fabuleux, ininterrompu, d'un livre comme le *Don Quichotte*, on est forcé de comprendre que si l'humanité n'a pas encore fini de se venger par le rire de son grand espoir déçu, c'est qu'elle l'avait porté longtemps, qu'il était entré bien profond ! Redresseurs de torts, redresseurs de leurs mains de fer. Vous aurez beau dire : ces hommes-là frappaient à grands coups, à coups pesants, ils ont forcé à grands coups nos consciences. Aujourd'hui encore, des femmes paient très cher le droit de porter leurs noms, leurs pauvres noms de soldat, et les naïves allégories dessinées jadis sur leurs écus par quelque clerc maladroit font rêver les maîtres opulents du charbon, de la houille ou de l'acier. Vous ne trouvez pas ça comique ? — Non, lui dis-je. — Moi, si ! C'est tellement drôle de penser que les gens du monde croient se reconnaître dans ces hautes figures, par-dessus sept cents ans de domesticité, de paresse et d'adultères. Mais ils peuvent courir. Ces soldats-là n'appartenaient qu'à la chrétienté, la chrétienté n'appartient plus à personne. Il n'y a plus, il n'y aura plus jamais de chrétienté. — Pourquoi ? — Parce qu'il n'y a plus de soldats. Plus de soldats, plus de chrétienté. Oh ! vous me direz que l'Église lui survit, que c'est le principal. Bien sûr. Seulement il n'y aura plus de royaume temporel du Christ, c'est fini. L'espoir en est mort avec nous. — Avec vous ? m'écriai-je. Ce ne sont pas les soldats qui manquent ! — Des soldats ? Appelez ça des militaires. Le dernier vrai soldat est mort le 30 mai 1431, et c'est vous qui l'avez tué, vous autres ! Pis que tué : condamné, retranché, puis brûlé. — Nous en avons fait aussi une Sainte… — Dites plutôt que Dieu l'a voulu. Et s'il l'a élevé si haut, ce soldat, c'est justement parce qu'il était le dernier. Le dernier d'une telle race ne pouvait être qu'un Saint. Dieu a voulu encore qu'il fût une Sainte. Il a respecté l'antique pacte de chevalerie. La vieille épée jamais rendue repose sur des genoux que le plus fier des nôtres ne peut qu'embrasser en pleurant. J'aime ça, vous savez, ce rappel discret du cri des tournois : "Honneur aux Dames !" Il y a là de quoi faire loucher de rancune vos docteurs qui se méfient tant des personnes du sexe, hein ? » La plaisanterie m'aurait fait rire, car elle ressemble beaucoup à celles que j'ai entendues tant de fois au séminaire, mais je voyais que son regard était triste, d'une tristesse que je connais. Et cette tristesse-là m'atteint comme au vif de l'âme, j'éprouve devant elle une sorte de timidité stupide, insurmontable. « Que reprochez-vous donc aux gens d'Église ? ai-je fini par dire bêtement. — Moi ? oh ! pas grand-chose. De nous avoir laïcisés. La première vraie laïcisation a été celle du soldat. Et elle ne date pas d'hier. Quand vous pleurnichez sur les excès du nationalisme, vous devriez vous souvenir que vous avez fait jadis risette aux légistes de la Renaissance qui mettaient le droit chrétien dans leur poche et reformaient patiemment sous votre nez, à votre barbe, l'État païen, celui qui ne connaît d'autre loi que celle de son propre salut – les impitoyables patries, pleines d'avarice et d'orgueil. — Écoutez, lui dis-je, je ne connais pas grand-chose à l'histoire, mais il me semble que l'anarchie féodale avait ses risques. — Oui, sans doute… Vous n'avez pas voulu les courir. Vous avez laissé la Chrétienté inachevée, elle était trop lente à se faire, elle coûtait gros, rapportait peu. D'ailleurs, n'aviez-vous pas jadis construit vos basiliques avec les pierres des temples ? Un nouveau droit, quand le Code Justinien restait, comme à portée de la main ?… *"L'État contrôlant tout et l'Église contrôlant l'État"*, cette formule élégante devait plaire à vos politiques. Seulement nous étions là, nous autres. Nous avions nos privilèges, et par-dessus les frontières, notre immense fraternité. Nous avions même nos cloîtres. Des Moines-Soldats ! C'était de quoi réveiller les proconsuls dans leurs tombes, et vous non plus, vous ne vous faisiez pas fiers ! L'honneur du soldat, vous comprenez, ça ne se prend pas au trébuchet des casuistes. Il n'y a qu'à lire le procès de Jeanne d'Arc. "Sur la foi jurée à vos Saintes, sur la fidélité au suzerain, sur la légitimité du roi de France, rapportez-vous-en à nous, disaient-ils. Nous vous relevons de tout. — Je ne veux être relevée de rien, s'écriait-elle. — Alors nous allons vous damner ?" Elle aurait pu répondre : "Je serai donc damnée avec mon serment." Car notre loi était le serment. Vous aviez béni ce serment, mais c'est à lui que nous appartenions, pas à vous. N'importe ! Vous nous avez donnés à l'État. L'État qui nous arme, nous habille et nous nourrit prend aussi notre conscience en charge. Défense de juger, défense même de comprendre. Et vos théologiens approuvent, comme de juste. Ils nous concèdent, avec une grimace, la permission de tuer, de tuer n'importe où, n'importe comment, de tuer par ordre, comme au bourreau. Défenseurs du sol, nous réprimons aussi l'émeute, et lorsque l'émeute a vaincu, nous la servons à son tour. Dispense de fidélité. À ce régime-là, nous sommes devenus des militaires. Et si parfaitement militaires que dans une démocratie accoutumée à toutes les servilités, celle des généraux-ministres réussit à scandaliser les avocats. Si exactement, si parfaitement militaires qu'un homme de grande race, comme Lyautey, a toujours repoussé ce nom infamant. Et d'ailleurs, il n'y aura bientôt plus de militaires. De sept à soixante ans tous… tous quoi ? au juste ?… L'armée même devient un mot vide de sens lorsque les peuples se jettent les uns sur les autres – les tribus d'Afrique quoi ! – des tribus de cent millions d'hommes. Et le théologien, de plus en plus dégoûté, continuera de signer des dispenses – des formules imprimées, je suppose, rédigées par les rédacteurs du ministère de la Conscience nationale ? Mais où s'arrêteront-ils, entre nous, vos théologiens ? Les meilleurs tueurs, demain, tueront sans risque. À trente mille pieds au-dessus du sol, n'importe quelle saleté d'ingénieur, bien au chaud dans ses pantoufles, entouré d'ouvriers spécialistes, n'aura qu'à tourner un bouton pour assassiner une ville et reviendra dare-dare, avec la seule crainte de rater son dîner. Évidemment personne ne donnera à cet employé le nom de soldat. Mérite-t-il même celui de militaire ? Et vous autres, qui refusiez la terre sainte aux pauvres cabotins du XVIIe siècle, comment l'enterrerez-vous ? Notre profession est-elle donc tellement avilie que nous ne puissions absolument plus répondre d'un seul de nos actes, que nous partagions l'affreuse innocence de nos mécaniques d'acier ? Allons donc ! Le pauvre diable qui bouscule sa bonne amie sur la mousse, un soir de printemps, est tenu par vous en état de péché mortel, et le tueur de villes, alors que les gosses qu'il vient d'empoisonner achèveront de vomir leurs poumons dans le giron de leurs mères, n'aura qu'à changer de culotte et ira donner le pain bénit ? Farceurs que vous êtes ! Inutile de faire semblant de traiter avec les Césars ! La cité antique est morte, elle est morte comme ses dieux. Et les dieux protecteurs de la cité moderne, on les connaît, ils dînent en ville, et s'appellent des banquiers. Rédigez autant de concordats que vous voudrez ! Hors de la Chrétienté, il n'y a de place en Occident ni pour la patrie ni pour le soldat, et vos lâches complaisances auront bientôt achevé de laisser déshonorer l'une et l'autre ! »

Il s'était levé, m'enveloppait en parlant de son regard étrange, d'un bleu toujours aussi pâle, mais qui dans l'ombre paraissait doré. Il a jeté rageusement sa cigarette dans les cendres.

« Moi je m'en fous, a-t-il repris. Je serai tué avant. »

Chacune de ses paroles m'avait remué jusqu'au fond du cœur. Hélas ! Dieu s'est remis entre nos mains – son Corps et son Âme – le Corps, l'Âme, l'honneur de Dieu dans nos mains sacerdotales – et ce que ces hommes-là prodiguent sur toutes les routes du monde… Saurions-nous seulement mourir comme eux ? me disais-je. Un moment, j'ai caché mon visage, j'étais épouvanté de sentir les larmes couler entre mes doigts. Pleurer devant lui, comme un enfant, comme une femme ! Mais Notre-Seigneur m'a rendu un peu courage. Je me suis levé, j'ai laissé tomber mes bras, et d'un grand effort – le souvenir m'en fait mal – je lui ai offert ma triste figure, mes honteuses larmes. Il m'a regardé longtemps. Oh ! l'orgueil est encore en moi bien vivace ! J'épiais un sourire de mépris, du moins de pitié sur ses lèvres volontaires – je craignais plus sa pitié que son mépris. – «Vous êtes un chic garçon, m'a-t-il dit. Je ne voudrais pas un autre curé que vous à mon lit de mort.» Et il m'a embrassé, à la manière des enfants, sur les deux joues.

◆◆◆ J'ai décidé de partir pour Lille. Mon remplaçant est venu ce matin. Il m'a trouvé bonne mine. C'est vrai que je vais mieux, beaucoup mieux. Je fais mille projets un peu fous. Il est certain que j'ai trop douté de moi, jusqu'ici. Le doute de soi n'est pas l'humilité, je crois même qu'il est parfois la forme la plus exaltée, presque délirante de l'orgueil, une sorte de férocité jalouse qui fait se retourner un malheureux contre lui-même, pour se dévorer. Le secret de l'enfer doit être là.

Qu'il y ait en moi le germe d'un grand orgueil, je le crains. Voilà longtemps que l'indifférence que je sens pour ce qu'on est convenu d'appeler les vanités de ce monde m'inspire plus de méfiance que de contentement. Je me dis qu'il y a quelque chose de trouble dans l'espèce de dégoût insurmontable que j'éprouve pour ma ridicule personne. Le peu de soin que je prends de moi, la gaucherie naturelle contre laquelle je ne lutte plus et jusqu'au plaisir que je trouve à certaines petites injustices qu'on me fait – plus brûlantes d'ailleurs que beaucoup d'autres – ne cachent-ils pas une déception dont la cause, au regard de Dieu, n'est pas pure ? Certes, tout cela m'entretient, vaille que vaille, dans des dispositions très passables à l'égard du prochain, car mon premier mouvement est de me donner tort, j'entre assez bien dans l'opinion des autres. Mais n'est-il pas vrai que j'y perds, peu à peu, la confiance, l'élan, l'espoir du mieux ?... Ma jeunesse – enfin, ce que j'en ai ! – ne m'appartient pas, ai-je le droit de la tenir sous le boisseau ? Certes, si les paroles de M. Olivier m'ont fait plaisir, elles ne m'ont pas tourné la tête. J'en retiens seulement que je puis emporter du premier coup la sympathie d'êtres qui lui ressemblent, qui me sont supérieurs de tant de manières... N'est-ce pas un signe ?

Je me souviens aussi d'un mot de M. le curé de Torcy : « Tu n'es pas fait pour la guerre d'usure. » Et c'est bien, ici, la guerre d'usure.

Mon Dieu, si j'allais guérir ! Si la crise dont je souffre était le premier symptôme de la transformation physique qui marque parfois la trentième année... Une phrase que j'ai lue je ne sais où me hante depuis deux jours : « Mon cœur est avec ceux de l'avant, mon cœur est avec ceux qui se font tuer. » Ceux qui se font tuer... Soldats, missionnaires...

Le temps ne s'accorde que trop bien avec ma... j'allais écrire : ma joie, mais le mot ne serait pas juste.

Attente conviendrait mieux. Oui, une grande, une merveilleuse attente, qui dure même pendant le sommeil, car elle m'a positivement réveillé cette nuit. Je me suis trouvé les yeux ouverts, dans le noir, et si heureux que l'impression en était presque douloureuse, à force d'être inexplicable. Je me suis levé, j'ai bu un verre d'eau, et j'ai prié jusqu'à l'aube. C'était comme un grand murmure de l'âme. Cela me faisait penser à l'immense rumeur des feuillages qui précède le lever du jour. Quel jour va se lever en moi ? Dieu me fait-il grâce ?

♦♦♦ J'ai trouvé dans ma boîte aux lettres un mot de M. Olivier, daté de Lille, où il passera, me dit-il, ses derniers jours de permission, chez un ami, 30, rue Verte. Je ne me souviens pas de lui avoir parlé de mon prochain voyage dans cette ville. Quelle étrange coïncidence !

La voiture de M. Bigre viendra me chercher ce matin à 5 h 30.

. . . .

Je m'étais couché hier soir très sagement. Le sommeil n'a pu venir. J'ai résisté longtemps à la tentation de me lever, de reprendre ce journal encore une fois. Comme il m'est cher ! L'idée même de le laisser ici, pendant une absence pourtant si courte, m'est, à la lettre, insupportable. Je crois que je ne résisterai pas, que je le fourrerai au dernier moment dans mon sac. D'ailleurs il est vrai que les tiroirs ferment mal, qu'une indiscrétion est toujours possible.

Hélas ! on croit ne tenir à rien, et l'on s'aperçoit un

jour qu'on s'est pris soi-même à son propre jeu, que le plus pauvre des hommes a son trésor caché. Les moins précieux, en apparence, ne sont pas les moins redoutables, au contraire. Il y a certainement quelque chose de maladif dans l'attachement que je porte à ces feuilles. Elles ne m'en ont pas moins été d'un grand secours au moment de l'épreuve, et elles m'apportent aujourd'hui un témoignage très précieux, trop humiliant pour que je m'y complaise, assez précis pour fixer ma pensée. Elles m'ont délivré du rêve. Ce n'est pas rien.

Il est possible, probable même, qu'elles me seront inutiles désormais. Dieu me comble de tant de grâces, et si inattendues, si étranges ! Je déborde de confiance et de paix.

J'ai mis un fagot dans l'âtre, je le regarde flamber avant d'écrire. Si mes ancêtres ont trop bu et pas assez mangé, ils devaient aussi avoir l'habitude du froid, car j'éprouve toujours devant un grand feu je ne sais quel étonnement stupide d'enfant ou de sauvage. Comme la nuit est calme ! Je sens bien que je ne dormirai plus.

. . . .

J'achevais donc mes préparatifs, cet après-midi, lorsque j'ai entendu grincer la porte d'entrée. J'attendais mon remplaçant, j'ai cru reconnaître son pas. S'il faut tout dire, j'étais d'ailleurs absorbé par un travail ridicule. Mes souliers sont en bon état, mais l'humidité les a rougis, je les noircissais avec de l'encre, avant de les cirer. N'entendant plus aucun bruit, j'ai voulu aller jusqu'à la cuisine, et j'ai vu Mlle Chantal assise sur la chaise basse, dans la cheminée. Elle ne me regardait pas, elle avait les yeux fixés sur les cendres.

Cela ne m'a pas autrement surpris, je l'avoue. Résigné d'avance à subir toutes les conséquences de mes fautes, volontaires ou non, j'ai l'impression de disposer d'un délai de grâce, d'un sursis, je ne veux rien prévoir, à quoi bon ? Elle a paru un peu déconcertée par mon bonjour. « Vous partez demain, paraît-il ? — Oui, mademoiselle. — Vous reviendrez ? — Cela dépendra. — Cela ne dépend que de vous. — Non. Cela dépend du médecin. Car je vais consulter à Lille. — Vous avez de la chance d'être malade. Il me semble que la maladie doit donner le temps de rêver. Je ne rêve jamais. Tout se déroule dans ma tête avec une précision horrible, on dirait les comptes d'un huissier ou d'un notaire. Les femmes de notre famille sont très positives, vous savez ? » Elle s'est approchée de moi tandis que j'étalais soigneusement le cirage sur mes souliers. J'y mettais même un peu de lenteur, et il ne m'aurait certainement pas déplu que notre conversation s'achevât sur un éclat de rire. Peut-être a-t-elle deviné ma pensée. Elle m'a dit tout à coup, d'une voix sifflante : « Mon cousin vous a parlé de moi ? — Oui, ai-je répondu. Mais je ne pourrais rien vous rapporter de ses propos. Je ne m'en souviens plus. — Que m'importe ! Je me moque de son opinion et de la vôtre. — Écoutez, lui dis-je, vous ne tenez que trop à connaître la mienne. » Elle a hésité un moment, et elle a répondu simplement oui, car elle n'aime pas mentir. « Un prêtre n'a pas d'opinion, je voudrais que vous compreniez cela. Les gens du monde jugent par rapport au mal ou au bien qu'ils sont capables de se faire entre eux, et vous ne pouvez me faire ni bien ni mal. — Du moins devriez-vous me juger selon… que sais-je… enfin le précepte, la morale ? — Je ne pourrais vous juger que selon la grâce, et j'ignore celles qui vous sont données, je l'ignorerai toujours. — Allons donc ! vous avez des yeux et des oreilles, vous vous en servez comme tout le monde, je suppose ? — Oh ! ils ne me renseigneraient guère sur vous ! » Je crois que j'ai souri. « Achevez ! Achevez ! que voulez-vous dire ? — Je crains de vous offenser. Je me souviens d'avoir vu, quand j'étais enfant, une scène de Guignol, un jour de ducasse, à Wilman. Guignol avait caché son trésor dans un pot de terre, et il gesticulait à l'autre extrémité de la scène pour détourner l'attention du commissaire. Je pense que vous vous agitez beaucoup dans l'espoir de cacher à tous la vérité de votre âme, ou peut-être de l'oublier. » Elle m'écoutait attentivement, les coudes posés sur la table, le menton dans ses paumes, et le petit doigt de sa main gauche entre ses dents serrées. « Je n'ai pas peur de la vérité, monsieur, et si vous m'en défiez, je suis très capable de me confesser à vous, sur-le-champ. Je ne cacherai rien, je le jure ! — Je ne vous défie pas, lui dis-je, et pour accepter de vous entendre en confession, il faudrait bien que vous soyez en danger de mort. L'absolution viendra en son temps, j'espère, et d'une autre main que la mienne, sûr ! — Oh ! la prédiction n'est pas difficile à faire. Papa s'est promis d'obtenir votre changement, et tout le monde ici vous prend maintenant pour un ivrogne, parce que... » Je me suis retourné brusquement. « Assez ! lui ai-je dit. Je ne voudrais pas vous manquer de respect, mais ne recommencez pas vos sottises, vous finiriez par me faire honte. Puisque vous êtes ici, – contre la volonté de votre père encore ! – aidez-moi à ranger la maison. Je n'arriverai jamais tout seul. » Lorsque j'y pense maintenant, je ne puis comprendre qu'elle m'ait obéi. Au moment même, j'ai trouvé cela tout naturel. L'aspect de mon presbytère a changé presque à vue d'œil. Elle gardait le silence et lorsque je l'observais de biais, je la trouvais de plus en plus pâle. Elle a jeté brusquement le torchon dont elle essuyait les meubles, et s'est de nouveau approchée de moi, le visage bouleversé de rage. J'ai eu presque peur. « Cela vous suffit ? Êtes-vous content ? Oh ! vous cachez bien votre jeu. On vous croit inoffensif, vous feriez plutôt pitié. Mais vous êtes dur ! — Ce n'est pas moi qui suis dur, seulement cette part de vous-même inflexible, qui est celle de Dieu. — Qu'est-ce que vous racontez là ? Je sais parfaitement que Dieu n'aime que les doux, les humbles... D'ailleurs si je vous disais ce que je pense de la vie ! — À votre âge, on n'en pense pas grand-chose. On désire ceci ou cela, voilà tout. — Hé bien moi, je désire tout, le mal et le bien. Je connaîtrai tout. — Ce sera bientôt fait, lui dis-je en riant. — Allons donc ! J'ai beau n'être qu'une jeune fille, je sais parfaitement que bien des gens sont morts avant d'y avoir réussi. — C'est qu'ils ne cherchaient pas réellement. Ils rêvaient. Vous, vous ne rêverez jamais. Ceux dont vous parlez ressemblent à des voyageurs en chambre. Lorsqu'on va droit devant soi, la terre est petite. — Si la vie me déçoit, n'importe ! Je me vengerai, je ferai le mal pour le mal. — À ce moment-là, lui dis-je, vous trouverez Dieu. Oh ! je ne m'exprime sans doute pas bien, et vous êtes d'ailleurs un enfant. Mais enfin, je puis vous dire que vous partez en tournant le dos au monde, car le monde n'est pas révolte, il est acceptation, et il est d'abord l'acceptation du mensonge. Jetez-vous donc en avant tant que vous voudrez, il faudra que la muraille cède un jour, et toutes les brèches ouvrent sur le ciel. — Parlez-vous ainsi par... par fantaisie... ou bien... — Il est vrai que les doux posséderont la terre. Et ceux qui vous ressemblent ne la leur disputeront pas, parce qu'ils ne sauraient qu'en faire. Les ravisseurs ne ravissent que le royaume des cieux. » Elle était devenue toute rouge, elle a haussé les épaules. «On a envie de vous répondre je ne sais quoi... des injures. Est-ce que vous croyez disposer de moi contre mon gré ? Je me damnerai très bien, si je veux. — Je réponds de vous, lui dis-je sans réfléchir, âme pour âme. » Elle se lavait les mains au robinet de la cuisine, elle ne s'est même pas retournée. Puis elle a remis tranquillement son chapeau, qu'elle avait ôté pour travailler. Elle est revenue vers moi, à pas lents. Si je ne connaissais si bien son visage, je pourrais dire qu'il était calme, mais je voyais trembler un peu le coin de sa bouche. «Je vous propose un marché, a-t-elle dit. Si vous êtes ce que je crois... — Je ne suis justement pas celui que vous croyez. C'est vous-même qui vous voyez en moi comme dans un miroir, et votre destin avec. — J'étais cachée sous la fenêtre lorsque vous parliez à maman. Tout à coup sa figure est devenue si… si douce ! À ce moment, je vous ai haï. Oh ! je ne crois pas beaucoup plus aux miracles qu'aux revenants, mais je connaissais ma mère, peut-être ! Elle se souciait autant des belles phrases qu'un poisson d'une pomme. Avez-vous un secret, oui ou non ? — C'est un secret perdu, lui dis-je. Vous le retrouverez pour le perdre à votre tour, et d'autres le transmettront après vous, car la race à laquelle vous appartenez durera autant que ce monde. — Quoi ? quelle race ? — Celle que Dieu lui-même a mise en marche, et qui ne s'arrêtera plus, jusqu'à ce que tout soit consommé. »

III

♦♦♦ C'est honteux de ne pouvoir tenir ma plume. Mes mains tremblent. Pas toujours, mais par crises, très courtes d'ailleurs, quelques secondes. Je me force à noter cela.

S'il me restait assez d'argent, je prendrais le train pour Amiens. Mais j'ai eu ce geste absurde, tout à l'heure, en sortant de chez le médecin. Que c'est bête ! Il me reste mon billet de retour et trente-sept sous.

. . . .

Supposons que cela se soit très bien passé : je serais peut-être à cette même place, écrivant comme je fais. Je me souviens très bien d'avoir remarqué ce petit estaminet tranquille, avec son arrière-salle déserte, si commode, et les grosses tables de bois mal équarries. (La boulangerie, à côté, embaumait le pain frais.) J'avais même faim…

Oui, sûrement… J'aurais tiré ce cahier de mon sac, j'aurais demandé la plume et l'encre, la même bonne me les eût apportées avec le même sourire. J'aurais souri aussi. La rue est pleine de soleil.

. . . .

Quand je relirai ces lignes demain, dans six semaines – six mois peut-être, qui sait ? – je sens bien que je souhaiterai d'y retrouver… Mon Dieu, d'y retrouver quoi ?… Hé bien, seulement la preuve que j'allais et venais aujourd'hui comme d'habitude, c'est enfantin.

. . . .

J'ai d'abord marché droit devant moi, vers la gare. Je suis entré dans une vieille église dont j'ignore le nom. Il y avait trop de monde. Cela aussi est enfantin, mais j'aurais voulu m'agenouiller librement sur les dalles, m'y étendre plutôt, m'y étendre face contre terre. Je n'avais jamais senti avec tant de violence la révolte physique contre la prière – et si nettement que je n'en éprouvais nul remords. Ma volonté n'y pouvait rien. Je ne croyais pas que ce qu'on nomme du mot si banal de distraction pût avoir ce caractère de dissociation, d'émiettement. Car je ne luttais pas contre la peur, mais contre un nombre, en apparence infini, de peurs – une peur pour chaque fibre, une multitude de peurs. Et lorsque je fermais les yeux, que j'essayais de concentrer ma pensée, il me semblait entendre ce chuchotement comme d'une foule immense, invisible, tapie au fond de mon angoisse, ainsi que dans la plus profonde nuit.

La sueur ruisselait de mon front, de mes mains. J'ai fini par sortir. Le froid de la rue m'a pris. Je marchais vite. Je crois que si j'avais souffert, j'aurais pu me prendre en pitié, pleurer sur moi, sur mon malheur. Mais je ne sentais qu'une légèreté incompréhensible. Ma stupeur, au contact de cette foule bruyante, ressemblait au saisissement de la joie. Elle me donnait des ailes.

. . . .

J'ai trouvé cinq francs dans la poche de ma douillette. Je les avais mis là pour le chauffeur de M. Bigre, j'ai oublié de les lui donner. Je me suis fait servir du café noir et l'un de ces petits pains dont j'avais senti l'odeur. La patronne de l'estaminet s'appelle Mme Duplouy, elle est la veuve d'un maçon jadis établi à Torcy. Depuis un moment elle m'observait à la dérobée du haut de son comptoir, par-dessus la cloison de l'arrière-salle. Elle est venue s'asseoir auprès de moi, m'a regardé manger. « À votre âge, me dit-elle, on dévore. » J'ai dû accepter du beurre, de ce beurre des Flandres, qui sent la noisette. L'unique fils de Mme Duplouy est mort de la tuberculose et sa petite-fille d'une méningite, à vingt mois. Elle-même souffre du diabète, ses jambes sont enflées, mais elle ne peut trouver d'acheteur à cet estaminet, où il ne vient personne. Je l'ai consolée de mon mieux. La résignation de tous ces gens me fait honte. Elle semble d'abord n'avoir rien de surnaturel, parce qu'ils l'expriment dans leur langage, et que ce langage n'est plus chrétien. Autant dire qu'ils ne l'expriment pas, qu'ils ne s'expriment plus eux-mêmes. Ils s'en tirent avec des proverbes et des phrases de journaux.

Apprenant que je ne reprendrais le train que ce

soir, Mme Duplouy a bien voulu mettre à ma disposition l'arrière-salle. «Comme ça, dit-elle, vous pourrez continuer à écrire tranquillement votre sermon.» J'ai eu beaucoup de peine à l'empêcher d'allumer le poêle (je grelotte encore un peu). «Dans ma jeunesse, a-t-elle dit, les prêtres se nourrissaient trop, avaient trop de sang. Aujourd'hui vous êtes plus maigres que des chats perdus.» Je crois qu'elle s'est méprise sur la grimace que j'ai faite, car elle a précipitamment ajouté : «Les commencements sont toujours durs. N'importe ! À votre âge, on a toute la vie devant soi.»

J'ai ouvert la bouche pour répondre et… je n'ai pas compris d'abord. Oui, avant même d'avoir rien résolu, pensé à rien, je savais que je garderais le silence. Garder le silence, quel mot étrange ! C'est le silence qui nous garde.

(Mon Dieu, vous l'avez voulu ainsi, j'ai reconnu votre main. J'ai cru la sentir sur mes lèvres.)

....

Mme Duplouy m'a quitté pour reprendre sa place au comptoir. Il venait d'entrer du monde, des ouvriers qui cassaient la croûte. L'un d'eux m'a vu par-dessus la cloison, et ses camarades ont éclaté de rire. Le bruit qu'ils font ne me trouble pas, au contraire. Le silence intérieur – celui que Dieu bénit – ne m'a jamais isolé des êtres. Il me semble qu'ils y entrent, je les reçois ainsi qu'au seuil de ma demeure. Et ils y viennent sans doute, ils y viennent à leur insu. Hélas ! je ne puis leur offrir qu'un refuge précaire ! Mais j'imagine le silence de certaines âmes comme d'immenses lieux d'asile. Les pauvres pécheurs, à bout de forces, y entrent à tâtons, s'y endorment, et repartent consolés sans garder aucun souvenir du grand temple invisible où ils ont déposé un moment leur fardeau.

Évidemment, il est un peu sot d'évoquer l'un des plus mystérieux aspects de la Communion des Saints à propos de cette résolution que je viens de prendre et qui aurait pu aussi bien m'être dictée par la seule prudence humaine. Ce n'est pas ma faute si je dépends toujours de l'inspiration du moment, ou plutôt, à vrai dire, d'un mouvement de cette douce pitié de Dieu, à laquelle je m'abandonne. Bref, j'ai compris tout à coup que depuis ma visite au docteur je brûlais de confier mon secret, d'en partager l'amertume avec quelqu'un. Et j'ai compris aussi que pour retrouver le calme, il suffisait de me taire.

. . . .

Mon malheur n'a rien d'étrange. Aujourd'hui des centaines, des milliers d'hommes peut-être, à travers le monde, entendront prononcer un tel arrêt, avec la même stupeur. Parmi eux je suis probablement l'un des moins capables de maîtriser une première impulsion, je connais trop ma faiblesse. Mais l'expérience m'a aussi appris que je tenais de ma mère, et sans doute de beaucoup d'autres pauvres femmes de ma race, une sorte d'endurance presque irrésistible à la longue, parce qu'elle ne tente pas de se mesurer avec la douleur, elle se glisse au-dedans, elle en fait peu à peu une habitude – notre force est là. Sinon, comment expliquer l'acharnement à vivre de tant de malheureuses dont l'effrayante patience finit par épuiser

301

l'ingratitude et l'injustice du mari, des enfants, des proches – ô nourricières des misérables !

Seulement, il faut se taire. Il faut me taire aussi longtemps que le silence me sera permis. Et cela peut durer des semaines, des mois. Quand je pense qu'il eût sans doute suffi tout à l'heure d'une parole, d'un regard de pitié, d'une simple question peut-être ! pour que ce secret m'échappât… Il était déjà sur mes lèvres, c'est Dieu qui l'a retenu. Oh ! je sais bien que la compassion d'autrui soulage un moment, je ne la méprise point. Mais elle ne désaltère pas, elle s'écoule dans l'âme comme à travers un crible. Et quand notre souffrance a passé de pitié en pitié, ainsi que de bouche en bouche, il me semble que nous ne pouvons plus la respecter ni l'aimer…

. . . .

Me voilà de nouveau à cette table. J'ai voulu revoir l'église dont j'étais sorti si honteux de moi ce matin. C'est vrai qu'elle est froide et noire. Ce que j'attendais n'est pas venu.

. . . .

Au retour, Mme Duplouy m'a fait partager son déjeuner. Je n'ai pas osé refuser. Nous avons parlé de M. le curé de Torcy, qu'elle a connu vicaire à Presles. Elle le craignait beaucoup. J'ai mangé du bouilli, des légumes. En mon absence, elle avait allumé le poêle et le repas achevé, m'a laissé seul, au chaud, devant une tasse de café noir. Je me sentais bien, je me suis même assoupi un instant. Au réveil…

(Mon Dieu, il faut que je l'écrive. Je pense à ces matins, à mes derniers matins de cette semaine, à

302

l'accueil de ces matins, au chant des coqs – à la haute fenêtre tranquille encore pleine de nuit, dont une vitre, toujours la même, celle de droite, commence à flamber… Que tout cela était frais, pur…)

. . . .

Je suis donc arrivé chez le docteur Lavigne de très bonne heure. J'ai été introduit presque aussitôt. La salle d'attente était en désordre, une domestique à genoux roulait le tapis. J'ai dû attendre quelques minutes dans la salle à manger restée telle que la veille au soir, je suppose, volets et rideaux clos, la nappe sur la table, avec les miettes de pain qui craquaient sous mes chaussures, et une odeur de cigare froid. Enfin la porte s'est ouverte derrière mon dos, le docteur m'a fait signe d'entrer. «Je m'excuse de vous recevoir dans ce cabinet, m'a-t-il dit, c'est la chambre de jeu de ma fille. Ce matin, l'appartement est sens dessus dessous, il est livré ainsi chaque mois, par le propriétaire, à une équipe de nettoyage par le vide – des bêtises ! Ce jour-là je ne reçois qu'à 10 heures, mais il paraît que vous êtes pressé. Enfin nous avons un divan, vous pourrez vous y étendre, c'est le principal.»

Il a tiré les rideaux, et je l'ai vu en pleine lumière. Je ne l'imaginais pas si jeune. Son visage est aussi maigre que le mien, et d'une couleur si bizarre que j'ai cru d'abord à un jeu de lumière. On aurait dit le reflet du bronze. Et il me fixait de ses yeux noirs, avec une sorte de détachement, d'impatience, mais sans aucune dureté, au contraire. Comme j'enlevais péniblement mon tricot de laine, très reprisé, il a tourné le dos. Je suis resté bêtement assis sur le divan, sans oser m'étendre. Ce divan était d'ailleurs encombré de jouets plus ou moins brisés, il y avait même une poupée de chiffons, tachée d'encre. Le docteur l'a posée sur une chaise, puis, après quelques questions, il m'a soigneusement palpé, en fermant parfois les yeux. Sa figure était juste au-dessus de la mienne et la longue mèche de cheveux noirs m'effleurait le front. Je voyais son cou décharné, serré dans un mauvais faux col de celluloïd, tout jauni, et le sang qui affluait peu à peu à ses joues leur donnait maintenant une teinte de cuivre. Il m'inspirait de la crainte et aussi un peu de dégoût.

Son examen a duré longtemps. J'étais surpris qu'il accordât si peu d'attention à ma poitrine malade, il a seulement passé plusieurs fois sa main sur mon épaule gauche, à la place de la clavicule, en sifflotant. La fenêtre s'ouvrait sur une courette et j'apercevais à travers les vitres une muraille noire de suie percée d'ouvertures si étroites qu'elles ressemblaient à des meurtrières. Évidemment, je m'étais fait une idée très différente du professeur Lavigne et de son logis. La petite pièce me semblait vraiment malpropre, et – je ne sais pourquoi – ces jouets brisés, cette poupée, me serraient le cœur. « Rhabillez-vous », m'a-t-il dit.

Une semaine plus tôt je me serais attendu au pire. Mais depuis quelques jours, je me sentais tellement mieux ! C'est égal, les minutes m'ont paru longues. J'essayais de penser à M. Olivier, à notre promenade de lundi dernier, à cette route flamboyante. Mes mains tremblaient si fort qu'en me rechaussant, j'ai cassé deux fois le lacet de mon soulier.

Le docteur marchait de long en large à travers la pièce. Enfin il est revenu vers moi en souriant. Son sourire ne m'a rassuré qu'à demi. « Hé bien, voilà, j'aimerais autant une radio. Je vous donnerai une note pour l'hôpital, service du docteur Grousset. Malheureusement, il vous faudrait attendre jusqu'à lundi. — Est-ce bien nécessaire ? » Il a hésité une seconde. Mon Dieu, il me semble qu'à ce moment-là j'aurais entendu n'importe quoi sans broncher. Mais, je le sais par expérience, lorsque s'élève en moi ce muet, ce profond appel qui précède la prière, mon visage prend une expression qui ressemble à celle de l'angoisse. Je pense maintenant que le docteur s'y est mépris. Son sourire s'est accentué, un sourire très franc, presque affectueux. « Non, a-t-il dit, ce ne serait qu'une formalité. À quoi bon vous tenir ici plus longtemps ! Rentrez donc tranquillement chez vous. — Je puis reprendre l'exercice de mon ministère ? — Bien sûr. (J'ai senti que le sang me sautait au visage.) Oh ! je ne prétends pas que vous en ayez fini avec vos petits ennuis, les crises peuvent revenir. Que voulez-vous ? Il faut apprendre à vivre avec son mal, nous en sommes tous là, plus ou moins. Je ne vous impose même pas de régime : tâtonnez, n'avalez que ce qui passe. Et quand ce qui passait ne passera plus, n'insistez pas trop, revenez tout doucement au lait, à l'eau sucrée, je vous parle en ami, en camarade. Si les douleurs sont très vives, vous prendrez une cuillerée à soupe de la potion dont je vais vous écrire la formule

– une cuillerée toutes les deux heures, jamais plus de cinq cuillerées par jour, compris ? — Bien, monsieur le professeur. »

Il a poussé un guéridon près du fauteuil, en face de moi, et s'est trouvé nez à nez avec la poupée de chiffons qui semblait lever vers lui sa tête informe d'où la peinture se détache par morceaux, on dirait des écailles. Il l'a jetée rageusement à l'autre bout de la pièce, elle a fait un drôle de bruit contre le mur, avant de rouler au sol. Et elle est restée là sur le dos, les bras et les jambes en l'air. Je n'osais plus les regarder ni l'un ni l'autre. « Écoutez, a-t-il dit tout à coup, je crois décidément que vous devrez passer à la radio, mais rien ne presse. Revenez dans huit jours. — Si ce n'est pas absolument nécessaire… — Je n'ai pas le droit de vous parler autrement. Personne n'est infaillible, après tout. Mais ne vous laissez pas monter la tête par Grousset ! Un photographe est un photographe, on ne lui demande pas de discours. Nous causerons après de la chose ensemble, vous et moi… De toute manière, si vous m'écoutez, vous ne changerez rien à vos habitudes, les habitudes sont amies de l'homme, au fond, même les mauvaises. Le pis qui puisse vous arriver, c'est d'interrompre votre travail, et pour quelque cause que ce soit. » Je l'entendais à peine, j'avais hâte de me retrouver dans la rue, libre. « Bien, monsieur le professeur… » Je me suis levé. Il tripotait nerveusement ses manchettes. « Qui diable vous a envoyé ici ? — M. le docteur Delbende. — Delbende ? Connais pas. — M. le docteur Delbende est mort. — Ah ? Hé bien, tant pis ! Revenez dans huit jours.

Réflexion faite, je vous conduirai moi-même chez Grousset. De mardi en huit, est-ce convenu ? » Il m'a presque poussé hors de la chambre. Depuis quelques minutes son visage si sombre avait pris une expression bizarre : il semblait gai, d'une gaieté convulsive, égarée, comme celle d'un homme qui déguise à grand-peine son impatience. Je suis sorti sans oser lui serrer la main, et à peine arrivé dans l'antichambre, je me suis aperçu que j'avais oublié l'ordonnance. La porte venait tout juste de se refermer, j'ai cru entendre des pas dans le salon, j'ai pensé que la pièce était vide, que je n'aurais qu'à prendre l'ordonnance sur la table, que je ne dérangerais personne… Il était là, dans l'embrasure de l'étroite fenêtre, debout, et un pan de son pantalon rabattu, il approchait de sa cuisse une petite seringue dont je voyais luire le métal entre ses doigts. Je ne puis oublier son affreux sourire que la surprise n'a pas réussi à effacer tout de suite : il errait encore autour de la bouche entrouverte tandis que le regard me fixait avec colère. « Qu'est-ce qui vous prend ? — Je viens chercher l'ordonnance », ai-je bégayé. J'ai fait un pas vers la table, le papier ne s'y trouvait plus. « Je l'aurai remis en poche, m'a-t-il dit. Attendez une seconde. » Il a tiré l'aiguille d'un coup sec et est resté devant moi, immobile, sans me quitter des yeux, la seringue toujours à la main. Il avait l'air de me braver. « Avec ça, mon cher, on peut se passer de bon Dieu. » Je crois que mon embarras l'a désarmé. « Allons ! ce n'est qu'une plaisanterie de carabin. Je respecte toutes les opinions, même religieuses. Je n'en ai d'ailleurs aucune. Il n'y a pas d'opinions pour un médecin, il n'y a que des hypothèses. — Monsieur le professeur… — Pourquoi m'appelez-vous M. le professeur ? Professeur de quoi ? » Je l'ai pris pour un fou. « Répondez-moi, nom d'un chien ! Vous vous recommandez d'un confrère dont j'ignore même le nom, et vous me traitez de professeur… — M. le docteur Delbende m'avait conseillé de m'adresser au professeur Lavigne. — Lavigne ? Est-ce que vous vous moquez de moi ? Votre docteur Delbende devait être un fier imbécile. Lavigne est mort en janvier dernier, à soixante-dix-huit ans ! Qui vous a donné mon adresse ? — Je l'ai trouvée dans l'annuaire. — Voyons ? Je ne me nomme pas Lavigne, mais Laville. Savez-vous lire ? — Je suis très étourdi, lui dis-je, je vous demande pardon. » Il s'est placé entre moi et la porte, je me demandais si je sortirais jamais de cette chambre, je me sentais comme pris au piège, au fond d'une trappe. La sueur coulait sur mes joues. Elle m'aveuglait. « C'est moi qui vous demande pardon. Si vous le désirez, je puis vous donner un mot pour un autre professeur, Dupetitpré, par exemple ? Mais entre nous, je crois la chose inutile, je connais mon métier aussi bien que ces gens de province, j'ai été interne des hôpitaux de Paris, et troisième du concours, encore ! Excusez-moi de faire mon propre éloge. Votre cas n'a d'ailleurs rien d'embarrassant, n'importe qui s'en serait tiré comme moi. » J'ai marché de nouveau vers la porte. Ses paroles ne m'inspiraient aucune méfiance, son regard seul me causait une gêne insupportable. Il était excessivement brillant et fixe. « Je ne voudrais pas abuser, lui dis-je. — Vous n'abusez pas (il tira sa montre), mes consultations ne commencent qu'à 10 heures. Je dois vous avouer, a-t-il repris, que je me trouve pour la première fois en tête à tête avec l'un de vous, enfin avec un prêtre, un jeune prêtre. Cela vous étonne ? J'avoue que le fait est assez étrange. — Je regrette seulement de vous donner une si mauvaise opinion de nous tous, ai-je répondu. Je suis un prêtre très ordinaire. — Oh ! de grâce ! vous m'intéressez au contraire énormément. Vous avez une physionomie très… très remarquable. On ne vous l'a jamais dit ? — Certainement non, m'écriai-je. Je pense que vous vous moquez de moi. » Il m'a tourné le dos, en haussant les épaules. «Connaissez-vous beaucoup de prêtres, dans votre famille ? — Aucun, monsieur. Il est vrai que je ne connais pas grand-chose des miens. Des familles comme la mienne n'ont pas d'histoire. — C'est ce qui vous trompe. Celle de la vôtre est inscrite dans chaque ride de votre visage, et il y en a ! — Je ne souhaiterais pas l'y lire, à quoi bon ? Que les morts ensevelissent les morts. — Ils ensevelissent très bien les vivants. Vous vous croyez libre, vous ? — J'ignore quelle est ma part de liberté, grande ou petite. Je crois seulement que Dieu m'en a laissé ce qu'il faut pour que je la remette un jour entre ses mains. — Excusez-moi, a-t-il repris après un silence, je dois vous paraître grossier. C'est que j'appartiens moi-même à une famille… une famille dans le genre de la vôtre, je suppose. En vous voyant, tout à l'heure, j'ai eu l'impression désagréable de me trouver devant… devant mon double. Vous me croyez fou ? » J'ai jeté involontairement les yeux sur la seringue. Il s'est mis à rire.

«Non, la morphine ne soûle pas, rassurez-vous. Elle débrouille même assez bien le cerveau. Je lui demande ce que vous demandez probablement à la prière, l'oubli. — Pardon, lui dis-je, on ne demande pas à la prière l'oubli, mais la force. — La force ne me servirait plus de rien.» Il a ramassé par terre la poupée de chiffons, l'a placée soigneusement sur la cheminée. «La prière, a-t-il repris d'une voix rêveuse, je vous souhaite de prier aussi facilement que je m'enfonce cette aiguille sous la peau. Les anxieux de votre sorte ne prient pas, ou prient mal. Avouez donc plutôt que vous n'aimez dans la prière que l'effort, la contrainte, c'est une violence que vous exercez contre vous-même, à votre insu. Le grand nerveux est toujours son propre bourreau.» Lorsque j'y réfléchis, je ne m'explique guère l'espèce de honte dans laquelle ces paroles m'ont jeté. Je n'osais plus lever les yeux. «N'allez pas me prendre pour un matérialiste à l'ancienne mode. L'instinct de la prière existe au fond de chacun de nous, et il n'est pas moins inexplicable que les autres. Une des formes de la lutte obscure de l'individu contre la race, je suppose. Mais la race absorbe tout, silencieusement. Et l'espèce, à son tour, dévore la race, pour que le joug des morts écrase un peu plus les vivants. Je ne crois pas que depuis des siècles aucun de mes ancêtres ait jamais éprouvé le moindre désir d'en savoir plus long que ses géniteurs. Dans le village du bas Maine où nous avons toujours vécu, on dit couramment : têtu comme Triquet – Triquet est notre surnom, un surnom immémorial. Et têtu, chez nous, signifie butor. Hé bien, je suis né avec cette fureur d'apprendre que vous appelez *libido sciendi*. J'ai travaillé comme on dévore. Lorsque je pense à mes années de jeunesse, à ma petite chambre rue Jacob, aux nuits de ce temps-là, j'éprouve une sorte de terreur, de terreur presque religieuse. Et pour aboutir à quoi ? À quoi, je vous demande ?... Cette curiosité inconnue aux miens, je la tue maintenant à petits coups, à coups de morphine. Et si ça tarde trop... Vous n'avez jamais eu la tentation du suicide, vous ? Le fait n'est pas rare, il est même assez normal chez les nerveux de votre espèce... » Je n'ai rien trouvé à répondre, j'étais fasciné. « Il est vrai que le goût du suicide est un don, un sixième sens, je ne sais quoi, on naît avec. Notez bien que je ferais ça discrètement. Je chasse encore. N'importe qui peut traverser une haie en tirant son fusil derrière soi – pan ! et le matin suivant l'aube vous trouve le nez dans l'herbe, tout couvert de rosée, bien frais, bien tranquille, avec les premières fumées par-dessus les arbres, le chant du coq, et les cris des oiseaux. Hein ? ça ne vous tente pas ? » Dieu ! J'ai cru un moment qu'il connaissait le suicide du docteur Delbende, qu'il me jouait cette atroce comédie. Mais non ! Son regard était sincère. Et si ému que je fusse moi-même, je sentais que ma présence – pour quelle raison, je l'ignore – le bouleversait, qu'elle lui était plus intolérable à chaque seconde, qu'il se sentait néanmoins hors d'état de me laisser. Nous étions prisonniers l'un de l'autre. « Des gens comme nous devraient rester à la queue des vaches, a-t-il repris, d'une voix sourde. Nous ne nous ménageons pas, nous ne ménageons rien. Parions que vous étiez au séminaire exactement ce que j'étais au lycée de Provins ? Dieu ou la Science, nous nous jetions dessus, nous avions le feu au ventre. Et quoi ! Nous voilà devant le même… » Il s'est arrêté brusquement. J'aurais dû comprendre, je ne pensais toujours qu'à m'échapper. « Un homme tel que vous, lui dis-je, ne tourne pas le dos au but. — C'est le but qui me tourne le dos, a-t-il répondu. Dans six mois, je serai mort. » J'ai cru qu'il parlait encore du suicide, et il a probablement lu cette pensée dans mes yeux. « Je me demande pourquoi je fais devant vous le cabotin. Vous avez un regard qui donne envie de raconter des histoires, n'importe quoi. Me suicider ? Allons donc ? C'est un passe-temps de grand seigneur, de poète, une élégance hors de ma portée. Je ne voudrais pas non plus que vous me preniez pour un lâche. — Je ne vous prends pas pour un lâche, lui dis-je, je me permets seulement de penser que la… que cette drogue… — Ne parlez donc pas à tort et à travers de la morphine… Vous-même, un jour… » Il me regardait avec douceur. « Avez-vous jamais entendu parler de lympho-granulomatose maligne ? Non ? Ça n'est d'ailleurs pas une maladie pour le public. J'ai fait jadis ma thèse là-dessus, figurez-vous. Ainsi, pas moyen de me tromper, je n'ai même pas eu besoin d'attendre l'examen de laboratoire. Je m'accorde encore trois mois, six mois au plus. Vous voyez que je ne tourne pas le dos au but. Je le regarde en face. Quand le prurit est trop fort, je me gratte, mais que voulez-vous, la clientèle a ses exigences, un médecin doit être optimiste. Les jours de consultation, je me drogue un peu. Mentir aux malades est une nécessité de notre état. — Vous ne leur mentez peut-être que trop… — Vous croyez ? » m'a-t-il dit. Et sa voix avait la même douceur. « Votre rôle est moins difficile que le mien : vous n'avez affaire qu'à des moribonds, je suppose. La plupart des agonies sont euphoriques. Autre chose est de jeter bas d'un seul coup, d'une seule parole, tout l'espoir d'un homme. Cela m'est arrivé une fois ou deux. Oh ! je sais ce que vous pourriez me répondre, vos théologiens ont fait de l'espérance une vertu, votre espérance a les mains jointes. Passe pour l'espérance, personne n'a jamais vu cette divinité-là de très près. Mais l'espoir est une bête, je vous dis, une bête dans l'homme, une puissante bête, et féroce. Mieux vaut la laisser s'éteindre tout doucement. Ou alors, ne la ratez pas ! Si vous la ratez, elle griffe, elle mord. Et les malades ont tant de malice ! On a beau les connaître, on se laisse prendre un jour ou l'autre. Tenez : un vieux colonel, un dur à cuire de la coloniale, qui m'avait demandé la vérité, en camarade… Brrr !… — Il faut mourir peu à peu, balbutiai-je, prendre l'habitude. — Des guignes ! Vous avez suivi cet entraînement, vous ? — J'ai du moins essayé. D'ailleurs je ne me compare pas aux gens du monde qui ont leurs occupations, leur famille. La vie d'un pauvre prêtre tel que moi n'importe à personne. — Possible. Mais si vous ne prêchez rien de plus que l'acceptation de la destinée, cela n'est pas nouveau. — Son acceptation joyeuse, lui dis-je. — Bast ! L'homme se regarde dans sa joie comme dans un miroir, et il ne se reconnaît pas, l'imbécile ! On ne jouit qu'à ses dépens, aux dépens de sa propre substance – joie et douleur ne font qu'un. — Ce que vous appelez joie, sans doute. Mais la mission de l'Église est justement de retrouver la source des joies perdues. » Son regard avait la même douceur que sa voix. J'éprouvais une lassitude inexprimable, il me semblait que j'étais là depuis des heures. « Laissez-moi partir maintenant », m'écriai-je. Il a tiré l'ordonnance de sa poche, mais sans me la tendre. Et tout à coup, il a posé la main sur mon épaule, le bras tendu, la tête penchée, en clignant des yeux. Son visage m'a rappelé les visions de mon enfance ! « Après tout, dit-il, possible qu'on doive la vérité à des gens comme vous. » Il a hésité avant de poursuivre. Si absurde que cela paraisse, les mots frappaient mon oreille sans éveiller en moi aucune pensée. Vingt minutes plus tôt, j'étais entré dans cette maison résigné, j'aurais entendu n'importe quoi. Bien que la dernière semaine passée à Ambricourt me laissât une inexplicable impression de sécurité, de confiance, et comme une promesse de bonheur, les paroles d'abord si rassurantes de M. Laville ne m'en avaient pas moins causé une grande joie. Je comprends maintenant que cette joie était sans doute beaucoup plus grande que je ne pensais, plus profonde. Elle était ce même sentiment de délivrance, d'allégresse que j'avais connu sur la route de Mézargues, mais il s'y mêlait l'exaltation d'une impatience extraordinaire. J'aurais d'abord voulu fuir cette maison, ces murs. Et au moment précis où mon regard semblait répondre à la muette interrogation du docteur, je n'étais guère attentif qu'à la vague rumeur de la rue. M'échapper ! Fuir ! Retrouver ce ciel d'hiver, si pur, où j'avais vu ce matin, par la portière du wagon, monter l'aube ! M. Laville a dû s'y tromper. La lumière s'est faite d'ailleurs en moi tout à coup. Avant qu'il eût achevé sa phrase, je n'étais déjà plus qu'un mort parmi les vivants.

Cancer... Cancer de l'estomac... Le mot surtout m'a frappé. J'en attendais un autre. J'attendais celui de tuberculose. Il m'a fallu un grand effort d'attention pour me persuader que j'allais mourir d'un mal qu'on observe en effet très rarement chez les personnes de mon âge. J'ai dû simplement froncer les sourcils comme à l'énoncé d'un problème difficile. J'étais si absorbé que je ne crois pas avoir pâli. Le regard du docteur ne quittait pas le mien, j'y lisais la confiance, la sympathie, je ne sais quoi encore. C'était le regard d'un ami, d'un compagnon. Sa main s'est appuyée de nouveau sur mon épaule. « Nous irons consulter Grousset, mais pour être franc, je ne crois guère opérable cette saleté-là. Je m'étonne même que vous ayez tenu si longtemps. La masse abdominale est volumineuse, l'empâtement considérable, et je viens de reconnaître sous la clavicule gauche un signe malheureusement très sûr, ce que nous appelons le ganglion de Troizier. Notez que l'évolution peut être plus ou moins lente, bien que je doive dire qu'à votre âge... — Quel délai me donnez-vous ? » Il s'est encore sûrement mépris car ma voix ne tremblait pas. Hélas ! mon sang-froid n'était que stupeur. J'entendais distinctement le roulement des tramways, les coups de timbre, j'étais déjà par la pensée au seuil de cette maison funèbre, je me perdais dans la foule rapide… Que Dieu me pardonne ! Je ne songeais pas à Lui… « Difficile de vous répondre. Cela dépend surtout de l'hémorragie. Elle est très rarement fatale, mais sa répétition fréquente… Bah ! qui sait ? Lorsque je vous conseillais tout à l'heure de reprendre tranquillement vos occupations, je ne jouais pas la comédie. Avec un peu de chance, vous mourrez debout, comme ce fameux empereur, ou presque. Question de moral. À moins que… — À moins que ?… — Vous êtes tenace, m'a-t-il dit, vous auriez fait un bon médecin. J'aime d'ailleurs autant vous renseigner à fond maintenant que de vous laisser tripoter les dictionnaires. Hé bien, si vous sentez un de ces jours une douleur à la face interne de la cuisse gauche, avec un peu de fièvre, couchez-vous. Ce genre de phlébite est assez commun dans votre cas, et vous risqueriez l'embolie. À présent, mon cher, vous en savez autant que moi. »

Il m'a tendu enfin l'ordonnance que j'ai glissée machinalement dans mon calepin. Pourquoi ne suis-je pas parti à ce moment-là ? Je l'ignore. Peut-être n'ai-je pu réprimer un mouvement de colère, de révolte contre cet inconnu qui venait tranquillement de disposer de moi comme de son bien. Peut-être étais-je trop absorbé par l'entreprise absurde d'accorder en quelques pauvres secondes mes pensées, mes projets, mes souvenirs même, ma vie entière, à la certitude nouvelle qui faisait de moi un autre homme ? Je crois tout simplement que j'étais à l'ordinaire paralysé par la timidité, je ne savais comment prendre congé. Mon silence a surpris le docteur Laville. Je m'en suis rendu compte au tremblement de sa voix. « Reste qu'il y a aujourd'hui par le monde des milliers de malades jadis condamnés par les médecins, et qui sont en train de devenir plus ou moins centenaires. On note des résorptions de tumeurs malignes. De toute manière, un homme comme vous n'eût pas été dupe longtemps des bavardages de Grousset, qui ne rassurent que les imbéciles. Rien de plus humiliant que d'arracher peu à peu la vérité à ces augures qui se fichent d'ailleurs royalement de ce qu'ils racontent. Au régime de la douche écossaise on perd le respect de soi-même et les plus courageux finissent par rejoindre les autres, et s'en aller vers leur destin, pêle-mêle avec le troupeau. Rendez-vous de demain en huit, je vous accompagnerai à l'hôpital. D'ici là célébrez votre messe, confessez vos dévotes, ne changez rien à vos habitudes. Je connais très bien votre paroisse. J'ai même un ami à Mézargues. »

Il m'a offert la main. J'étais toujours dans le même état de distraction, d'absence. Quoi que je fasse, je sais bien que je n'arriverai jamais à comprendre par quel affreux prodige j'ai pu en pareille conjoncture oublier jusqu'au nom de Dieu. J'étais seul, inexprimablement seul, en face de ma mort, et cette mort n'était que la privation de l'être – rien de plus. Le monde visible semblait s'écouler de moi avec une vitesse effrayante et dans un désordre d'images, non pas funèbres, mais au contraire toutes lumineuses, éblouissantes. Est-ce possible ? L'ai-je donc tant aimé ? me disais-je. Ces matins, ces soirs, ces routes. Ces routes changeantes, mystérieuses, ces routes pleines du pas des hommes. Ai-je donc tant aimé les routes, nos routes, les routes du monde ? Quel enfant pauvre, élevé dans leur poussière, ne leur a confié ses rêves ? Elles les portent lentement, majestueusement, vers on ne sait quelles mers inconnues, ô grands fleuves de lumières et d'ombres qui portez le rêve des pauvres ! Je crois que c'est ce mot de Mézargues qui avait ainsi brisé mon cœur. Ma pensée semblait très loin de M. Olivier, de notre promenade, il n'en était rien pourtant. Je ne quittais pas des yeux le visage du docteur, et soudain il a disparu. Je n'ai pas compris sur-le-champ que je pleurais.

Oui, je pleurais. Je pleurais sans un sanglot, je crois même sans un soupir. Je pleurais les yeux grands ouverts, je pleurais comme j'ai vu pleurer les moribonds, c'était encore la vie qui sortait de moi. Je me suis essuyé avec la manche de ma soutane, j'ai distingué de nouveau le visage du docteur. Il avait une expression indéfinissable de surprise, de compassion. Si on pouvait mourir de dégoût, je serais mort. J'aurais dû fuir, je n'osais pas. J'attendais que Dieu m'inspirât une parole, une parole de prêtre, j'aurais payé cette parole de ma vie, de ce qui me restait de vie. Du moins j'ai voulu demander pardon, je n'ai pu que bégayer le mot, les larmes m'étouffaient. Je les sentais couler dans ma gorge, elles avaient le goût du sang. Que n'aurais-je pas donné pour qu'elles fussent cela, en effet ! D'où venaient-elles ? Qui saurait le dire ? Ce n'était pas sur moi que je pleurais, je le jure ! Je n'ai jamais été si près de me haïr. Je ne pleurais pas sur ma mort. Dans mon enfance, il arrivait que je me réveillasse ainsi, en sanglotant. De quel songe venais-je de me réveiller cette fois ? Hélas ! J'avais cru traverser le monde presque sans le voir, ainsi qu'on marche les yeux baissés parmi la foule brillante, et parfois même je m'imaginais le mépriser. Mais c'était alors de moi que j'avais honte, et non pas de lui. J'étais comme un pauvre homme qui aime sans oser le dire, ni seulement s'avouer qu'il aime. Oh ! je ne nie pas que ces larmes pouvaient être lâches ! Je pense aussi que c'étaient des larmes d'amour…

À la fin, j'ai tourné le dos, je suis sorti, je me suis retrouvé dans la rue.

Minuit, chez M. Dufréty.

Je me demande pourquoi l'idée ne m'est pas venue d'emprunter vingt francs à Mme Duplouy, j'aurais pu ainsi coucher à l'hôtel. Il est vrai que j'étais hier soir hors d'état de beaucoup réfléchir, je me désespérais d'avoir manqué le train. Mon pauvre camarade m'a d'ailleurs très convenablement reçu. Il me semble que tout est bien.

Sans doute me blâmera-t-on d'avoir accepté, même pour une nuit, l'hospitalité d'un prêtre dont la situation n'est pas régulière (elle est pire). M. le curé de Torcy me traitera de Gribouille. Il n'aura pas tort. Je me le disais hier en montant l'escalier, si puant, si noir. Je suis resté quelques minutes en face de la porte du logement. Une carte de visite toute jaunie s'y trouvait fixée par quatre punaises : Louis Dufréty, représentant. C'était horrible.

Quelques heures plus tôt, je n'aurais pas osé entrer, peut-être. Mais je ne suis plus seul. Il y a cela en moi, cette chose… Bref, j'ai tiré la sonnette avec le vague espoir de ne trouver personne. Il est venu m'ouvrir. Il était en manches de chemise, avec un de ces pantalons de coton que nous mettons sous nos soutanes, les pieds nus dans ses pantoufles. Il m'a dit presque aigrement : « Tu aurais pu me prévenir, j'ai un bureau rue d'Onfroy. Ici, je ne suis que campé. La maison est ignoble. » Je l'ai embrassé. Il a eu un accès de toux. Je crois qu'il était plus ému qu'il n'aurait voulu le paraître. Les restes du repas étaient encore sur la table. « Je dois me nourrir, a-t-il repris avec une gravité poignante, et j'ai malheureusement peu d'appétit. Tu te rappelles les haricots du séminaire ? Le pis est qu'il faut faire la cuisine ici, dans l'alcôve. J'ai pris en grippe l'odeur de graisse frite, c'est nerveux. Ailleurs, je dévorerais. » Nous nous sommes assis l'un près de l'autre, j'avais peine à le reconnaître. Son cou s'est allongé démesurément et sa tête là-dessus paraît toute petite, on dirait une tête de rat. « Tu es gentil d'être venu. À te parler franchement, j'ai été surpris que tu répondes à mes lettres. Tu n'étais pas trop large d'esprit, là-bas, entre nous… » J'ai répondu je ne sais quoi. « Excuse-moi, m'a-t-il dit, je vais faire un brin de toilette. Aujourd'hui je me suis donné du bon temps mais c'est plutôt rare. Que veux-tu ? La vie active a du bon. Mais ne me crois pas devenu un béotien ! Je lis énormément, je n'ai jamais tant lu. Peut-être même qu'un jour… J'ai là des notes très intéressantes, très vécues. Nous reparlerons de cela. Jadis, il me semble, tu ne tournais pas mal l'alexandrin ? Tes conseils me seront précieux. »

Je l'ai vu un moment après, par la porte entrebâillée, se glisser vers l'escalier, une boîte à lait dans la main. Je suis resté de nouveau seul avec… Mon Dieu, c'est vrai que j'aurais choisi volontiers une autre mort ! Des poumons qui fondent peu à peu comme un morceau de sucre dans l'eau, un cœur exténué qu'on doit provoquer sans cesse, ou même cette bizarre maladie de M. le docteur Laville, et dont j'ai oublié le nom, il me semble que la menace de tout cela doit rester un peu vague, abstraite… Au lieu qu'en portant seulement la main par-dessus ma soutane à la place où se sont attardés si longtemps les doigts du docteur, je crois sentir… Imagination, probablement ? N'importe ! J'ai beau me répéter qu'il n'y a rien de changé en moi depuis des semaines, ou presque, la pensée de rentrer chez moi avec… avec cette chose enfin, me fait honte, m'écœure. Je n'étais déjà que trop tenté de dégoût vis-à-vis de ma propre personne, et je sais le danger d'un tel sentiment qui finirait par m'enlever tout courage. Mon premier devoir, au début des épreuves qui m'attendent, devrait être sûrement de me réconcilier avec moi-même…

J'ai beaucoup réfléchi à l'humiliation de ce matin. Je crois qu'elle est due plutôt à une erreur de jugement qu'à la lâcheté. Je n'ai pas de bon sens. Il est clair qu'en face de la mort, mon attitude ne peut être celle d'hommes très supérieurs à moi, et que j'admire, M. Olivier, par exemple, ou M. le curé de Torcy. (Je rapproche exprès ces deux noms.) En une telle conjoncture, l'un et l'autre eussent gardé cette espèce de distinction suprême qui n'est que le naturel, la liberté des grandes âmes. Mme la comtesse elle-même… Oh ! je n'ignore pas que ce sont là des qualités plutôt que des vertus, qu'elles ne sauraient s'acquérir ! Hélas ! il faut qu'il y en ait en moi quelque chose, puisque je les aime tant chez autrui… C'est comme un langage que j'entendrais très bien, sans être capable de le parler. Les échecs ne me corrigent pas. Alors, au moment où j'aurais besoin de toutes mes forces, le sentiment de mon impuissance m'étreint si vivement que je perds le fil de mon pauvre courage, comme un orateur maladroit perd le fil de son discours. Cette épreuve n'est pas nouvelle. Je m'en consolais jadis par l'espoir de quelque événement merveilleux, imprévisible – le martyre peut-être ? À mon âge, la mort paraît si lointaine que l'expérience quotidienne de notre propre médiocrité ne nous persuade pas encore. Nous ne voulons pas croire que cet événement n'aura rien d'étrange, qu'il sera sans doute ni plus ni moins médiocre que nous, à notre image, à l'image de notre destin. Il ne semble pas appartenir à notre monde familier, nous pensons à lui comme à ces contrées fabuleuses dont nous lisons les noms dans les livres. Je me disais justement tout à l'heure que mon angoisse avait été celle d'une déception brutale, instantanée. Ce que je croyais perdu au-delà d'océans imaginaires, était devant moi. Ma mort est là. C'est une mort pareille à n'importe quelle autre, et j'y entrerai avec les sentiments d'un homme très commun, très ordinaire. Il est même sûr que je ne saurai guère mieux mourir que gouverner ma personne. J'y serai aussi maladroit, aussi gauche. On me répète : « Soyez simple ! » Je fais de mon mieux. C'est si difficile d'être simple ! Mais les gens du monde disent « les simples » comme ils disent « les humbles », avec le même sourire indulgent. Ils devraient dire : les rois.

Mon Dieu, je vous donne tout, de bon cœur. Seulement je ne sais pas donner, je donne ainsi qu'on laisse prendre. Le mieux est de rester tranquille. Car si je ne sais pas donner, Vous, vous savez prendre… Et pourtant j'aurais souhaité d'être une fois, rien qu'une fois, libéral et magnifique envers Vous !

J'ai été très tenté aussi d'aller trouver M. Olivier, rue Verte. J'étais même en chemin, je suis revenu. Je crois qu'il m'aurait été impossible de lui cacher mon secret. Puisqu'il part dans deux ou trois jours pour le Maroc, cela n'aurait pas eu grande importance, mais je sens que devant lui j'aurais malgré moi joué un rôle, parlé un langage qui n'est pas le mien. Je ne veux rien braver, rien défier. L'héroïsme à ma mesure est de n'en pas avoir et puisque la force me manque, je voudrais maintenant que ma mort fût petite, aussi petite que possible, qu'elle ne se distinguât pas des autres événements de ma vie. Après tout, c'est à ma naturelle maladresse que je dois l'indulgence et l'amitié d'un homme tel que M. le curé de Torcy. Elle n'en est pas indigne peut-être ? Peut-être est-elle celle de l'enfance ? Si sévèrement que je me juge parfois, je n'ai jamais douté d'avoir l'esprit de pauvreté. Celui d'enfance lui ressemble. Les deux sans doute ne font qu'un.

Je suis content de n'avoir pas revu M. Olivier. Je suis content de commencer le premier jour de mon épreuve ici, dans cette chambre. Ça n'est d'ailleurs pas une chambre, on m'a dressé un lit dans un petit corridor où mon ami range ses échantillons de droguerie. Tous ces paquets sentent horriblement mauvais. Il n'y a pas de solitude plus profonde qu'une certaine laideur, qu'une certaine désolation de la laideur. Un bec de gaz, de ceux qu'on appelle, je crois, papillon, siffle et crache au-dessus de ma tête. Il me semble que je me blottis dans cette laideur, cette misère. Elle m'aurait inspiré, jadis, du dégoût. Je suis content qu'elle accueille aujourd'hui mon malheur. Je dois dire que je ne l'ai pas cherchée, je ne l'ai même pas reconnue tout de suite. Lorsque hier soir, après ma deuxième syncope, je me suis trouvé sur ce lit, mon idée a été sûrement de fuir, fuir à tout prix. Je me rappelais ma chute dans la boue, devant l'enclos de M. Dumouchel. C'était pire. Je ne me rappelais pas seulement le chemin creux, je voyais aussi ma maison, mon petit jardin. Je croyais entendre le grand peuplier qui par les nuits les plus calmes s'éveille bien avant l'aube. Je me suis figuré bêtement que mon cœur s'arrêtait de battre. « Je ne veux pas mourir ici ! ai-je crié. Qu'on me descende, qu'on me traîne n'importe où, ça m'est égal ! » J'avais certainement perdu la tête, mais j'ai quand même reconnu la voix de mon pauvre camarade. Elle était à la fois furieuse et tremblante. (Il discutait sur le palier avec une autre personne.) «Qu'est-ce que tu veux que je fasse? Je ne suis pas capable de le porter tout seul, et tu sais bien que nous ne pouvons plus rien demander au concierge!» Alors j'ai eu honte, j'ai compris que j'étais lâche.

. . . .

Il faut d'ailleurs que je m'explique ici une fois pour toutes. Je vais donc reprendre mon récit au point où je l'ai laissé quelques pages plus haut. Après le départ de mon camarade, je suis resté seul un bon moment. Puis j'ai entendu chuchoter dans le couloir et enfin il est entré, tenant toujours sa boîte au lait à la main, très essoufflé, très rouge. «J'espère que tu dîneras ici, m'a-t-il dit. Nous pourrons causer en attendant. Peut-être te lirai-je des pages… C'est une sorte de journal et cela s'intitule: *Mes étapes.* Mon cas doit intéresser bien des gens, il est typique.» Tandis qu'il parlait, j'ai dû avoir un premier étourdissement. Il m'a forcé à boire un grand verre de vin, je me suis trouvé mieux, sauf une douleur violente à la hauteur de l'ombilic, et qui s'est apaisée peu à peu. «Que veux-tu, a-t-il repris, nous n'avons que du mauvais sang dans les veines. Les petits séminaires ne tiennent aucun compte des progrès de l'hygiène, c'est effrayant. Un médecin m'a dit: "Vous êtes des intellectuels sous-alimentés depuis l'enfance." Cela explique bien des choses, tu ne trouves pas?» Je n'ai pu m'empêcher de sourire. «Ne va pas croire que je cherche à me justifier! Je ne suis que d'un parti: celui de la sincérité totale, envers les autres comme envers soi-même. Chacun sa vérité, c'est le titre d'une pièce épatante, et d'un auteur très connu. »

Je rapporte exactement ses paroles. Elles m'eussent paru ridicules, si je n'avais vu en même temps sur son visage, le signe évident d'une détresse dont je n'espérais plus l'aveu. « N'était cette maladie, reprit-il après un silence, je crois que j'en serais toujours au même point que toi. J'ai beaucoup lu. Et puis, en sortant du sana, j'ai dû chercher une situation, me mesurer avec la chance. Question de volonté, de cran, de cran surtout. Naturellement tu dois t'imaginer qu'il n'y a rien de plus facile que de placer des marchandises ? Erreur, grave erreur ! Qu'on vende de la droguerie ou des mines d'or, qu'on soit Ford ou un modeste représentant, il s'agit toujours de manier les hommes. Le maniement des hommes est la meilleure école de volonté, j'en sais maintenant quelque chose. Heureusement le pas dangereux est franchi. Avant six semaines, mon affaire sera au point, je connaîtrai les douceurs de l'indépendance. Remarque que je n'encourage personne à me suivre. Il y a des passages pénibles, et si je n'avais eu alors, pour me soutenir, le sentiment de ma responsabilité envers… envers une personne qui m'a sacrifié la situation la plus brillante et à laquelle… Mais pardonne-moi cette allusion au fait qui… — Je le connais, lui dis-je. — Oui… sans doute… D'ailleurs nous pouvons en parler très objectivement. Tu penses bien que j'ai pris mes dispositions pour t'éviter ce soir une rencontre qui… » Mon regard le gênait visiblement, il n'y trouvait sûrement pas ce qu'il eût souhaité d'y lire. J'avais devant cette pauvre vanité à la torture l'impression douloureuse que j'avais connue quelques jours plus tôt en présence de Mlle Louise. C'était la même impuissance à plaindre, à partager quoi que ce fût, le même resserrement de l'âme. « Elle rentre d'ordinaire à cette heure-ci. Je l'ai priée de passer la soirée chez une amie, une voisine… » Il a tendu vers moi à travers la table, timidement, un bras maigre, livide, qui sortait d'une manche trop large, il a posé la main sur la mienne, une main tout en sueur, et très froide. Je pense qu'il était réellement ému, seulement son regard mentait toujours. « Elle n'est pour rien dans mon évolution intellectuelle, bien que notre amitié n'ait été d'abord qu'un échange de vues, de jugements sur les hommes, la vie. Elle remplissait les fonctions d'infirmière-chef au sana. C'est une personne instruite, cultivée, d'une éducation très au-dessus de la moyenne : un de ses oncles est percepteur à Rang-du-Fliers. Bref, j'ai cru devoir remplir la promesse que je lui avais faite là-bas. Ne va pas croire surtout à un entraînement, à un emballement ! Ça t'étonne ? — Non, lui dis-je. Mais il me semble que tu as tort de te défendre d'aimer une femme que tu as choisie. — Je ne te savais pas sentimental. — Écoute, ai-je repris, si j'avais le malheur un jour de manquer aux promesses de mon ordination, je préférerais que ce fût pour l'amour d'une femme plutôt qu'à la suite de ce que tu nommes ton évolution intellectuelle. » Il a haussé les épaules. « Je ne suis pas de ton avis, a-t-il répondu sèchement.

Permets-moi d'abord de te dire que tu parles de ce que tu ignores. Mon évolution intellectuelle… »

Il a dû poursuivre quelque temps encore car j'ai le souvenir d'un long monologue que j'écoutais sans le comprendre. Puis ma bouche s'est remplie d'une espèce de boue fade, et son visage m'est apparu avec une netteté, une précision extraordinaire avant de sombrer dans les ténèbres. Lorsque j'ai ouvert les yeux, j'achevais de cracher cette chose gluante qui collait aux gencives (c'était un caillot de sang) et j'ai entendu aussitôt une voix de femme. Elle disait avec l'accent du pays de Lens : « Ne bougez pas, monsieur le curé, ça va passer. »

La connaissance m'est revenue tout de suite, le vomissement m'avait beaucoup soulagé. Je me suis assis sur le lit. La pauvre femme a voulu sortir, j'ai dû la retenir par le bras. « Je vous demande pardon. J'étais chez une voisine, de l'autre côté du corridor. M. Louis s'est un peu affolé. Il a voulu courir jusqu'à la pharmacie Rovelle. M. Rovelle est son copain. Malheureusement la boutique ne reste pas ouverte la nuit, et M. Louis ne peut guère marcher vite, un rien l'essouffle. Question santé, il n'en aurait pas beaucoup à revendre. »

Pour la rassurer j'ai fait quelques pas dans la chambre, et elle a fini par consentir à se rasseoir. Elle est si petite qu'on la prendrait volontiers pour une de ces fillettes qu'on voit dans les corons et auxquelles il est difficile de donner un âge. Sa figure n'est pas désagréable, au contraire, néanmoins il semble qu'on n'aurait qu'à tourner la tête pour l'oublier tout de suite. Mais ses yeux bleus fanés ont un sourire si résigné, si humble, qu'ils ressemblent à des yeux d'aïeule, des yeux de vieille fileuse. « Quand vous vous sentirez bien, je m'en irai, a-t-elle repris. M. Louis ne serait pas content de me trouver là. Ça n'est pas son idée que nous causions, il m'avait bien recommandé en partant de vous dire que j'étais une voisine. » Elle s'est assise sur une chaise basse. « Vous devez avoir bien mauvaise opinion de moi, la chambre n'est même pas faite, tout est sale. C'est que je pars au travail le matin très tôt, à 5 heures. Et je ne suis pas non plus bien forte, comme vous voyez... — Vous êtes infirmière ? — Infirmière ? Pensez-vous ! J'étais fille de salle, là-bas, au sana, quand j'ai rencontré M. ... Mais ça vous étonne sans doute, que je l'appelle M. Louis, puisque nous sommes ensemble ? » Elle a baissé la tête, feignant de refaire les plis de sa pauvre jupe. « Il ne voit plus aucun de ses anciens... de ses... enfin de ses anciens camarades, quoi ! Vous êtes le premier. D'une manière, je me rends bien compte que je ne suis pas faite pour lui. Seulement, que voulez-vous, au sana, il s'est cru guéri, il s'est fait des idées. Question religion, je ne vois pas de mal à vivre mari et femme, mais il avait promis, paraît-il, pas vrai ? Une promesse est une promesse. N'importe ! à l'époque, je ne pouvais pas lui causer d'une chose pareille d'autant plus que... excusez... je l'aimais. »

Elle a prononcé le mot si tristement que je n'ai su que répondre. Nous avons rougi tous les deux.

« Il y avait une autre raison. Un homme instruit comme lui, ça n'est pas facile à soigner, il en sait autant que le docteur, il connaît les remèdes, et bien qu'il soit maintenant de la partie, même avec sa réduction de 55 %, la pharmacie coûte cher. — Qu'est-ce que vous faites ? » Elle a hésité un moment. « Des ménages. Dans notre métier, voyez-vous, ce qui fatigue, c'est plutôt de cavaler d'un quartier à l'autre. — Mais son commerce, à lui ? — Il paraît que ça rapportera gros. Seulement il a fallu emprunter pour le bureau, la machine à écrire, et puis, vous savez, il ne sort guère. Parler le fatigue tellement ! Remarquez, je m'en tirerais bien toute seule, mais il s'est mis en tête de faire mon instruction, comme il dit, l'école, quoi ! — Quand cela ? — Ben, le soir, la nuit, car il ne dort pas beaucoup. Des gens comme moi, des ouvriers, il nous faut notre sommeil. Oh ! notez, il ne le fait pas exprès, il n'y pense pas : "Voilà déjà minuit", qu'il dit. Dans son idée, je dois devenir une dame. Un homme de sa valeur, forcément, rendez-vous compte… Sûr et certain que je n'aurais pas été une compagne pour lui si… » Elle m'observait avec une attention extraordinaire comme si sa vie même eût dépendu du mot qu'elle allait dire, du secret qu'elle allait livrer. Je ne pense pas qu'elle se méfiait de moi, mais le courage lui manquait de prononcer devant un étranger le mot fatal. Elle était plutôt honteuse. J'ai souvent remarqué chez les pauvres femmes cette répugnance à parler des maladies, cette pudeur. Son visage s'est empourpré. « Il va mourir, a-t-elle dit. Mais il n'en sait rien. » Je n'ai pu m'empêcher de sursauter. Elle a rougi plus fort. « Oh ! je devine ce que vous pensez. Il est venu ici un vicaire de la paroisse, un homme très poli, que

330

M. Louis ne connaît pas, d'ailleurs. Selon lui, j'empê-
chais M. Louis de rentrer dans le devoir, qu'il a dit.
Le devoir, allez, c'est pas facile à comprendre. Oh !
ces messieurs le soigneraient mieux que moi, vu le
mauvais air du logement et la question de nourriture
qui n'est pas ce qu'elle devrait être, malgré tout. (Pour
la qualité, j'y arrive, c'est la variété qui manque,
M. Louis se dégoûte très vite !) Seulement je voudrais
que la décision vienne de lui, vaudrait mieux, vous ne
trouvez pas ? Une supposition que je m'en aille, il se
croira trahi. Car enfin, sans vous offenser, il sait que
je n'ai guère de religion. Alors… — Êtes-vous
mariés ? lui dis-je. — Non, monsieur. » J'ai vu passer
une ombre sur son visage. Puis elle a paru se décider
tout à coup. « Je ne veux pas vous mentir, c'est moi
qui n'ai pas voulu. — Pourquoi ? — À cause de… à
cause de ce qu'il est, quoi ! Lorsqu'il a quitté le sana,
j'espérais qu'il irait mieux, qu'il guérirait. Alors, au
cas où il aurait voulu un jour, sait-on ?… Je ne lui serai
pas une cause d'ennui, que je me disais. — Et qu'a-t-il
pensé de cela ? — Oh ! rien. Il a cru que je ne voulais
pas, rapport à mon oncle de Rang-du-Fliers, un
ancien facteur, qui a du bien et n'aime pas les prêtres.
J'ai raconté qu'il me déshériterait. Le drôle de la
chose, c'est que le vieux me déshérite en effet, mais
parce que je suis restée fille, une concubine, qu'il
appelle. Dans son genre, c'est un homme très bien,
maire de son village. "Tu ne peux même pas te faire
épouser par ton curé, qu'il m'écrit, faut que tu sois
devenue une pas grand-chose." — Mais lorsque ?… »
Je n'osais pas achever, elle a achevé pour moi, d'une

voix qui aurait paru indifférente à beaucoup, mais que je connais bien, qui réveille en moi tant de souvenirs, la voix sans âge, la voix vaillante et résignée qui apaise l'ivrogne, réprimande les gosses indociles, berce le nourrisson sans langes, discute avec le fournisseur impitoyable, implore l'huissier, rassure les agonies, la voix des ménagères, toujours pareille sans doute à travers les siècles, la voix qui tient tête à toutes les misères du monde... «Lorsqu'il sera mort, j'aurai mes ménages. Avant le sana, j'étais fille de cuisine dans un préventorium d'enfants, du côté d'Hyères, dans le Midi. Les enfants, voyez-vous, il n'y a pas meilleur, les enfants, c'est le bon Dieu. — Vous retrouverez peut-être une place analogue», lui dis-je. Elle a rougi plus fort. «Je ne crois pas. Parce que – je ne voudrais pas que ça soit répété – mais, entre nous, je n'étais déjà pas si solide, et j'ai pris son mal.» Je me suis tu, elle paraissait très gênée par mon silence. «Possible que je l'aie eu avant, s'est-elle excusée, ma mère non plus n'était pas solide. — Je voudrais être capable de vous aider», lui dis-je. Elle a sûrement pensé que j'allais lui offrir de l'argent, mais après m'avoir regardé, elle a paru tranquillisée, elle a même souri. «Écoutez, je souhaiterais bien que vous lui glissiez un petit mot, à l'occasion, rapport à son idée de m'instruire. Quand on pense que... enfin, vous comprenez, pour le temps qui nous reste à passer ensemble, nous deux, c'est dur ! Il n'a jamais été très patient, que voulez-vous, un malade ! Mais il dit que je le fais exprès, que je pourrais apprendre. Notez que mon mal doit y être pour quelque chose, je ne suis pas si bête… Seulement, que répondre ? Figurez-vous qu'il avait commencé à m'apprendre le latin, pensez ! moi qui n'ai même pas mon certificat. D'ailleurs, lorsque j'ai fini mes ménages, ma tête est comme morte, je ne songe qu'à dormir. Est-ce qu'on ne pourrait pas au moins parler tranquilles ? » Elle a baissé la tête et joué avec un anneau qu'elle porte au doigt. Quand elle s'est aperçue que je regardais la bague elle a vivement caché la main sous son tablier. Je brûlais de lui faire une question, je n'osais pas. « Enfin, lui dis-je, votre vie est dure… ne désespérez-vous donc jamais ? » Elle a dû croire que je lui tendais un piège, sa figure est devenue sombre, attentive. « N'êtes-vous jamais tentée de vous révolter ? — Non, m'a-t-elle répondu, seulement, des fois, je n'arrive plus à comprendre. — Alors ? — C'est des idées qui viennent quand on se repose, des idées du dimanche, que j'appelle. Des fois aussi quand je suis lasse, très lasse… mais pourquoi me demandez-vous ça ? — Par amitié, lui dis-je. Parce qu'il y a des moments où moi-même… » Son regard ne quittait pas le mien. « Vous n'avez pas bonne mine non plus, monsieur, faut être juste !… Hé bien, donc, lorsque je ne suis plus capable de rien, que je ne tiens plus sur mes jambes, avec mon mauvais point de côté, je vais me cacher dans un coin, toute seule et – vous allez rire – au lieu de me raconter des choses gaies, des choses qui remontent, je pense à tous ces gens que je ne connais pas, qui me ressemblent – et il y en a, la terre est grande ! – les mendiants qui battent la semelle sous la pluie, les gosses perdus, les malades, les fous des asiles qui gueulent à la lune, et tant! et tant! Je me glisse parmi eux, je tâche de me faire petite, et pas seulement les vivants, vous savez? les morts aussi, qui ont souffert, et ceux à venir, qui souffriront comme nous… – "Pourquoi ça? Pourquoi souffrir?" qu'ils disent tous… Il me semble que je le dis avec eux, je crois entendre, ça me fait comme un grand murmure qui me berce. Dans ces moments-là, je ne changerais pas ma place pour celle d'un millionnaire, je me sens heureuse. Que voulez-vous? C'est malgré moi, je ne me raisonne même pas. Je ressemble à ma mère. "Si la chance des chances, c'est d'avoir pas de chance, qu'elle me disait, je suis servie!" Je ne l'ai jamais entendue se plaindre. Et pourtant elle a été mariée deux fois, deux ivrognes, une guigne! Papa était le pire, un veuf avec cinq garçons, des vrais diables. Elle était devenue grosse, à ne pas croire, tout son sang tournait en graisse. N'importe. "Il n'y a rien de plus endurant qu'une femme, qu'elle disait encore, ça ne doit se coucher que pour mourir." Elle a eu un malaise qui la prenait à la poitrine, à l'épaule, dans le bras, elle ne pouvait plus respirer. Le dernier soir, papa est rentré fin soûl, comme d'habitude. Elle a voulu mettre la cafetière sur le feu, elle lui a glissé des mains. "Sacrée bête que je suis, qu'elle a fait, cours chez la voisine en emprunter une autre et reviens dare-dare, crainte que le père se réveille." Quand je suis rentrée, elle était quasi morte, un côté de la figure presque noir, et sa langue passait entre ses lèvres, noire aussi. – "Faudrait que je m'étende, qu'elle a dit, ça ne va pas." Papa ronflait sur le lit, elle n'a pas osé le réveiller, elle a été s'asseoir au coin du feu. – "Tu peux maintenant mettre le morceau de lard dans la soupe, qu'elle a dit encore, la v'là qui bout." Et elle est morte. »

Je ne voulais pas l'interrompre parce que je comprenais bien qu'elle n'en avait jamais raconté si long à personne, et c'est vrai qu'elle a paru tout à coup s'éveiller d'un songe, elle était très embarrassée. «Je parle, je parle, et j'entends M. Louis qui rentre, je reconnais son pas dans la rue. Mieux vaut que je m'en aille. Il me rappellera, probable, a-t-elle ajouté en rougissant, mais ne lui dites rien, il serait furieux. »

En me voyant debout, mon ami a eu un mouvement de joie qui m'a touché. «Le pharmacien avait raison, il s'est moqué de moi. C'est vrai que la moindre syncope me fait une peur horrible. Tu as dû mal digérer, voilà tout. »

Nous avons décidé ensuite que je passerais la nuit ici, sur ce lit-cage.

. . . .
. . . .

J'ai essayé encore de dormir, pas moyen. Je craignais que la lumière, et surtout le sifflement de ce bec de gaz ne gênât mon ami. J'ai entrouvert la porte et regardé dans sa chambre. Elle est vide.

Non. Je ne regrette pas d'être resté, au contraire. Il me semble même que M. le curé de Torcy m'approuverait. Si c'est une sottise, d'ailleurs, elle ne devrait plus compter. Mes sottises ne comptent plus : je suis hors de jeu.

Certes, il y avait bien des choses en moi qui pou-

335

vaient donner de l'inquiétude à mes supérieurs. Mais c'est que nous posions le problème tout de travers. Par exemple, M. le doyen de Blangermont n'avait pas tort de douter de mes moyens, de mon avenir. Seulement je n'avais pas d'avenir, et nous ne le savions ni l'un ni l'autre.

Je me dis aussi que la jeunesse est un don de Dieu, et comme tous les dons de Dieu, il est sans repentance. Ne sont jeunes, vraiment jeunes, que ceux qu'il a désignés pour ne pas survivre à leur jeunesse. J'appartiens à cette race d'hommes. Je me demandais : que ferai-je à cinquante, à soixante ans ? Et, naturellement, je ne trouvais pas de réponse. Je ne pouvais pas même en imaginer une. Il n'y avait pas de vieillard en moi.

Cette assurance m'est douce. Pour la première fois depuis des années, depuis toujours peut-être, il me semble que je suis en face de ma jeunesse, que je la regarde sans méfiance. Je crois reconnaître son visage, un visage oublié. Elle me regarde aussi, elle me pardonne. Accablé du sentiment de la maladresse foncière qui me rendait incapable d'aucun progrès, je prétendais exiger d'elle ce qu'elle ne pouvait donner, je la trouvais ridicule, j'en avais honte. Et maintenant, las tous deux de nos vaines querelles, nous pouvons nous asseoir au bord du chemin, respirer un moment, sans rien dire, la grande paix du soir où nous allons entrer ensemble.

Il m'est très doux aussi de me dire que personne ne s'est rendu coupable à mon égard d'excessive sévérité – pour ne pas écrire le grand mot d'injustice. Certes, je rends volontiers hommage aux âmes capables de trouver dans le sentiment de l'iniquité dont elles sont victimes un principe de force et d'espoir. Quoi que je fasse, je sens bien que je répugnerai toujours à me savoir la cause – même innocente – ou seulement l'occasion de la faute d'autrui. Même sur la Croix, accomplissant dans l'angoisse la perfection de sa Sainte Humanité, Notre-Seigneur ne s'affirme pas victime de l'injustice : *Non sciunt quod facient.* Paroles intelligibles aux plus petits enfants, paroles qu'on voudrait dire enfantines, mais que les démons doivent se répéter depuis sans les comprendre, avec une croissante épouvante. Alors qu'ils attendaient la foudre, c'est comme une main innocente qui ferme sur eux le puits de l'abîme.

J'ai donc une grande joie à penser que les reproches dont j'ai parfois souffert ne m'étaient faits que dans notre commune ignorance de ma véritable destinée. Il est clair qu'un homme raisonnable comme M. le doyen de Blangermont s'attachait trop à prévoir ce que je serais plus tard, et il m'en voulait inconsciemment aujourd'hui des fautes de demain.

J'ai aimé naïvement les âmes (je crois d'ailleurs que je ne puis aimer autrement). Cette naïveté fût devenue à la longue dangereuse pour moi et pour le prochain, je le sens. Car j'ai toujours résisté bien gauchement à une inclination si naturelle de mon cœur qu'il m'est permis de la croire invincible. La pensée que cette lutte va finir, n'ayant plus d'objet, m'était déjà venue ce matin, mais j'étais alors au plein de la stupeur où m'avait mis la révélation de M. le docteur Laville. Elle n'est entrée en moi que peu à peu. C'était un mince filet d'eau limpide, et maintenant cela déborde de l'âme, me remplit de fraîcheur. Silence et paix.

Oh ! bien entendu, au cours des dernières semaines, des derniers mois que Dieu me laissera, aussi longtemps que je pourrai garder la charge d'une paroisse, j'essaierai, comme jadis, d'agir avec prudence. Mais enfin j'aurai moins souci de l'avenir, je travaillerai pour le présent. Cette sorte de travail me semble à ma mesure, selon mes capacités. Car je n'ai de réussite qu'aux petites choses, et si souvent éprouvé par l'inquiétude, je dois reconnaître que je triomphe dans les petites joies.

Il en aura été de cette journée capitale ainsi que des autres : elle ne s'est pas achevée dans la crainte, mais celle qui commence ne s'ouvrira pas dans la gloire. Je ne tourne pas le dos à la mort, je ne l'affronte pas non plus, comme saurait le faire sûrement M. Olivier. J'ai essayé de lever sur elle le regard le plus humble que j'ai pu, et il n'était pas sans un secret espoir de la désarmer, de l'attendrir. Si la comparaison ne me semblait pas si sotte, je dirais que je l'ai regardée comme j'avais regardé Sulpice Mitonnet, ou Mlle Chantal… Hélas ! il y faudrait l'ignorance et la simplicité des petits enfants.

Avant d'être fixé sur mon sort, la crainte m'est venue plus d'une fois de ne pas savoir mourir, le moment venu, car il est certain que je suis horriblement impressionnable. Je me rappelle un mot du cher vieux docteur Delbende rapporté, je crois, dans ce journal. Les agonies de moines ou de religieuses ne sont pas toujours les plus résignées, affirme-t-on. Ce scrupule me laisse aujourd'hui en repos. J'entends bien qu'un homme sûr de lui-même, de son courage, puisse désirer faire de son agonie une chose parfaite, accomplie. Faute de mieux, la mienne sera ce qu'elle pourra, rien de plus. Si le propos n'était très audacieux, je dirais que les plus beaux poèmes ne valent pas, pour un être vraiment épris, le balbutiement d'un aveu maladroit. Et à bien réfléchir, ce rapprochement ne peut offenser personne, car l'agonie humaine est d'abord un acte d'amour.

Il est possible que le bon Dieu fasse de la mienne un exemple, une leçon. J'aimerais autant qu'elle émût de pitié. Pourquoi pas ? J'ai beaucoup aimé les hommes, et je sens bien que cette terre des vivants m'était douce. Je ne mourrai pas sans larmes. Alors que rien ne m'est plus étranger qu'une indifférence stoïque, pourquoi souhaiterais-je la mort des impassibles ? Les héros de Plutarque m'inspirent tout ensemble de la peur et de l'ennui. Si j'entrais au paradis sous ce déguisement, il me semble que je ferais sourire jusqu'à mon ange gardien.

Pourquoi m'inquiéter ? Pourquoi prévoir ? Si j'ai peur, je dirai : j'ai peur, sans honte. Que le premier regard du Seigneur, lorsque m'apparaîtra sa Sainte Face, soit donc un regard qui rassure !

. . . .
. . . .

Je me suis endormi un instant, les coudes sur la table. L'aube ne doit pas être loin, je crois entendre les voitures des laitiers.

Je voudrais m'en aller sans revoir personne. Malheureusement, cela ne me paraît pas facile, même en laissant un mot sur la table, en promettant de revenir bientôt. Mon ami ne comprendrait pas.

Que puis-je pour lui ? Je crains qu'il ne refuse de rencontrer M. le curé de Torcy. Je crains plus encore que M. le curé de Torcy ne blesse cruellement sa vanité, ne l'engage dans quelque entreprise absurde, désespérée, dont son entêtement est capable. Oh ! mon vieux maître l'emporterait sûrement, à la longue. Mais si cette pauvre femme a dit vrai, le temps presse.

Il presse aussi pour elle… Hier soir, j'évitais de lever les yeux, je crois qu'elle aurait lu dans mon regard, je n'étais pas assez sûr de moi. Non ! je n'étais pas assez sûr ! J'ai beau me dire qu'un autre eût provoqué la parole que je redoutais au lieu de l'attendre, cela ne me convainc pas encore. « Partez, lui aurait-il dit, je suppose. Partez, laissez-le mourir loin de vous, réconcilié. » Elle serait partie. Mais elle serait partie sans comprendre, pour obéir une fois de plus à l'instinct de sa race, de sa douce race promise depuis les siècles des siècles au couteau des égorgeurs. Elle se serait perdue dans la foule des hommes avec son humble malheur, sa révolte innocente qui ne trouve pour s'exprimer que le langage de l'acceptation. Je ne crois pas qu'elle soit capable de maudire car l'ignorance incompréhensible, l'ignorance surnaturelle de son cœur est de celles que garde un ange. N'est-ce pas trop qu'elle n'apprenne de personne à lever ses yeux courageux vers le Regard de toutes les Résignations ? Peut-être Dieu aurait-il accepté de moi le don sans prix d'une main qui ne sait pas ce qu'elle donne ? Je n'ai pas osé. M. le curé de Torcy fera ce qu'il voudra.

. . . .

J'ai dit mon chapelet, la fenêtre ouverte, sur une cour qui ressemble à un puits noir. Mais il me semble qu'au-dessus de moi l'angle de la muraille tournée vers l'est commence à blanchir.

Je me suis roulé dans la couverture que j'ai même rabattue un peu sur ma tête. Je n'ai pas froid. Ma douleur habituelle ne m'éprouve plus, mais j'ai envie de vomir.

Si je pouvais, je sortirais de cette maison. Cela me plairait de refaire à travers les rues vides le chemin parcouru ce matin. Ma visite au docteur Laville, les heures passées dans l'estaminet de Mme Duplouy, ne me laissent à présent qu'un souvenir trouble et dès que j'essaie de fixer mon esprit, d'en évoquer les détails précis, j'éprouve une lassitude extraordinaire, insurmontable. Ce qui a souffert en moi alors n'est plus, ne peut plus être. Une part de mon âme reste insensible, le restera jusqu'à la fin.

Certes, je regrette ma faiblesse devant le docteur Laville. Je devrais avoir honte de ne sentir pourtant aucun remords, car enfin quelle idée ai-je pu donner d'un prêtre à cet homme si résolu, si ferme ? N'importe ! c'est fini. L'espèce de méfiance que j'avais de moi, de ma personne, vient de se dissiper, je crois, pour toujours. Cette lutte a pris fin. Je ne la comprends plus. Je suis réconcilié avec moi-même, avec cette pauvre dépouille.

Il est plus facile que l'on croit de se haïr. La grâce est de s'oublier. Mais si tout orgueil était mort en nous, la grâce des grâces serait de s'aimer humblement soi-même, comme n'importe lequel des membres souffrants de Jésus-Christ.

....
....

(Lettre de Monsieur Louis Dufréty
à Monsieur le curé de Torcy.)

Fournitures pour Droguerie
et tous produits similaires
Importation-Exportation

LOUIS DUFRÉTY, REPRÉSENTANT

Lille, le … février 19…

Monsieur le curé,
Je vous adresse sans retard les renseignements que
vous avez bien voulu solliciter. Je les compléterai ulté-
rieurement par un récit auquel mon état de santé ne
m'a pas permis de mettre la dernière main et que je
destine aux Cahiers de la Jeunesse lilloise, *revue très*
modeste où j'écris à mes moments perdus. Je me per-
mettrai de vous assurer le service du numéro dès sa
parution en librairie.
La visite de mon ami m'avait fait un sensible plaisir.
Notre affection, née aux plus belles années de notre jeu-
nesse, était de celles qui n'ont rien à craindre des injures
du temps. Je crois d'ailleurs que sa première intention
n'était pas de prolonger sa visite au-delà du délai néces-
saire à une bonne et fraternelle causerie. Vers 19 heures
environ, il s'est senti légèrement indisposé. J'ai cru
devoir le retenir à la maison. Mon intérieur, quoique
fort simple, paraissait lui plaire beaucoup et il n'a fait
aucune difficulté pour accepter d'y passer la nuit.

J'ajoute que j'avais moi-même, par délicatesse, demandé l'hospitalité d'un ami dont l'appartement se trouve peu éloigné du mien.

Vers 4 heures, ne pouvant dormir je suis allé discrètement jusqu'à sa chambre, et j'ai trouvé mon malheureux camarade étendu à terre sans connaissance. Nous l'avons transporté sur son lit. Quelque soin que nous ayons pris, je crains que ce déplacement ne lui ait été fatal. Il a rendu aussitôt des flots de sang. La personne qui partageait alors ma vie ayant fait de sérieuses études médicales a pu lui donner les soins nécessaires, et me renseigner sur son état. Le pronostic était des plus sombres. Cependant l'hémorragie a cessé. Tandis que j'attendais le médecin, notre pauvre ami a repris connaissance. Mais il ne parlait pas. D'épaisses gouttes de sueur coulaient de son front, de ses joues, et son regard, à peine visible entre ses paupières entrouvertes, semblait exprimer une grande angoisse. J'ai constaté que son pouls s'affaiblissait très vite. Un petit voisin est allé prévenir le prêtre de garde, vicaire à la paroisse de Sainte-Austreberthe. L'agonisant m'a fait comprendre par signes qu'il désirait son chapelet que j'ai pris dans la poche de sa culotte, et qu'il a tenu dès lors serré sur sa poitrine. Puis il a paru retrouver des forces, et d'une voix presque inintelligible m'a prié de l'absoudre. Son visage était plus calme, il a même souri. Bien qu'une juste appréciation des choses me fît une obligation de ne pas me rendre à son désir avec trop de hâte, l'humanité ni l'amitié ne m'eussent permis un refus. J'ajoute que je crois m'être acquitté de ce devoir dans un sentiment propre à vous donner toute sécurité.

Le prêtre se faisant toujours attendre, j'ai cru devoir exprimer à mon infortuné camarade le regret que j'avais d'un retard qui risquait de le priver des consolations que l'Église réserve aux moribonds. Il n'a pas paru m'entendre. Mais quelques instants plus tard sa main s'est posée sur la mienne tandis que son regard me faisait nettement signe d'approcher mon oreille de sa bouche. Il a prononcé alors distinctement, bien qu'avec une extrême lenteur, ces mots que je suis sûr de rapporter très exactement : « Qu'est-ce que cela fait ? Tout est grâce. »

Je crois qu'il est mort presque aussitôt.

FIN

Georges Bernanos
dans Le Livre de Poche

La Grande Peur des bien-pensants   n° 3302

Vous pouvez lire *La Grande Peur des bien-pensants*. D'ailleurs, vous n'aviez besoin de personne pour le faire. Quand un écrivain est un écrivain, on peut tout lire de lui forcément. Avec tendresse et férocité comme Bernanos lisait. Nous n'allons pas pousser le ridicule jusqu'à offrir à Bernanos un certificat de moralité ou de littérature. Il mérite mieux que notre indulgence. L'antisémitisme est l'antisémitisme et celui de Bernanos ne vaut pas mieux qu'un autre. Il est d'époque et 1930 n'était pas une très bonne année. Mais quand on a été contre Pétain en 1940 et qu'on l'a été, comme Bernanos l'a été avant presque qu'il y ait eu un Pétain à la devanture de la misérable boutique de spécialités françaises de Vichy, alors laissons à Bernanos ces quelques souvenirs de jeunesse qui ne sont pas à notre goût.

Monsieur Ouine

« Quand le génie s'en mêle, quand la banalité de l'histoire est le support d'un sujet qui traduit ce qu'il y a de plus profond et de complexe dans la nature humaine, on est devant l'un de ces chefs-d'œuvre de la littérature qui défient le temps, riches de pages puissantes, de la fulgurance d'une réplique, du plomb d'un aphorisme, de la force des mots qui tirent leur efficacité de leur simplicité. Ainsi en est-il de *Monsieur Ouine*. »   Pierre-Robert Leclercq.

Nouvelle histoire de Mouchette

Mouchette, une jeune Picarde de quatorze ans, fuit l'école, ses brimades, et sa famille rongée par l'alcool, la misère et la maladie. Un soir d'orage, elle erre dans les bois, trempée, perdue, lorsqu'elle rencontre un braconnier, le bel Arsène, qui lui propose un abri et lui raconte toutes sortes d'histoires destinées à le mettre en valeur. Déjà ivre, il est alors terrassé par une crise d'épilepsie. Revenu à lui, un violent désir pour la jeune fille le saisit et il abuse d'elle… Dans ce récit tragique d'une enfance sacrifiée, on retrouve les thèmes chers à Bernanos : le mal qui domine le monde, la solitude, la honte qui aboutit chez Mouchette à la haine de soi, et surtout la mort, omniprésente. Écrit après le *Journal d'un curé de campagne*, un grand roman chrétien, vibrant de compassion et de colère.

Sous le soleil de Satan n° 32427

L'abbé Donissan, le personnage central du roman, est prêtre dans une humble paroisse de l'Artois. Obsédé par le péché, réfugié dans un ascétisme extrême, il doute de sa vocation. Autour de lui évoluent des êtres souffrants, rongés par le mal. Dont Mouchette, une jeune femme qui semble s'être vouée au vice depuis qu'à seize ans elle s'est donnée au marquis de Cadignan. Lorsque celui-ci, par crainte du scandale, la rejette, elle le tue. Le salut de Mouchette va dès lors incarner pour l'abbé sa lutte contre les forces démoniaques. Publié en 1926, *Sous le soleil de Satan*, le premier roman de Georges Bernanos, stupéfia ses lecteurs par son lyrisme, par son extraordinaire puissance imaginative. Un livre violent, enveloppé de ténèbres, qui nous raconte l'éternel combat du bien contre le mal.

Le Livre de Poche s'engage pour
l'environnement en réduisant
l'empreinte carbone de ses livres.
Celle de cet exemplaire est de :
350 g éq. CO$_2$
Rendez-vous sur
www.livredepoche-durable.fr

PAPIER À BASE DE
FIBRES CERTIFIÉES

Composition réalisée par MAURY-IMPRIMEUR

Achevé d'imprimer en février 2019, en France sur Presse Offset par
Maury Imprimeur – 45330 Malesherbes
N° d'imprimeur : 233133
Dépôt légal 1re publication : novembre 2015
Édition 08 – février 2019
LIBRAIRIE GÉNÉRALE FRANÇAISE – 21, rue du Montparnasse – 75298 Paris Cedex 06